車

いつまでも白い羽根

藤岡陽子

KOBUNSHA

光 文 社

いつまでも白い羽根　目次

プロローグ

流水音の合間に自分の名前が聞こえてきて、高校の卒業式を控えている木崎瑠美《きざきるみ》はトイレの個室から出るタイミングを失ってしまった。

「で、結局センモンなんだって。木崎さんの進学先」

「センモン？　なんの」

「看護の専門学校だって。なあんか、それって」

「似合わないって」

二人の女子がばかにしたような笑い声をあげるのを、瑠美は暗い場所で聞いている。便器の水は流れ切ってしまい、少しでも動くと自分の存在を気づかれるのではないかと、息を潜めていた。

「でもなんでまた？　大学、どこでも受かりそうなもんじゃん、あの人の成績なら」

「それが都内の国立二校しか受けなかったらしいよ。しかも模試以外、予備校には通わずだって」

「そうなんだ。それって無理しすぎだよねぇ」

「そうそう。いくらデキるからって無理は禁物だよねぇ」

「すべり止め、看護学校だったんだって。本人の希望ではなく親の勧めで。でもそれって」

「ヒサンだよねぇ」

「ちょっとカワイソウな感じぃ。……ちょっと」

調子良く弾んでいた会話がふと、途切れた。女子トイレに沈黙が流れる。

だがその沈黙は瑠美が待ち望んでいる彼女たちが去った後の沈黙ではなく、個室に人がいることを悟られた静けさであることに、瑠美は気づく。

意を決してトイレのドアを開けた。

互いの目を見合わせて驚きとばつの悪そうな表情を浮かべる彼女たちを無視して、瑠美は洗面台で手を洗う。張り詰めた重い沈黙の中、蛇口から流れる水の音だけが響いている。

洗面台の前に取り付けられた鏡を見て化粧を直していたのか、二人は無言で散らかったポーチの中身を片付け始めていた。

瑠美が驚いたのは、二人の後ろに平野亜矢《ひらのあや》がいたことだった。会話をしていた二人の女子とは同じクラスになったことさえなかったが、亜矢は二年の夏まで、一緒のクラブに所属していたし、仲良くしていた時期もあった。

「あの……気にしないでね」

ひとりの女子が、瑠美に声をかけてくる。

「気にしてないわよ」

瑠美は手を洗い続けながら言う。別に……。あなたたちみたいに、何を学びにいくのかわからないような大学に入るよりましだから。

喉まで上がってきた言葉を冷たい水の感触で飲み込んだ。

「じゃ。木崎さんも急がないと、卒業式始まっちゃうよ」

彼女たちはそそくさと、女子トイレを出て行く。瑠美から少し距離ができると、彼女たちはまた弾んだ口調で話し始めたが、何を言ってるかまでは聞こえてこない。ちらりと視線をやった先に亜矢の横顔が目に入ったが、彼女は瑠美を見てはいなかった。

今度こそ落ち着いた沈黙が訪れると、瑠美は蛇口を閉め、大きな溜め息をつく。目の前の鏡を上目遣いで見る。鏡の中にはヒサンでもカワイソウでもない強気な目が、映っていた。

大学受験に失敗してから卒業式の今日まで、この顔でやってきた。今日でこの顔を保つ必要もなくなるのかと思うと、安堵で涙が浮かびそうになる。だめだ、まだ。これから式があるのだ。私は悲惨でも可哀想でもない……大丈夫、大丈夫。鏡の中の自分に、瑠美は暗示をかけるように小さく呟《つぶや》いた。

式の間中、瑠美は目を閉じていた。同級生たちのひそひそとした親密な話し声や、感涙にむせぶ音が聞こえてくる。これまで何度思っただろう。目を閉じると視界が消える。口をつぐむと言葉がなくなる。息を止めると匂いもなくなる。それと同じようになぜ意志だけで耳を塞《ふさ》ぎ音を消すことができないのだろう……。外界を遮断したいと思っても、人の話し声は瑠美の耳に必ず届き、そしてそれが自分を孤立させる。

生徒会長が卒業生代表の言葉を壇上で読み上げている。かけがえのない仲間、友達とともに、夢に向かって、未来が……。勢いのある力強い言葉が、瑠美の耳に入る。瑠美は目を開けて、小さく瞳を動かし、亜矢の姿がないか探してみた。

高校二年の夏にアーチェリー部をやめるまで、瑠美は亜矢と毎日一緒にいた。部員数の少ない部で、同じ学年で女子は自分と彼女の二人だけしかいなかった。矢を的に当てるという単純なところと、自分の集中力と対峙《たいじ》する感覚が気に入って高校から始めた競技だった。

突然クラブをやめたことは、今でも亜矢に申し訳なく思っている。その頃、父親が体調を崩し仕事をやめてしまい、母親から「お父さんの不調がいつまで続くかわからないから、大学受験は諦めてほしい」と言われた。

「大変な病気なの」

瑠美は何度か母親に問いただした。

しかしその度に母親は疲れた表情であいまいに頷《うなず》くだけで、その顔を見ていると何も言えなくなった。

「これからはお母さんが働くけれど、資格も実務経験もないからたいした稼ぎにはならないと思う。当分は貯金を切り崩して生活をしていくことになるから」という言葉に、矢一ダースが一万円以上もする部活を続けていくのは無理だと思った。大学進学のために自力でやらないとと思い、早めの受験勉強に切り替えることにも決めた。

「やめないで。あと一年頑張ろうよ」

と亜矢は引き止めてくれた。でも瑠美にはその一年が自分の人生を左右するような気がして、悠長に弓を引く気にはなれなかった。

それからだろうか。瑠美は少しずつ、学校で孤立するようになっていった。もともと大勢ではしゃぐ、輪の中心にいるようなタイプではなかったけれど、完全に枠の外に漏れたような……。「瑠美、瑠美」といつも頼ってきた亜矢もしだいに側《そば》に来なくなり、あると き話をしたこともない女子に、

「亜矢ほんとはほっとしてるって言ってたよ、木崎さんと離れられて。一緒にいると緊張しちゃうんだって。木崎さん完璧主義者だし、実際完璧だしって」

と言われた。今から思えば亜矢から直接聞いたわけではないのだから、告げ口にきた彼

女の瑠美への嫌がらせだったのかもしれない。でも当時の自分は亜矢の言葉に傷つき、怒り、もう話すものかと思った。

本当は、違うニュアンスで亜矢は言ったのかもしれない。瑠美が学校生活に重きを置かなくなり、不安になった彼女が他の女子たちの中で自分の居場所を確保するために言っただけなのかもしれない。

それでも、余裕の欠片《かけら》もなかった瑠美にとっては、裏切りにしか思えなかった。

本当は、裏切ったのは自分だった。変わってしまったのは瑠美の方だった。でもどうしたらよかったのだろう……。家には口をきくこともせず布団に蹲《うずくま》っている父がいて、母はパートで夜遅くまで帰ってこない。家事をしながら親の望まない大学進学を目指す自分は、どうしたらよかったのか。

「木崎、卒業写真の撮影だって」

隣に座る男子に肩を揺らされ、瑠美はいつの間にか式が終わってしまったことを知った。号令のまま起立したり着席したりしているうちに……。

「どうした。さすがの木崎も卒業が寂しいのかよ」

男子は屈託なく笑う。

寂しい……。みんなにそう伝えれば、何か変わったのだろうか。父のことを話し、家庭の事情を打ち明け、部活をやめなくてはならなかった理由、予備校も行かず大学受験に向かった気持ちを吐露すればもっと楽しい高校生活が送れたのだろうか。

はたして、それが正解だったのかもしれない。でも亜矢だって、周りにいたみんなも、何も聞いてこなかったではないか。まつ毛パーマや男子にウケるメールの返信テク……そんな楽しげな話題以外、してこなかったではないか。そうして幸せの温度が違う瑠美を、柔らかく排除していったのではないか。似合わない。さっきトイレで耳にした言葉が頭の中によみがえる。ほんと……似合わない。そう、初めから無理な話なのだ。自分のように他人《ひと》に心を開けない人間が、看護師になれるわけがない……。

この先三年間、そぐわない場所で時間を費すことに何の意味があるのだろう。今よりもっと辛く寂しい時間が、ただ待っているだけなのに……。

「なに木崎、ほんとに涙ぐんでんの」

「泣くわけないでしょ」

「だよな。おまえが泣くわけないよな」

桜の大樹の下で撮られた集合写真は、カメラのレンズを睨《にら》んでいるうちにシャッターが押された。さぞかし恐い顔をしているだろうと瑠美は思う。

最後にアーチェリー部の練習場を見ていこうと思い、瑠美は体育館の裏の小グラウンド目指して歩いた。高校に入った頃の、まだ新品の消しゴムみたいに真っ白だった自分を思い出す。この数年、いろんな感情を隠して消しているうちに、すっかり黒ずみ古びてしまった気がする。

それでも、かつて汗を流して神経を研ぎ澄ませた練習場の匂いを感じると、当時の幸福感が蘇《よみがえ》ってきた。練習場では卒業式には関係のない一年生が、グラウンド整備のためトンボをかけていた。

「亜矢……」

亜矢が何人かの友達と連れ立って歩いていく後ろ姿が見えた。瑠美は思わず、「亜矢」と声に出した。だが、彼女は気づくことなく歩いていく。どうしようか。もう会うことも最後かもしれない。これまでのことを、話す機会は二度と、訪れないかもしれない。

迷っているうちに、亜矢の姿は見えなくなった。

瑠美は心を決めて携帯電話を取り出した。たった一人きりで高校の卒業式を迎えることは平気だった。一人きりの帰り道だってかまわない。でも最後に一言、亜矢と言葉を交わしたいと思った。

瑠美です。亜矢、まだ学校の近くにいるわよね。高校生活の最後に、少しだけ話がしたいんだけど。どこにいますか？

短い文章を叩くようにして打つと、瑠美は送信ボタンを押した。

部活の帰り、二人で毎日一緒に帰った。おなかがすいてたまらない時は、駅でハンバーガーを食べた。バスの中でこそこそ菓子パンを半分に分けて食べたこともある。

「また明日」

いつもそう言って別れた。家が辛くてしんどくても、目指す未来が別になっても、学校に来れば亜矢が待っていてくれると思っていた。本当はずっと、声をかけてきてくれるのを待っていた……。

携帯電話からメールの着信音が響く。楽しげで優しい音色が耳に入り、瑠美は胸が高鳴るのを感じながら慌てて画面を開く。不覚にも、嬉しくて親指が震えるのがわかる。

Mail System Error-Returned Mail
次のあて先へのメッセージはエラーのため送信できませんでした。送信先メールサーバーが見つかりませんでした。@以後のつづりが間違っていないかをご確認の上、再送信してください。

「アドレス……変えたのかな」

目の下に冷たく触れるものがあったので、瑠美は自分が泣いているのかと思い慌てて指先を目の下にあてがった。どこからか舞い落ちてきた桜の花びらだった。

第一章　五月の風

地下鉄から続く長い階段を半分上った辺りで、瑠美はふと立ち止まった。足を止めたことで後ろに続く長い列が詰まり、背中を押されるようにつんのめる。瑠美は顔を上げ大きく息をつくと、視線の先の四角い空を見上げ、再び階段を上がった。

地上に出ると五月の空気が汗ばんだ体を冷まし、学校に行きたくないという縮こまった気持ちが、少しだけ伸びる気がした。瑠美は学校に向かって歩き出すといつものように振り返り、そびえ立つ東京タワーを見た。

地下鉄三田線の御成門駅から徒歩二分、都心にある看護学校へこの四月から通い始めた。看護師になるつもりなど微塵《みじん》もなく、とにかく手に職をという親を納得させるためだけに受けた学校だったので、入学した当初から瑠美の気持ちは沈んでいた。門の前に立つナイチンゲールの白い銅像を睨みつけながら、玄関のドアを開ける。きょうこそは担任に退学の意思を伝え、手続きをしよう。退学という言葉を口に出すことさえできれば、迷いはふっきれるはずだった。

「おはよっ」

この足で教務室に行くか、放課後にするか考え立ち止まっていると、後ろから背中を叩かれた。クラスで一番声が大きいかと思われる山田千夏《やまだちなつ》だった。

「ああ……おはよう」

「なにやってんの、ぼうっとして。一時間目、演習だよ。早く着替えないと遅れるよ」

背の高い千夏は、肩で瑠美の頭を押しだすように歩みを促して、快活に笑った。

更衣室でユニホームに着替えて演習室に入ると、すでにほとんどの生徒が着席していた。教員はまだのようで、瑠美と千夏は空いた場所を探して座った。席は野球場の外野席のようなひな壇になっていて、一学年およそ百名が腰掛けられるくらいの広さがある。

「予習してきた？」

さっきまでの快活な笑顔とは別人の緊張した顔つきで千夏が訊《き》いてくる。

「演習ってベッドのシーツ交換でしょ。予習のしようがないじゃない」

「ほら、でも、実技の教科書暗記してくるとか……」

「とくに何も。で、山田さんはやってきたの？」

「私？　まあ、少しだけね。でも焦る」

千夏は言いながら手に持っていたファイルを足下に落とし、プリントをばらまいて、前に座る人に謝りながら拾っている。

瑠美はゆっくりと周りを見回してみた。ターコイズブルーと白のストライプのワンピースに、真っ白いエプロンと帽子を合わせた学生たちが座っている。エプロンの白が眩《まぶ》しいくらいに反射して、瑠美は視界の白さに車酔いに似た吐き気を感じた。

授業開始時間から少し遅れて演習室に入ってきた教員二人が、出欠をとった後、病棟ベッドの作り方の指導を始める。学生たちは手順をノートに書き込みながら、食い入るようにしてその姿を凝視している。シングルサイズの白いシーツが教員たちの手でさばかれ、広げられ、折り返し重ねられ、皺《しわ》ひとつない病棟ベッドの様《さま》になる。無駄のない手順で美しいベッドを作り上げる手技が、看護学校で初めて学ぶ技術だった。

「じゃあ前に出てやってみて」

にこりともせずに教員が言い、名簿に視線を落とした後、

「一組の山田さんと佐伯《さえき》さん」

と指した。

教員に名指しされた千夏は「ひぃぃっ」と裏返ったような声を出し、泣き出しそうな顔でのろのろと前に出る。学生たちは自分が指されなかった安堵と、指名された者への好奇の混じった同情の目を投げかける。

千夏は、こわごわとシーツを摑《つか》んでいるがどう扱えばいいのかわからないまま、顔を上気させ突っ立っているばかりだった。千夏と向かい合った佐伯典子《のりこ》は落ち着いてはいたが、

それでも手順を覚えきれてはおらず、結局予習をしっかりしてこいと教員に注意を受けて席に戻った。

緊張したのか、千夏から汗の臭いがする。瑠美は震える千夏の手が摑む膝《ひざ》の上のノートに、

「気にしない」

と書いた。

千夏は小さく頷き、自分の右手に左手を重ねるようにして息を整えていた。


教員の実演が終わると、学生たちは演習室に並べられたベッドに散らばり、各々練習を始めた。五十床並ぶベッドでいっせいに、白いシーツが空気を孕《はら》んで広がる。瑠美と千夏が手にしたシーツも、風を含んだ帆のようにふわりと浮かぶ。

隣のベッドでは同じ班の佐伯と遠野藤香《とおのふじか》が練習していた。学生たちはクラスごとに四人ずつ班分けされ、瑠美は佐伯と遠野、そして千夏と同じ班になった。佐伯は三十代半ばという年齢で、遠野は人を圧するほどの美貌で、入学当初から目立つ存在だった。

「ねえ瑠美、知ってた？　実技もテストあるんだって。しかも班のメンバー全員が合格しないと単位もらえないらしいよ。やばいよ。あたしみんなの足引っ張るよ」

身長だけは遠野と同じくらい長身の千夏が、何度やっても皺のないベッドを作ることが

できず、溜め息をつく。

「江戸時代の五人組制度みたい、それ。たしかにお隣さんは器用そうだから、私たちがお荷物になりそうね」

瑠美が言うと、千夏はますます沈んだ顔になる。

「あたし不器用なんだ」

「それは見ててわかる」

「大丈夫かなあ」

「大丈夫なんじゃないの。器用にこしたことはないけど、世の看護師が全員器用なわけでもなし。練習すればいけるんじゃやない」

適当に言った瑠美の言葉に、千夏がすがるように頷いている。今日にでも学校をやめるつもりでいるのに、われながら無責任な言い方をするなと瑠美は思った。

スプリングが剝《む》きだしのベッドにマットレスを敷き、下シーツ、上シーツ、毛布、ベッドカバーを順にかけて枕をつける。作業前に小型掃除機でベッドのスプリングの埃を吸う時間もいれて、二十分以内で完成させなくてはいけないらしく、シーツの折り目はベッドの中心にそろえるだとか、面倒な注意点がいろいろあって、瑠美はうんざりしていた。隣では早々とベッドを作りあげている。

「なに言ってるんだよ。ばかなこと言い出さないでよ。まだ始まったばっかじゃん」

熱気の抜けきらない放課後の教室に、千夏の大きな声が響いた。

「ねえ。やめるなんて言わないでよ。せっかく入った学校じゃん。やめてどうすんだよ」

両手で瑠美の手首を掴み、引っ張るようにして千夏が言う。

「実は入学した時から考えていたの。もともと私、看護師になりたかったわけじゃないし」

千夏の手を振り払おうとしたが、汗ばんだ彼女の掌が吸盤のように張り付いていて、逃げようがない。

「そんなこと言わないで。いずれやめさせられるかもしれないんだし、それまで残りなよ」

力を込めて千夏が言う。

「いずれやめさせられる？」

「そうだよ。瑠美、知らないの？　この学校って入学した数の六割くらいしか卒業できないんだよ。四割の学生はやめさせられるか、自分からやめちゃうんだって。ストレスで具合悪くなって精神科に通っちゃう人もいるらしいよ」

耳元で囁《ささや》くようにして千夏が言うと、彼女の手を振り払おうと抗《あらが》っていた瑠美の手から力が抜けた。

「ねっ。だから自分からこんなに早々と退学しなくても、合わなかったら学校側から出されるよ」

効果的とはいえない説得だったが、瑠美の全身の力が抜ける。

一人娘の瑠美の進学先が決まり、ほっとしていた両親の顔が思い出される。仕事をやめていた父も、数ヶ月前から二十四時間営業の焼肉屋の店長として働き始めたところだった。瑠美が成人するまではと慣れない勤めに出ていく姿を前にすると、自分の思いを言えなくなる。

千夏と並んで歩き始めると、退学の決意を翻した後ろめたさと同時に、どこか安堵している自分に気がつく。学校をやめたところで次に自分が何をすればいいか、本当はわかっていない。大学を受けなおしたからといって合格する保証もなく、大学に行ったからとて何者になれるかはわからない。

学校の玄関で、実習先の病棟から戻ってくる上級生たちとすれ違った。みな疲れた顔をしている。

「今の人たち、三年だったね。三年にもなると貫禄、って感じだね。あたしも早くナースキャップ欲しいな」

千夏が言った。

頭に載せられたナースキャップには学年の数だけ線が入っていた。一年生はまだ給食当番のような丸い帽子を被っているが、一年の終わりには戴帽式が執り行われ、一本線のナースキャップがもらえることになっている。

「どうでもいい」

「そうかな。やっぱり憧れるよ、あのキャップには」

戴帽式まで学校に残るとは思えず、瑠美は千夏の言葉を無言で聞き流した。


学校を出ると、JR新橋駅に向かって瑠美と千夏は並んで歩いた。千夏が夕食を一緒に食べようと言い、特に用のない瑠美は腕を引っぱられるままについてきた。もう五時になろうとしていたがまだ日差しは強く、昼間の明るさを保ち続けている。日比谷通りはいつもと変わらず交通量が多く、背後の東京タワーは朝と変わらない荘厳《そうごん》さでそこにあった。

「瑠美は地下鉄だよね、神谷町？」

「御成門」

「ええっ、御成門なの。学校からめちゃ近いじゃん。なのになんでいつもぎりぎり登校なんだよ」

千夏は自分は新橋駅から学校まで二十分かかる道のりを、毎日往復しているのだとふくれた。

「近くても嫌々歩いてるから遅くなるんじゃないの。あなたは意気揚々と弾んで歩いてきてるんでしょ、だから遠くても早い」

瑠美は言った。

「瑠美はほんとはどこを志望していたの」

千夏が訊いてきた。

「国立大学」

「国立大学っていってもいろいろあるじゃん」

瑠美が受験した大学名と学部を口にすると、千夏は大げさに溜め息をついた。

「そりゃ難しいわ」

「大学行くなら国立にしてくれって親に言われたから。無理して勉強して無理して受けたの。だから落ちた」

道路を挟んで反対側の歩道に、父に似た中年の男性を見かけたので、瑠美は思わず目で追った。グレーのくたびれたスーツ姿。長年勤めていた製薬会社をやめるまでは、あんな姿で毎朝出かけていった。

「あなたは？　看護学校だけ？　受験したの」

父より幾らか年上の男性の背中を見送ると、瑠美は視線を千夏に戻した。

「あたしは看護の専門学校だけだよ。大学はいちおう防衛大も受けたけど。なんちゃって受験だよ、なんちゃって。記念、記念」

小さい頃からずっと看護師になると決めていたのだと千夏は言った。だから迷いも悩みもしなかったと。

「憧れとかじゃないけど、なんか決まってたんだよね。親がそうしろって言い続けてたから」

「親が？」

「うん。父親がね。あたしは農耕牛のようにでかいし、器量も良くないし、要領も悪いし、男受けはしないだろうって。結婚なんて夢見るなって。ひとりで生きていけるようにしとけって。ひとりで生きていくには仕事を持たなくてはいけないから手に職つけろってことあるごとに言うんだよ。ほとんど刷り込みだね。でもそのおかげかすっきりした人生だよ」

ははは と高らかな笑い声を空に向けて飛ばしながら千夏は言った。えらくひどいことを言う父親だなと思ったが、本人はさほど傷ついてもいないように見える。

「瑠美はぴしっとスーツなんか着てさ、こういうオフィス街を歩くのもきっと似合うだろうね」

のんびりした口調で千夏が言う。瑠美はなにも答えず、千夏と同じように高いビルを見上げた。

駅周辺の飲み屋街まで来ると、すでにいくつかの店の前にネオンが灯《とも》っていた。まだ五時を過ぎたばかりなので盛りには早いが、その美麗な赤の灯《ともしび》に誘われ、男たちが数人ふらふらと店をのぞいている。

「この辺りで夕飯？　私たち未成年だけど」

瑠美が言った。うっすらとファンデーションは塗っているが、幼さは隠せない。まして千夏はまったくのすっぴんなので、酒を出す店には入れないだろう。

「お店で食べるわけじゃないから大丈夫だよ。うちで夕飯をごちそうしまあす」

「なに、あなたのうちで？」

「そうそう。山田家の食卓にご招待。まあちょっと遠いんだけど。うち和光市だから、埼玉の」

とりあえず電車に乗るからねと、千夏は言った。瑠美がどれくらいかかるのかと訊《たず》ねると、千夏は「心配しなくても大丈夫」と瑠美の背中を二度、叩いた。

夕暮れの山手線に揺られながら、瑠美は窓の外を眺めていた。昼と夜の境のこの時間、小さな頃からなぜか胸をしめつけられるような感じになる。寂しいとか切ないとかそんな表現ではしっくりこず、胸の奥がむず痒《がゆ》い、そんな気分だった。

「家に連絡いれなくて大丈夫？」

並んで座る千夏が言った。自分が誘ったくせに、寄り道して帰ることを心配している。

「いいのよ」

どちらにしても母がパートから帰るのは九時過ぎだし、父は仕事でもっと遅くなるはずなので、家で待つ人はいない。この時間帯、瑠美はたいてい一人で過ごしてきた。

「さっきの話だけど……」

言いかけて千夏がはっと顔を上げ、小声で「あっ」と叫んだ。彼女の視線の先に遠野藤香を見つけ、瑠美もまた「あ」という声を漏らす。

遠野は乗車口のガラス窓にもたれかかるようにして立ち、本を読んでいた。脇の辺りまである長い髪が窓から入る太陽の光で、薄茶色に光っている。ぼんやり文字を追っている目が虚《うつ》ろで、その姿は心が動くほどに美しいのだけれどなにかが足りないような気がした。

「遠野さん」

千夏が声をかけた。乗客の何人かが瑠美と千夏に視線を向けたが、彼女には聞こえていないようで、手の中の本に目をむけたままだった。

「遠野さんっ」

懲りもしないで千夏がまた、声を上げる。さっきより大勢の乗客が、何事かと千夏を眺め、車内の空気が少し揺らぐ。

しかし遠野が千夏の声に振り返ることはなく、電車は次の駅の有楽町で停まり、瑠美たちは降りなくてはならなかった。瑠美は降り際に、本から目を外し上目遣いにこちらを見た遠野と目が合った。その目は迷惑そうに千夏と瑠美を眺めていた。

「遠野さん、気付かなかったね。肩でも叩けばよかった」

車内で大きな声を出したバツの悪さからか、千夏が照れたように言い、人差し指で鼻の頭を掻く。

「それにしてもきれいな人だよね。あたしがこれまでの人生で見てきた美人の中でも一等だよ。一等きれい。ああいう人を本当に美人っていうんだろうな。見た、瑠美？　遠野さんの脚。あたしの腕より細いんじゃない」

長袖のシャツを肘《ひじ》の辺りまでまくり、千夏が笑ってみせる。

「美人として生きるってどんな感じなんだろう。毎日鏡を見るのが楽しいだろうね」

腕に生えた産毛《うぶげ》を指先でねじり、千夏が溜め息をつく。

「美人だからって幸せになれるわけじゃないし。そんな羨ましがる必要ないんじゃないの」

「そりゃ羨ましいよ。瑠美は自分がかわいいからそんな風に思えるんだよ。あたしみたいに生まれてこのかた一度もかわいいとかきれいとか男子に言われたことのない女子にとっては、とにかくやっぱ憧れだよ。あたしの父親は、美人は才能だって言ってるよ」

千夏は言うと、大げさな溜め息をついた。

だが瑠美はさっき見た遠野の冷ややかな目が忘れられずにいた。明らかに自分たちに気がついていた遠野の目。きっと千夏の呼び声も聞こえたはずだ。聞こえていて無視をしたのだ。

「でもあの人、性格は悪いわよ、きっと」

そういえば、入学してから一度も遠野が笑っているところを見たことがない。

「瑠美ってば、なに怒ってんの」

千夏はその場の空気を盛り上げるように笑ったが、瑠美は黙っていた。千夏には、遠野が自分たちに気がついていたことは言わないでおくことにした。


千夏に言われるまま電車を乗り継いで、和光市駅に着く頃には、日が暮れていた。ここから十五分ほどあるからと千夏は言い、駅からの道を並んで歩いた。瑠美の胸の中にときめくような緊張が生まれ、それが小さい頃友達の家に初めて遊びに行った時に感じたものと同じだと気がついた。

「ごめん、やっぱり遠かったね。帰るの遅くなっちゃうね」

さっきまで強引に誘っていたくせに、千夏は申し訳なさそうな小さい声で言った。

「いいの。どうせ家に帰ってもひとりだし」

高校の時は友達と会うのはたいていどこかの店で、互いの家を行き来するほど親しい間柄にはならなかった。友達を家に呼んだのは小学生の低学年までで、自分の家の狭さと古さを恥じる年齢になってからは、友達を呼ばないかわりに、自分もまた人の家に行くことは避けてきた。

「あたしんち、あれ。見える？　高野豆腐みたいなのが並んでるでしょ」

千夏がまだずっと先に見える四角い建物を指さして言った。

「あのクリーム色の？」

「そう。まあ遠くから見たらクリーム色かもしんないけど、近づくとそんなきれいなもんじゃないよ。官舎なんだ」

「官舎？」

「うん、あたしの父親、自衛官だから。その官舎」

千夏は右肩にかけていた鞄を左にかけなおしながら言った。何が入っているのか、その紺色のスポーツバッグはどっしりと重そうだった。もしかして教科書をいちいち持って帰っているのだろうか。みんなたいてい各々にあてがわれたロッカーの中に入れ、学校におきっぱなしにしているものなのだが、千夏なら毎日持ち帰っていても不思議はない。きっと生真面目に予習復習をしているのだろう。

官舎には父と、三つ違いの妹との三人で暮らしていること、母親は小学校二年の時に病気で亡くなったことなどを、道すがら千夏は話した。

「あっ、ここ、あたしが通ってた保育園だよ」

指さす方を見ると、水色の門扉の向こうに小さなグラウンドと遊具が見えた。太陽のないところで見る保育園は寂しく、眠っているように見える。灯《あか》りのおちた建物の中でひとつの部屋だけ電気がついていて、窓から白い光が溢れていた。

「あそこの部屋、延長保育の部屋だよ。六時を過ぎると七時までの間、延長保育の部屋に移動しなきゃいけないんだ。それまでは年齢ごとのクラスに分かれて保育されるんだけどね、六時を過ぎると赤ちゃんから年長さんまで全員一緒。いつも顔ぶれは同じだから、まあ大家族の兄弟姉妹みたいにして遊ぶんだよ。あたしも延長保育の常連だったんだよね」

千夏は懐かしそうに窓の灯りを眺めていた。

「なんか寂しい感じする」

ひとつだけ灯る窓の灯りが、子供たちの迎えを待ち望む心のように思えて、瑠美は言った。

「そうだね。外から見ると寂しい感じするね。でも実際はそうでもないんだよ。あたしなんて妹いたから、延長保育の時間になると顔合わせて楽しかったよ」

それでもやっぱり、妹と最後の二人になるのは心細かったと千夏は笑った。

「瑠美は、姉妹いるの？」

「私はひとり」

「へえ、そうなんだ。愛情いっぱい育てられたって感じだもんね」

千夏は言った。

「まさか……嫌味？」

「ほんとだよ。物怖《ものお》じしないというか、マイペースというか、あたしから見れば羨ましいとこあるよ」

「我慢ができない性格なだけよ」

我慢なんてしなくていい人生があるのなら、しない方がいいに決まってるよと千夏は呟いた。ここが朝霞駐屯地だと千夏が指差した方向に、駐屯地を挟むように官舎が見えた。

官舎の建ち並ぶ敷地に入ると、急に風通しが良くなった。ベランダに飾られた何本もの鯉のぼりが、風が吹くたびにいっせいになびく様が暗闇の中でも壮麗だった。何尾もの鯉が、夜の空に勢いよく泳ぐ。肌寒さを感じながら、瑠美は思わず足を止めてベランダを見上げた。

「夜でよかった」

千夏が言った。

「なにが？」

「瑠美を家に招待したのが夜でよかった。団地の古さが目立たなくて」

「そんなこと……」

「うちまで来てくれてありがとう。誘うのけっこう緊張したんだよね」

「緊張……？」

「うん。あっさり断られるかな、と」

千夏は瑠美の手を摑んで、握手するように上下に振る。

「あぁ……」

私こそありがとう……という言葉がうまく出てこなくて、瑠美は口ごもった。

本当は、千夏が声をかけてくれて嬉しかった。入学してから今日まで、瑠美の近くに寄ってくるのは千夏だけで、彼女がいなければひとりきりの学校生活を送っていただろう。朝、教室に入ると一瞬のうちに千夏の姿を探していることを、彼女は知らない。

「でも……どうして私なの？　千夏、なんで私をそんな……」

「つきまとうのかって？　うん。それは簡単に答えられる。あたし、瑠美みたいな人に憧れてるんだ。みんな必死でだれかと繫《つな》がろうとうごめいてる中、慌ててない感じっていうか。入学式の時からずっと、瑠美と友達になりたいと思ってた。強い人といれば自分も少しは強くなれるかな、とか思ったりして」

「かいかぶりよ」

「そう……かな。でも瑠美となら繫がるとか群れるとかじゃない友達になれるような気がして。本物の友達っていうか……。ってあたし大げさかな」

千夏は言ってから、恥ずかしそうに肩をすくめた。

瑠美は何か言おうとして、でも今話すと声が震える気がしたので、黙って千夏の目を見た。

千夏がふわりと笑ったので思わず目を逸《そ》らし、小さく頭を下げる。

吹流しが風にそよぐのに合わせてカラカラと回る風車の音が、二人の頭上を過ぎていった。

第二章　渋谷の夜

　ゴールデンウィークを過ぎると、学生たちはいくつかのグループに分かれ、もう何年も前からそうあったかのように慣れ親しんでいた。女という生き物はすぐに親しくなるくせに、離れるときはあっさりしたものだということを瑠美は知っている。教室の隅っこの席に座り、嬌声を耳にしながら、瑠美はテレビの画面を見るのと同じ目でクラスメイトを眺めていた。

「どうしたの、コワい顔して」

　トイレに行っていたのか、濡れた手をハンカチで拭きながら千夏がやってきた。

「コワい顔なんてしてない」

「してるしてる。なに、また学校やめようかどうか考えてんの」

　千夏が半分冗談で、半分真剣に訊いてくる。瑠美は黙って首を振った。

「夏休み明けのテストのこと考えてたの。えらい教科数だと思って」

　瑠美は言った。

「だよね。恐怖だよ、恐怖。こんなペースで授業進んでいって、はたして覚えきれるんだろうか。助けて、瑠美」

千夏は胸の前で手をクロスさせて自分の肩を抱きしめ、震えてみせた。九月に入ると修了試験があるが、中にはテスト範囲が教科書丸ごと一冊というものもあり、そのことを考えると瑠美の気分も滅入る。千夏には言わないが、学校をやめようかという思いも、まだ消しきれずにいた。

「まあ先のこと考えてもしかたないか。そうそう、うちのお父さんが瑠美のこと、賢そうな娘さんだねって言ってたよ。また来てもらいなさいって」

ポケットからプラスチックの小さなケースを取り出し、中の粒を口に放り込み千夏が言った。懐かしいけれど妙な香りがし、なにを食べたのかと訊くと、眠気覚ましの仁丹だと千夏が答える。

「そうなの？　じゃあまた行くわよ」

「どうぞどうぞ、喜んで」

瑠美は目の前の千夏にそっくりな彼女の父を思い出した。自衛官だからどんなにいかつい人なのかと構えていたら、実際は柔和な笑顔と人懐っこい話し方をする普通のおじさんだった。瑠美と千夏に夕飯を作ると、入院しているおばあさんを見舞いに行くといって出て行った。「面会時間が過ぎているから目立たないようにしないと」と言って上下黒いジャージを着て、着替えやら差し入れやらを準備している生真面目な姿が、千夏と重なった。

チャイムが鳴り、講師が教室に入ってくると、学生たちは緩慢な動作で各々の席に着いた。四時間目の授業は解剖学で、白衣を着た四十代半ばの医師が講師を務めた。瑠美は一番後ろの席から、クラスの様子を観察する。早口で教科書を次々に繰《く》っていく講師の声に耳を傾けノートをとっている者が約三分の一、あとの残りは机の下で携帯電話をいじっているか、提出レポートの内職をやっているか眠っているか、ぼんやりしているかだった。

千夏はなにをしてるのかと視線をやると、彼女は瑠美に気がつき、ぺろりと舌を出した。舌の上に舐めて溶けた仁丹の粒が茶色く残っていて、千夏はおどけた笑顔を浮かべた。

「山田、山田千夏、前に出て骨の名前を言ってみなさい」

後ろを振り返っていた千夏が、講師に指された。黒板に貼り付けてある大きな模造紙に骸骨の絵が描かれていて、それぞれの骨に番号がふってある。講師は番号順に骨の名前を言うように千夏に指示した。

「頭蓋骨、頸椎《けいつい》、鎖骨、肩甲骨………」

顔をこわばらせ、舌をもつれさせながら千夏が答える。肩甲骨、胸郭、肋骨《ろっこつ》、上腕骨……自信のない部位は隣の席にすら届かないほどの小声で呟く。最後まで言いきれず、途中で口を閉ざしてしまった。

瑠美はそんな千夏の姿と、彼女に注目するクラスメイトたちの顔を見比べていたが、ふと遠野のところで視線をとめた。遠野がなんともいえない面持ちで、講師を見つめていたからだった。探るような、見定めるような、敵意とも好意ともとれる表情で、教壇に立つ講師の横顔をじっと見ていた。肩より長い黒髪を珍しく束ね無造作にゴムでしばっているので、細く白い首元が剝きだしになっていた。無意識に親指で下唇をなぞる仕草が艶《つや》っぽく、瑠美は場所を忘れて遠野に見とれた。

「もうわかりませんっ」

両手をまっすぐに伸ばして、気をつけの姿勢をとりながら千夏が観念したように叫び、その滑稽な様子にクラス中に笑いがおこった。本人はいたって真剣なのだろうが、千夏の動作はどこか大げさで、笑いを誘う。千夏もまた笑われることに慣れていて、笑いがおこるとむしろほっとした表情になった。

「ここテストに出すからな。山田は絶対に満点取るように」

講師も呆れたような笑顔を浮かべた。

「山田、聞いてるのか？」

大きな体を丸めるようにして千夏は席に戻ると、

「はいぃっ」

と裏返る声で返事をし、またクラスに笑いをおこした。ただみんな笑っている中で、遠野藤香だけは変わらない深刻な表情をしている。

放課後になると、千夏が実技の練習をしようと言ってきたので、瑠美は付き合うことにした。更衣室でユニホームに着替え、演習室に向かう。放課後の演習室は実技の練習をする学生に開放されているが、ベッドの台数に限りがあるので、事前に予約をしておかなければならない。

「きょうはたまたま付き合うだけよ。あんたみたいに毎日練習して帰るほど暇じゃないんだから、私は」

瑠美が言った。演習室には瑠美たちの他に数人の学生が練習をしているくらいで、話し声が大きく響く。

「ありがと、つきあってくれて。なんか奢《おご》るよ」

千夏はのんびりと言いながら、ワゴンに必要な物品を準備していく。きょうはベッド上での洗髪を練習するつもりらしく、バスタオルや湯の入ったピッチャー、温度計、シャンプー、リンスが次々にワゴンに載せられていく。患者役の瑠美は靴を脱いで、ベッドに横たわった。

「じゃあ始めまぁす」

ストップウォッチを押すと、千夏が真剣な表情になる。洗髪は十五分以内で仕上げることが、合格の基準だった。

「お湯、熱くないですか」

千夏が訊く。髪の生え際からちろちろ流されるかけ湯がなんともこそばゆい。

「ぬるい」

「えっ……ほんと？　ちゃんと測ったのにな、四十一度。あっほんとだ、もう三十八度まで温度下がってるよ」

「とろとろ準備してるからよ」

まだ髪を泡立ててもいないのに、すでに十分は経過してしまっただろうと思える手際の悪さを、瑠美はからかった。

「ほんとだ……もう十三分経過。だめだ。絶対だめだ。こんなんじゃ合格なんてできっこない」

「まだ練習なんだしいいじゃない。とにかく最後までやって。リンスして、髪拭いて、ドライヤーしてください。……うわあ、ちょっと、千夏っ」

千夏がシャンプーをたらし、大きな手で頭をこねまわすように髪を泡立てると、飛び散った泡が瑠美の唇についた。

慌てふためいた千夏がドライヤーを終え、髪を整えてくれるまでにかかった時間は三十八分だった。

次は自分を練習台にして洗髪の練習をすればいい、という千夏の申し出を断り、瑠美はベッドに腰掛けて髪をとかしていた。学校で使用するシャンプーとリンスは安物なのか、洗うといつも髪がきしきしして滑りが悪い。

「ごめんね、私だけ練習して」

バケツやピッチャーなど使った物品をきれいに水洗いし、隣接する準備室に片付けてきた千夏が、ベッドに戻ってくる。パフスリーブからのぞく逞《たくま》しい二の腕に水滴が残っていた。

「いいのよ私は。患者役で洗ってもらいながら手順を頭に入れてるから。これも練習の一環」

「いいなあ瑠美は……頭いいし。なんだかんだいっても器用だもんね」

背中から押し出されたような溜め息をつき、千夏が横に並んで座った。ベッドのスプリングが深く沈む。

「練習あるのみ、まあがんばることよ」

湯を使っていたせいか赤く膨れた、女にしては指が太く掌の厚い、千夏の大きな手を見ながら瑠美は明るく言った。生まれつき器用な人はいるし、もちろん不器用な人もいる。要領の良い人もいれば悪いのも。努力だけではどうしようもない生まれ持った能力があるのだということを、瑠美は十八年の人生でわかっていたけれど、それでも努力する以外は方法はないのだと思う。努力してだめだったら、今まで以上にもっと努力する。それでだめだったら、さらに努力する。能力に限界はあるけれど、努力に限りはないと教えてくれたのは、溌剌《はつらつ》と働いていた頃の父だった。

「木崎さん、山田さん」

並んでベッドに腰かけたまま無言でいるところに、佐伯典子が声をかけてきた。佐伯は子持ちの主婦なので、いつもは放課後に練習していることなどなく、こうした自主練習の時間に顔を合わせることは初めてだった。

「あっ、佐伯さん」

落ち込みの表情を一転させ、千夏が笑顔で顔をあげる。ユニホーム姿に着替えている佐伯を見て、瑠美と同じことを考えたのか、千夏は一瞬不思議そうな表情を浮かべたが、

「どうしたの。放課後練習に残るなんて珍しいじゃん」

とすぐさま訊ねた。

「ええ……今日は実家の母が家に来てくれてて、子供たちの面倒を見てくれてるの。こういう時にしか練習ってできないから、やっておこうかと思って」

落ち着いた声で佐伯が言う。

「でも練習する相手がいなくて……もしよければ清拭《せいしき》の練習させてもらえないかと思って」

遠慮がちに佐伯は言うと、胸の前で懇願するように小さく手を合わせた。

「いいよ。もちろん。ねっ瑠美」

「ええ……いいですよ。私たちもまだ残ってやってくつもりだったんで」

千夏と瑠美が答えると、佐伯は嬉しそうに微笑《ほほえ》み、ありがとうと言った。千夏は自分が患者役になるからと言い、浴衣に着替えてベッドに横たわった。

「佐伯さんの実家ってどこなの」

千夏が問う。

「高知よ」

「へえっ。お母さん、遠くから来てくれたんだね」

「そうなの。大変でしょ。もっと近かったらいいんだけどねぇ」

佐伯の手が器用に浴衣をほどき、露《あら》わになった千夏の背を拭いていく。石鹸をつけたタオルが初めは背骨をなぞり、順に肋骨に沿っていく。首筋まで拭いた後は、湯をかたくしぼったタオルで泡を拭き取るのだが、こそばゆいのか千夏がくくっと笑った。

「佐伯さんのパートナーは遠野さんだよね」

くすぐったいのをこらえるようにして、千夏が言った。

「そうだけど?」

「遠野さん練習してる？　二人が一緒に練習してるとこ見たことないけど」

「遠野さんとは授業以外ではあまり話さないから……。私もほら毎日さっさと帰ってしまうでしょう、だから練習もできなくて」

申し訳なさそうに佐伯が言う。この人はいつも必要以上に控えめに話すなと瑠美は思いながら、千夏の背の、鍛えられた筋肉を眺めていた。

「遠野さんいつもひとりだよね」

「そうねえ。あまり気にしたことないけれど、そういえば一人でいることが多いかもしれないわねえ。でも私もそうだけど、現役でない学生は年齢もばらばらだから……」

学生の大半は高校を卒業してすぐに入学しているが、中には大学や社会人を経てから入学する人たちもいて、佐伯や遠野は社会人組だった。特に線を引いているわけではないが、瑠美のクラスでは現役生とそうでない学生は、自然と違うグループに分かれている。

「大丈夫なのかなあ、遠野さん」

屈託なく千夏が言う。

「彼女は大丈夫な気がするわ。授業では一緒に実技の練習をしているけど、とても器用だし覚えもいいし。一回練習すれば覚えちゃうのね、きっと」

子供を育てている佐伯の手つきは慣れたもので、もう背中の清拭を終え、はだけた浴衣を元どおりに整える作業に入っている。瑠美がちらりとのぞいたストップウォッチの残り時間はまだ十分以上で、じゅうぶん合格範囲だった。

「あたしからすれば佐伯さんも器用で覚え早いよ。自信なくすなあ、瑠美だってあたしよりずいぶん巧《うま》いし」

起き上がって緩んだ襟元を直すと、千夏は首を左右に倒し、こきこきと鳴らした。

「じゃあ次は私が患者役ね。木崎さん、練習するでしょう？」

さっきから千夏と佐伯のやりとりを黙って見ていた瑠美に、佐伯が話しかけてくる。瑠美は慌てて首を振り、

「私はいいです。さっきやったから」

と答えた。千夏とは違う種類だが、彼女が放つまっすぐでひたむきな感じが、瑠美を言葉少なにさせる。佐伯のことはけっして嫌いではなかったが、言葉に詰まるのだ。

「あっ、珍しい組み合わせじゃなぁい。おばさんとモアイと木崎さん。こんな時間までこっそり特訓してるとはねぇ」

もう五時半を回ったので、そろそろ帰ろうかとベッドを直しているところに、クラスメイトの横井ちえが現れた。演習室を練習に使えるのは六時までで、しかもユニホームではなく私服を着ているので、練習に来たのではないらしい。瑠美は横井のことを苦手を通りこして嫌いだった。声が大きく、自分の発言を周りにいるすべての人に聞かせなくてはすまない勝気な性格は、入学当初から際立っていた。クラス委員を務めているが、瑠美はできるだけ関わらないようにしようと、決めている。

「モアイってあたしのこと」

間の抜けた調子で千夏が横井に訊いた。

「そうよぉ、だってモアイじゃん」

横井がそうあだ名をつけたならきっと、これからずっと千夏はそう呼ばれるだろうと瑠美は思った。失礼だと思ったが、言い争うのも面倒なので黙って無視する。

「なになに、遠野藤香さんは仲間はずれなわけぇ？　同じグループなのに、三人だけってどうなの」

「別に三人で示し合わせたわけじゃないよ。佐伯さんがたまたま後から来ただけだし。それに遠野藤香さんは誘ってもこないよ、きっと」

相槌を求めるように千夏が目を合わせたので、瑠美は小さく頷く。佐伯もまた横井の毒にあてられないように身構えているのがわかる。

「ねえねえ、遠野さんってさ、どんな感じよ。あの人きれいだけど暗いよねぇ。なんで看護学校に入ったかって話よねぇ。知ってる、あの人K大の法学部出てんだって。そんな賢い人がなんでまたって感じよねぇ。どこにでも就職できそうなもんじゃない」

横井が遠野藤香についての何かを聞き出そうと、自分たちに近づいてきたことが瑠美にはわかった。横井は目立つ人間のことが気になって仕方がないのだ。横井の言うとおり確かに暗い印象の遠野だが、立ち居振る舞いに華と呼ぶしかない魅力があり、それが気になって仕方がないのだろう。

「横井さんはどうして演習室に来たの。お友達と待ち合わせ」

佐伯が柔らかい口調で訊ねる。話題を打ち切って別れの挨拶《あいさつ》をしようとしているのだと瑠美は思った。

「まあね。ここでじゃないけどね。約束の時間まで暇だからちょっとのぞいてみただけぇ。おばさんも珍しいじゃない、居残りなんて」

薄い唇を意地悪そうに引きのばし、横井は言った。佐伯はさっき瑠美たちにしたのと同じ説明を、実家の母親が来ているのだということを、横井に話した。

「悪いけど、もう帰るから私たち」

苛々《いらいら》が喉もとまでせり上がり、瑠美は早口で告げた。

「それに実習室にはユニホーム以外で入ってきてはいけないという規則があるの、知ってる？　やばいんじゃないの、クラス委員がそんなんじゃ」

わざと大きな音がたつように血圧計の鉄製の蓋を閉めると、瑠美は思い切り意地悪な言い方をした。語尾の後に鼻からフンと息が漏れるようにするのも忘れなかった。瑠美の言葉に横井は表情を張り詰めさせたが、佐伯が、

「ごめんね、もう帰らなくっちゃ。また明日ね」

と優しく言ったので、彼女は無言で背を向け部屋から出ていった。おそらく、誰と誰が残って自主練習をしているのかを知りたくてのぞきに来たのだろう。どこにでも知りたが

る人間はいる。何でも知っていることが自分の存在感だと勘違いしているのだ。

「瑠美ってば、横井さんにあんな言い方したらだめじゃん。明日から何言われるかわかんないよ」

学校を出てすぐのところにあるコンビニで、千夏はバナナとおにぎりと板チョコを買って、駅までの道のり、歩きながら食べた。

「いいのよ別に。何言われたって」

千夏は細かく割らずに、せんべいを食べるようにチョコを勢いよく食べていく。

「あんたもそんなだからモアイなんてあだ名つけられるのよ」

バナナを食べる千夏の腰を、瑠美は肘で突いた。

「へへへ。モアイってどういう意味だろうね」

「モアイ像のモアイじゃないの。大きいとかその手の意味」

「大きいならビッグじゃないかな」

食べ終えたバナナの皮をティッシュでくるみ、千夏は鞄の底にしまった。

「これから合コンじゃないの？　そんなに食べて大丈夫なの」

おにぎりに手をつけようとする千夏に向かって瑠美が言う。千夏はこれから友達が主催する飲み会に行くのだという。その友達が男だというので瑠美は驚いた。

「そんな、ただの友達だよ。高校時代の部活が一緒なだけ」

「部活？」

「うん。剣道部。剣道部は人数が少なくてさ、男子も女子も合同で練習してたんだよ。あたしが女子部の主将で、今から会う奴が男子部の主将。それだけの付き合いなんだけど、たまたま今日は会う約束したんだ。ちょっとした集まりだからおいでよ瑠美も」

「嫌よ。そんな突然言われても準備してない」

「準備なんかいらないよ」

「服装とか化粧とか、それなりにあるでしょ」

手で梳《す》くときしきしという感触が残る髪に触れ瑠美が言うと、千夏は、

「私以外全員男子だよ、たぶん。瑠美好みの人もいるかも。大学生だし、なんか楽しい話聞けるかもだよ」

と言った。

瑠美は大学生と聞いて、ますます行く気持ちが失《う》せた。大学生になれなかった自分を改めて思った。こんなことなら無理を言ってでも浪人すればよかった、行きたくもない看護学校になんか……しばらく遠ざけていたいつもの愚痴が口の中に苦くこみあがってくる。

「絶対行かない」

瑠美が強い口調で言うと、じゃれるように瑠美の腕を引っ張っていた千夏はふと手の力

を抜き、

「ごめん。しつこかったね」

と真顔で呟いた。

「そんなに深刻に謝らなくても」

「いやいや、あたしちょっとうざかった」

千夏は手に持っていたおにぎりをセロファンに包み鞄に戻し、下を向いて、

「あたし調子に乗ってたよ。瑠美がなんでも受け入れてくれるからって。ごめんだよ」

と言った。

いつもばかみたいに屈託のない千夏が、そんなふうに落ち込んでみせるので、瑠美はかえって自分が悪いことをしたように感じた。

「行くわ。私こそ頑《かたく》なに拒否する理由はどこにもないのよ。……女子校の毎日にうんざりしていたところだし、気分転換。千夏の言うとおり、運命的な出会いがあるかもしれないし」

「ほんとに？　いいの？　ついて来てくれるんだ」

「そうね。まあつまらなかったら途中抜けするけど」

「やったあ、嬉しいっ。実はあたしひとりで行くの、ちょっとひるんでたんだよね。だってあたしって口べただし人見知りするし。瑠美が一緒だったら助かるよ」

千夏は顔をあげ、いつもの笑顔を見せる。さっき見せた暗い表情は一瞬のうちに消え去り、自衛官募集のポスターのような希望に満ちた目を瑠美に向けた。

「なになに今の作戦なの？　なんかコートを脱いでしまった旅人のような気がする」

「北風と太陽の話。知らないの？」

「知ってるよ」

「千夏はいつも太陽的手法で相手にコートを脱がせるのね」

「そっかな」

「そうよ」

「じゃあ瑠美は北風派だね」

ただの冗談として千夏は言ったのだろうが、瑠美はその言葉に一瞬黙り込んだ。人に好かれない自分の、決定的な欠点を突かれているような気がした。


新橋から山手線に乗り、渋谷で降りた。平日なのになんでこんなに人が多いのかと思うくらい、駅も街も人で溢れている。めったに訪れることのないこの街の吸引力に、瑠美は悪酔いしそうになった。

「なにもこんな混んでる場所選ばなくってもさあ。だって教えられた店、どこにでもあるチェーン店だよ」

スポーツメーカーのTシャツの上にダンガリーの半袖のシャツをひっかけ、くるぶしまでの裾丈のパンツを穿《は》いた千夏が、背中を丸めながら歩く。同年代の女たちがきらびやかに見えるだけに、千夏がことさら野暮ったい。そういう自分もまた、周りには冴えなく映っているのだろうと瑠美は思った。自分以外の若者がみんな、楽しさと希望に満ちて見える。待ち合わせの店に向かって歩いていると、男女の二人組に声をかけられ、自己啓発セミナーに通ってみないかと勧誘された。ビルを飾る巨大な広告や、派手なイルミネーションが現実感を奪っていく。何よりも人の多さが、自分の存在感を薄くしていく。人に練られ取り込まれていくような感覚を、瑠美は恐いと思った。父の以前の勤務先がこの街にあったが、瑠美は一度も訪れたことがない。高校を卒業し、就職してから二十年以上もの間、父が吸い続けた空気を、瑠美は嗅《か》ぐように吸ってみた。

ビルの七階にある約束の店は、千夏の言うようにどこにでもある居酒屋で、店に入ると油っぽい匂いで溢れていた。店は平日なのにいっぱいで、店員たちは忙しそうに立ち働いている。千夏は店内をひとしきり見回した後、待ち合わせの相手を見つけたのか、瑠美の手をとって店内を横切った。陽が暮れてからはさほど暑くはなかったのに、千夏の手はひどく汗ばんでいる。

「ちわっす」

男ばかりのグループが座るテーブルの前で立ち止まると、張りのある声で千夏が言った。

「おう、久しぶり。迷わなかったか」

グループのうちの一人が即座に答え、他の者たちに千夏と瑠美が座る場所を空けるように言った。千夏の友人であるその男は、日野瞬也《ひのしゅんや》と名乗った。テーブルには日野の他にも大学の剣道部の同期だという三人の男がいたが、彼らは千夏と瑠美を見て大歓迎というのでもなく、かといって落胆するわけでもなく、自然な感じで席を詰め、瑠美たちの座る場所を作ってくれた。ずいぶん前から飲んでいたのか、テーブルの上は空いた皿とグラスが並んでいる。

「場所、すぐわかったか？」

メニューを千夏と瑠美に手渡しながら瞬也が訊いた。千夏に話しかけているのだが、視線は瑠美に合っていて、瑠美はとりあえず微笑んでおく。

「わかったよ。瞬也の的を射ない説明でもなんとか」

瞬也の向かい側の席が空いたので、千夏は瑠美にそこに座るように言うと、自分は瑠美の隣に腰をおろした。メニューも見ずにコーラを頼み、目の前にある皿から串揚げをつまむ。

「千夏、食うなよ。まだ乾杯もしてない矢先に。えっと……きみは何飲む？」

瞬也が瑠美に向かって訊いた。ただ飲み物を訊かれているだけなのに、力のこもった彼

の口調にたじろぎ、視線を逸らせるように、

「じゃあウーロン茶」

と瑠美は答えた。

「まじめだな、二人とも。酒飲まないんだ」

瞬也は言うと、瑠美の飲み物を店員に注文してくれた。未成年だからという真面目な理由ではなくて、瑠美はアルコールが好きではない。味が嫌いなわけではなく、酔ってしまって明晰でなくなるのが嫌なのだ。父がある期間そうであったように酔っ払うと自分自身が漏れ出てしまいそうで恐い。

「あら、いらしたの？」

女の声がして、瑠美と千夏は同時に振り返った。

「こちらが山田千夏さん？」

美容院の広告に載っているような薄茶色の巻き毛に手をやりながら、女が瑠美の方を見た。今までトイレにでも行っていたのか、手にブランド物の小さなポーチを持っている。

「違う違う。千夏はこっち。この人は千夏の友達の瑠美さん。えっと……木崎さんだっけ、名字」

瞬也が訂正すると、女は改めて千夏に向き直り、

「原さとみです。よろしく」

と笑顔を作った。

さとみは大学の剣道部のマネージャーで、瑠美たちよりひとつ年上の大学二年生ということだった。自分は剣道をしたことなどないのだけれど、一年生の時にしつこく勧誘されてマネージャーを引き受けたのだと話した。くっきりとアイラインで縁取られた目が、勝気に光っている。さとみはふざけた仕草でひとりの男を押しのけると、瞬也の隣に座った。彼女が少し動くたびに甘い香りが漂ってくる。

「みんな自己紹介したの？」

グラスにわずかに残る透明の液体を飲み干すと、さとみが言った。

さとみが話し出すとそれまで黙々と飲み食いしていた男たちが、彼女の言葉に集中する。この背の高いのが佐藤くん、兵庫県出身で、インターハイで優勝経験あり。こちらが三田ちゃん、高校から剣道始めたんだっけね。で、この人、新田くん、面打ちが得意なイケメンね。

「そして日野くんは、新入生の中では一番のホープよねぇ」

さとみは瞬也の肩に手をかけると、耳元で囁くようにふふっと笑った。

「練習終わったところをつかまえたのよ。日野くんがそそくさと帰ろうとしてたから。そうしたらこれから高校の同級生と飲むんだっていうじゃない。問い詰めると女の子だっていうから気になってついてきたの。ねっ？」

さとみは甘く絡むように言った。

「幼なじみっていうだけで、なんか勘ぐられて」

言い訳するように日野が言う。千夏はいつもの微笑みを作って、二人のやりとりを黙って見ていた。

「でもひどいのよ日野くんなんて。千夏さん、だっけ？　あなたのこと鎌倉の大仏みたいな奴だなんて言ってたんだから」

何がおかしいのか、さとみは掌でこみあげる笑いを押さえ込むようにして言った。

「ええまあ……あたし大きいから。顔も体も」

千夏が困ったような顔で笑った。

「そういう意味じゃないよ。千夏は仏みたいに寛容だから……」

瞬也が遮るように言う。

「あっ別に気にしてないから。瞬也なんかになに言われたって」

「だからそういう意味じゃないって」

さとみは自分の言ったことで二人が揉めているのが楽しいのか、にやにやしながらそのやりとりを見ていた。

「ところで二人とも看護学生なんだって？　偉いわねぇ」

さとみが目を見開くようにして言った。

「偉い……ですか？」

千夏が言った。

「偉いわよぉ。感染とか恐くないの？　下の世話なんかも平気なんでしょ。そういうことできるのって特殊な才能よね。看護学校ってたしか高卒で入るのよね。十八で自分の生きる道決めちゃうのってスゴイよねぇ」

さとみが同意を求めるように視線を送ると、佐藤という青年が大きく頷いた。私にはできないわとさとみが言うと、さとみさんには無理でしょうと佐藤が微笑む。

「千夏は昔っからそういうとこあるよな。人のために役に立ちたいっていう」

幼なじみが褒められて嬉しいのか、瞬也が素直な口調で言った。瑠美はさっきからさとみが小出しに放っている毒を感じているが、瞬也を含めた男たちはさほど気にしていないのだろう。マイナスな言葉は何一つ使わないくせに、確実に相手を不快にさせていく。そんな会話の技巧で、さとみは千夏を攻撃している。

「いま看護師って不足してるんでしょ。外国人を看護師として受け入れるっていう新聞記事、読んだことあるもの。それくらいなり手がない職業だってことよね、犠牲の精神がないとなれないわよねぇ」

さとみの言葉になんて答えていいのか、ただでさえ口下手な千夏は困惑顔のまま固まっている。

「偉くなんてないですよ」

口の中で転がしていた氷を奥歯で嚙み砕きながら、瑠美は言った。余裕ありという感じで目尻を下げて微笑むさとみを、直視する。

「看護学生だからって何の犠牲にもなりたくないですよ。私なんて大学落ちたからしょうがなく通ってるだけで、危険なことや汚いこと、私もやりたくないですよ。でも仕事でならやります。あなたはできないんじゃなくて、やらないだけでしょ。やらないということを選択して、そんな自分を肯定しているくせに、人のこと偉いなんていうのちょっと嫌味じゃありません？」

場の雰囲気など気にせず、瑠美は早口でまくしたてる。傍らの瞬也が驚いた表情で自分を見ているのがわかったが、勢いづく言葉は止まらなかった。みんなの酔いで緩んでいた空気が一瞬できつく寄っていく。だらだらと飲んでいた男たちの手が、止まっている。

「ごめん……」

冷え固まった空気をかき混ぜるように、瞬也が静かに言った。

「なんであなたが謝るの？」

「いやなんか……嫌な思いさせて、ごめん」

「別に……謝られることではないわよ。でも……千夏のことときちんと守りなさいよ。大切な友達なんでしょ」

瑠美はグラスの中のウーロン茶を一気に飲み干した。千夏はその場をとりなすように、他の部員に話しかけ始めた。無言で席を立ったさとみは、登場の時と同じようにポーチを小脇に抱え、化粧室に向かった。

さっき歩いて来た道をまた、千夏と二人で歩いていた。九時を過ぎた渋谷には、さらに若者が集まって来ていて、これから本格的な夜が始まろうとしている。瑠美はそんな夜の喧騒から一刻も早く逃げたいと思い、隣を歩く千夏も同じ気持ちなのだろうか、二人は行きよりもずっと早歩きをしていた。ビラを持った見るからにいかがわしそうな男たちに何度か声をかけられたが、振り返りも立ち止まりもせず歩く。少しでも隙を見せたなら、得体の知れないぬるりとした甘美な不幸に取り込まれそうな気がした。

「ごめん。場の雰囲気壊して」

並んで歩きながら、瑠美は言った。

「えっ、なにが？　瑠美が謝ることなんて何もないじゃん」

「私、あのさとみっていう人に対して攻撃的なこと言った」

「ああ……そんなの。言ってくれてすっきり、みたいな」

さとみが自分のことを良く思ってないことは会ってすぐに感じたと、千夏は言った。

「瞬也のことを気に入ってるんだよ、きっと。好きとまではいかないかもしれないけど……」

勢いよく歩いているので、歩調に合わせて千夏のリュックの中身がカタカタと鳴る。

「千夏も気づいてたの？　私は他人の悪意に敏感だけど。あんたはそういうの流しちゃうタイプかと思ってた」

「あたしだってわかるよ、それくらい。でも強くないから気がつかないふりするだけだよ。傷ついてないふりというか……あたしね、子供の頃からずっと、晴れた日の夕方が嫌いだったんだ」

「晴れた日の夕方？」

「うん。影がこう……くっきりと地面にうつるんだよね。あたしの影、他の子より大きくてさあ。影になるとみんな実物よりほっそりして見えるのに、あたしの影はやっぱりでかくてさあ。今も嫌いだよ、晴れた日の夕暮れ時は」

千夏が笑いながら言ったので、瑠美も「なにそれ」と笑い声を返す。若い娘にしてはもっさりとした千夏の格好は、街灯に彩られたこの場所にふさわしくなかったが、道行く派手な服を着た同世代の人たちにくらべて、よほど若々しく瑠美には映った。

「今日は嫌な女に二人も出くわした」

呟くように、瑠美は言った。

「ふたりって？」

「横井ちえと、今さっきのさとみ。私にとって女の人って意地悪かそうでないかの二種類しかないの。彼女たちは完全に性悪」

「おもしろいね。その二種類しかいないっていう考え」

「意地の悪い女にはなるたけ近づいたらいけない。彼女たちは、自分に関係のないところで楽しくやってる人をも攻撃せずにはいられないのよ。男になったことないからわからないけど、男は自分に無害な相手を攻撃することって少ないと思う。でもある種の女は、とにかく自分と違う生き方や考え方の人を見過ごすことができない」

瑠美は日頃思っていることを、珍しく饒舌《じょうぜつ》に語った。

「瑠美はいろんなこと考えてるんだね。あたしなんてぼうっとしてるから、あっ嫌だなって思うことあっても、なんで嫌だったのかとか、どうすればよかったのかとか、考えたりできないんだ。だからいつまでたってもだめなんだよね」

「別にだめじゃない」

「そっかな。だめだよ」

千夏は小さく笑った後に、大きな溜め息をついた。

渋谷駅にはこれから家路につこうとする人の疲労と、街に出て行こうとする人たちの熱気が入り混じり、独特の混雑を極めていた。

二人は同じ電車に乗ったが、瑠美が五反田駅で先に降り、千夏はそのまま有楽町まで行くと言った。調べればもっと近いルートで家まで戻れるかもしれないが、この方法しか知らないのだと千夏は恥ずかしそうに笑った。「また明日」とドアが閉まる時、千夏がピースサインといっしょに言い、瑠美は小さく片手をあげてこたえる。遠ざかっていく電車のテールランプを眺めながら、千夏なら明日も、あさっても、一年後もきっと今日と同じように自分と接してくれるのだろうと、思った。

家に戻ると、珍しく父も母も仕事から戻っていて、二人で遅めの夕食を食べていた。テーブルにはスーパーの惣菜売り場の残りものだろう揚げ物が、パックのまま出されている。母は食材の残り物をもらって帰るために、わざと遅い時間帯のパートシフトを組んでいた。

「おかえり。遅かったじゃない」

口と箸を動かしたまま、母は瑠美を迎え入れた。

「ただいまくらい言いなさいよ。ごはんは?」

「食べてきた」

「どこで?」

「友達と」

父は会話に入るのすら億劫《おっくう》らしく、見るからに疲れた様子で弱々しく咀嚼《そしゃく》している。

昔はよく、「まずそうに飯を食うなら、食うな」と瑠美に言っていたが、今の父は本当にまずそうに飯を食っていた。飲食店で働いていると食べ物に対する何かが変わってしまうのだろうか。

「遅くなるんだったら連絡しなさいよ」

スーパーから持ち帰った期限切れのペットボトルを片手で持ち上げ、注ぎ口に直接口をつけて母が言った。

「シャワー浴びる」

瑠美は立ち去るようにして、自分の部屋に入った。背中から「反抗期にしては遅いわねぇ」という母の声が聞こえてきた。自分の部屋といっても、２ＬＤＫの狭いマンションの一室である。家中のどこで話をしていても、声は聞こえてくる。築三十年以上も経つマンションで水漏れはしょっちゅう、独特の黴《かび》臭さに咳き込むこともある。なのに、都内というだけで家賃は十万を超え、母が事あるごとに田舎に引越そうかと言うのも、わかる気がする。でも引越さないのは、瑠美が都内の学校に進学したことと、世間体。引越しすることで、父が以前より条件の悪い職に転じたことを親戚に知られるのが嫌なのだろう。

ベッドに倒れ込むようにうつ伏せに寝転ぶと、瑠美は大きく息を吐き出しながら手足を伸ばした。襖《ふすま》一枚隔てた隣の部屋からは、母の話し声だけが聞こえてくる。以前の仕事をやめてからの父は、大きな声で話すことが少なくなった。体調が良くないのだからなんとか支えてあげたいと思う一方で、父親なんだからしっかりしてよという苛立ちもあり、瑠美はずっと父に優しい言葉をかけられないでいる。

「未来……」

ふとそんな言葉が浮かんだ。今夜出会った大学生たちには、燦然《さんぜん》と輝く未来があるに違いないと思ってしまう自分が嫌だった。瑠美だって未来のことを考えている。でもそれは今よりも幸福でなくなった未来についてだった。

第三章　手術室

六月になると東京も梅雨に入り、灰色の空が延々と続く週もあった。授業は毎日午後四時半までぎっしりと詰まり、教室中にだれた雰囲気が漂った。七月には夏休みがやってくるのだからあと一息だと鼓舞しながらも、瑠美は日々重くなっていく体を持て余し気味にしていた。

「ここで下着以外、着ているものをすべて脱いで。ロッカーは一番端から四つを使って。術着はここ。帽子、靴下も忘れずに着けてきてね」

看護師が早口で説明するのを、瑠美はぼんやりとした頭で聞いていた。今日は見学実習の日で、瑠美は手術の見学をするために系列の大学病院に来ていた。クラスがグループごとに分けられ、それぞれ違った科を見学するのだが、瑠美たちは最も辛いという噂の手術部に振り分けられた。

「あなたとあなたはMサイズでいけるね。でそっちの二人はLか。山田さんだっけ、あなたL入らなかったら言って、男子更衣室からLLとってくるから」

マスクをつけたままで表情のわからない看護師が、術衣を指差して言う。Mサイズと言われたのは瑠美と佐伯の二人で、Lサイズは千夏と遠野のことだった。遠野は痩せているが上背がある。

「着替えがすんだらそのドア開けて声かけて。私ちょっと中に入ってるから」

看護師はそう言い残すと、慌てた様子で更衣室を後にした。

「ドキドキするね。大丈夫かな、あたし。手術を見るのなんて初めてのことで……」

緑色をした術衣に腕を通し、千夏が前ボタンを閉じる。多少きつそうだったが、ボタンはとまり、あの忙しそうな看護師にLLを持ってきてもらう手間をかけないですんだようだった。

「もちろん私も初めてよ。大丈夫かしら、血とか見るんでしょう?」

一番に着替え終えた佐伯が、強張った顔をして言った。緑色の上着にズボンを穿き、髪を帽子の中にいれてマスクをしたなら、一瞬誰がだれかわからなくなる。

「遠野さんは大丈夫な方? 血とか」

さっきから黙って淡々と着替えている遠野に向かって佐伯は声をかけた。

「別に……。そんな気にならないですよ」

いつもの無表情で遠野は答える。マスクに顔のほとんどを隠されると、切れ長の大きな瞳が目立ち、美しさが際立つ。

「遠野さんはいつも冷静だからね。きっと大丈夫だよ。むしろ普段クールぶってる瑠美なんかがだめかもね」

ゆったりめにできているはずの術衣をぱんぱんに張り詰めて着た千夏が、からかうように言い、瑠美の肩を揉む。瑠美は「うるさい」と千夏の手を払いのけた。

「じゃ行きましょうか」

佐伯がドアを開けてさっきの看護師の名を呼んだ。「手術室」と書かれたサンダルを履くように言われ中に入ると、消毒液の匂いがした。

ストレッチャーで運び込まれ手術台に横たわる患者を、瑠美は手術室の隅の方で見ていた。瑠美たち看護学生の他にも医学生が三人、同じように手術見学に訪れていた。

「一から順に数を数えてください」

麻酔科の医師が患者に声をかける。患者は一、二、三……と震える声で数字を重ね、六の辺りで意識を朦朧《もうろう》とさせた。意識が完全になくなったことを確認すると、麻酔科の医師が手際よく患者の気道に呼吸の装置を挿入していく。全身麻酔のもとでは、自発呼吸すら停止し、麻酔科の医師によって呼吸が管理される。

麻酔がかかると執刀医らが動き始めた。それまで患者の体にかかっていた掛け物が剝ぎ取られ、その下の裸が露出される。下着一枚もつけられず手術室に入ってくる心細さを、瑠美は思った。意識がなくなった患者は目の乾燥を防ぐためにアイパッチをし、口には百円玉の直径くらいある呼吸器の管を入れられている。患者の命すべてが、医師と看護師に預けられているということを、瑠美はその光景から知った。

「なんか……圧倒されるね」

隣で立っていた千夏が耳元で囁く。瑠美は千夏の言葉に頷き、背中を冷たい汗が伝っていくのを感じた。手術室の温度は低い。患者が入室する時は温めてある部屋だが、患者の意識がなくなるとぐっと冷えてくる。それは執刀する医師たちの集中力を持続させるためなのだと、看護学生を指導する看護師が教えてくれた。

メスが乳房の辺りからわき腹に向かい、さらに背部に入り肉が裂けると、そこから体が開かれていく。小型の電動のこぎりのような機械でがりがりと骨が切られる。患者は肺がんだった。

「ああいう作業をしているかぎり、医者というより植木屋さんとか大工さんとか、そういう感じだよね」

千夏がまた耳打ちしてくる。肉を裂き骨を切り、体を開いていく過程を迅速に進めていく医師の手さばきは、確かに職人のそれであった。

「学生、ここに立ったらいいよ」

看護師が瑠美たちを手招いた。足台を四つ準備してくれ、その上に乗って術野をのぞくようにと告げる。最初に台の上に上がったのは佐伯で、その後瑠美と千夏がおそるおそる上がった。遠野はしばらく俯《うつむ》いてその場を動かなかったが、最後に台に上がった。上から術野を見下ろすと、血液にまみれた身体《からだ》の内部がよく見えた。肺という器官を、もちろん瑠美は初めて見た。自分の体の中にあるものなのにと不思議な気持ちになる。がん細胞のある左肺を取り出した執刀医は、注意深く臓器を調べている。

「今度は細かい作業だね。さっきは植木屋だったけど、これは宝石の鑑定士だね。どっちにしろ職人技だなこりゃ」

かなり興奮した千夏が囁くと、

「学生、聞こえてるぞ。そうだよ、医者は職人。それも肉体労働のだ」

と執刀医が言った。マスクと帽子で表情はわからないが、声は怒っていない。むしろ笑っているような余裕のある声色だった。

「すいませんっ」

焦ったのは千夏の方で、それきり口を閉ざしてしまった。

「あった。取れたぞ。即、病理に出して」

肺から切り落とした赤黒い肉片を看護師の持つ膿盆《のうぼん》に落とすと、執刀医が大きな声を出した。がん細胞がすべて取り切れるかどうかは、医師の腕しだいなのだと瑠美は思った。

病理解剖の結果を待っているわずかの間、それまでの張り詰めていた空気が緩んだ。結果しだいでさらにメスを入れていく必要があるため、患者の身体は閉じられず、手持ち無沙汰になった医師たちの言葉数が多くなる。医学生におまえら何年生だと声をかけ、卒業したら胸部外科に来いとスカウトしている医師もいる。

「さっきからおしゃべりな学生。きみは手術部向きだ。ここのナースは力仕事だからきみみたいなガタイがいいのは重宝する」

執刀医が千夏に向かって言った。

「いやです。この緊張感には耐えられませんっ」

「緊張もそのうち慣れるさ。卒業したらここにおいでよ。オペ看はなり手が少ないから今のうちに声かけとかないとな」

まだ若いのか、張りのある太い声で執刀医は言った。

「先生、病理結果出ました」

病理室から戻って来た看護師から結果を聞くと、縫合処置が始まった。転移が見られず、それ以上切らなくてよくなったのだろう。身体の内部を洗うために大量の生理食塩水が流しこまれ、豆腐でも洗うかのようにちゃぷちゃぷと肺が洗われる。流しこまれた液体は、同時にチューブによって吸い上げられる。人間の身体の内部を扱っているのに、案外大雑把な作業だなと瑠美は全身に鳥肌を立てながら思った。

突然、どさりという、床に物が落ちる音がし、驚いて足下を見ると人がうずくまっていた。遠野だった。

「大丈夫っ？」

瑠美は慌てて台から降り、遠野の肩を抱え、起こそうとした。

「遠野さん。遠野藤香さんっ」

目を閉じて俯く遠野は、麻酔をかけられた患者のように白い顔をしている。

「外連れてって」

看護師が慣れた口調で言った。「結構倒れる子いるのよ。ここ」

瑠美が遠野を支えて歩き出すと、千夏も手を貸してくれようとした。すると看護師が「付き添いは一人でいいから」と千夏を制し、見学実習を続けるように言った。瑠美は自分よりずっと背の高い遠野の腰に手を回して支えるようにし、一歩一歩ゆっくりと歩いた。手術室のドアを開ける方法がわからず戸惑っていると、医学生の一人が駆け寄ってきて、開けてくれた。手術室のドアは手でなく足で開けるようになっていることを、瑠美は知らなかった。

「遠野さん、大丈夫？」

さっき服を着替えた更衣室の椅子に、遠野を寝かした。まだ目を閉じたままの遠野は震えていて、声も出せないくらいに張り詰めている。きっと限界まで耐えていたのだろう。

「何か飲む」

瑠美が訊くとかすかに首を横に振り、意識があることはわかる。冷えた身体を温めてやるために、瑠美は毛布を身体にかけた。毛布をかけると、遠野はその中でうずくまった。

「えっ……何」

くぐもった遠野の声が聞き取れず、瑠美は聞き返した。

「戻りなさいよ。私は大丈夫だから」

小さいけれどはっきりとした口調は、いつもの彼女のものだった。

「でも……」

「いいから。あなたがついていてくれても同じだから。ここで休めば回復する」

突き放すように遠野が言い、瑠美は心配したことを後悔した。

「じゃあ戻るわ」

瑠美は言った。しかし次第に早くなっていく彼女の呼吸音に振り返り、瑠美は、

「私行っていいの、遠野さん」

と訊いた。

「どうぞ」

さっきよりしっかりとした口調で遠野は答えた。

手術室に戻ると、針と糸を手にした執刀医が肉を縫っているところだった。

「どうだった、遠野さん」

佐伯が訊いてきた。

「大丈夫みたいです」

「ほんと？　瑠美、ついててあげればよかったじゃん。置いてくるなんて冷たいよ」

千夏が目を細めて言うので、

「だってあの人が戻れって。もういいからって」

と言い返す。縫合は身体の内部から、漿膜、筋膜、表皮の順に三度にわたって行われる。時間と力のかかる作業で、執刀医の額に汗が浮かんでいる。

「ほんとに大丈夫かな。あたし見てこよっかな」

「千夏が行ったとしても同じだよ。戻りなさいよ、って言うだけ。あの人は」

「心配じゃないの、瑠美は」

「本人が平気っていうのならいいんじゃない」

縫合の間は、和やかな空気が手術室に流れていた。看護師はガーゼの数や器具の数の最終カウントをしている。手術中も合わせて、カウントは三回行われるのだが、この作業を抜かすと患者の身体の中にガーゼやピンセットが残るというとんでもないミスにつながる。

「とても……普通に暮らしていては体験できない数時間だったわね」

看護師から学生はもう戻っていいと言われ、足台を片付けていると、佐伯が大きな溜め息をついた。疲労の滲んだ涙目をしている。

「佐伯さん、言葉少なかったですね」

瑠美が言うと、

「実は私も眩暈《めまい》と吐き気で……。遠野さんが倒れてしまったから、私は耐えないといけないと思って。二人も倒れてしまったら具合、悪いでしょう」

と胸の辺りを押さえながら佐伯が言った。

「オペ室の看護師にあとで何言われるかわからないですね」

瑠美は意地悪く言うと、自分は意外に平気だったことに気がついた。血液の臭いにも肉を切る臭いにも、ひるむことはなかった。案外向いているのかもしれないという思いを心の中でひとり否定する。

「あれ、千夏ちゃんは」

佐伯が訊いた。

「もうとっくに戻ってます。遠野さんが心配だからって。おせっかいなんです、暑苦しいくらい」

瑠美は言うとゆっくりとした動作でガウンを脱ぎ、ゴミ入れに捨てた。三年間の学生生活の中で、手術室の実習はきょう一日限りだから、これでもう一生、手術室に入ることなどないかもしれない。血液が滴ったままの床や、目が痛むほどの眩しいライトの光、人が人に命を委ねる壮絶な場所を、瑠美は目に焼き付けておいた。

瑠美が佐伯と二人で学校に戻ると、昼休み中の教室はいつものように騒がしく、隣に並ぶ佐伯にすら大声で話しかけないと聞き取れないくらいだった。瑠美は中学、高校と共学だったので、女子校の騒がしさを体験するのは初めてで、こんなにもうるさいとは知らなかった。女の数が多いという単純な理由に加えて、男がいないので遠慮がないのか、休み時間はけたたましい笑い声があちらこちらから聞こえてきて耳を塞ぎたい思いだった。

「うるさい……。きれそう」

瑠美はだれに言うでもなく呟いたが、聞こえていたのか、佐伯は小さく笑うと、

「騒音計を置いてみたいくらいね」

と溜め息をついた。

教室の中で千夏の姿を探したが彼女の席にいなかったのでぐるりと視線を漂わせていると、騒がしいのは同じだけれど、なんとなくいつもと雰囲気が違うことに気がついた。

「千夏ちゃんいないわねぇ……遠野さんも……」

と佐伯が言った時、瑠美は教室の隅で集まっている人たちの中に、千夏の横顔を見た。その場所は遠野の席があり、近づいていくと、席についている遠野と、その前の席の椅子に腰掛け、椅子を反転させて遠野に向き合うように座っている千夏の姿があった。

「何してるの？」

二人を囲むように立っているクラスメイトたちを掻き分けるようにして、瑠美は千夏に声をかけた。何が起こっているのかわからなくても、女たちが発している苛立った空気が

肌に刺さる。千夏は瑠美と目が合うと、無言で安堵の表情を浮かべた。

「何してんの?」

もう一度、今度は隣に立っている横井ちえに向かって、瑠美は言った。いつもは意地悪く唇だけで笑っている彼女の顔が、今は笑いもなく歪んでいる。

「あなたには関係ないよ」

ちえは瑠美の顔も見ずに低い声で言った。ちえ以外のそこに集まっている女たちの顔も歪んだまま固まっていて、気の強さでは負けていない瑠美は、なんとなくわくわくして、

「何があったのよ」

とさらに強い口調で言い、この揉め事に介入することを決めた。

「ねえ何があったの?」

横井ちえといつも一緒にいるが、本人はそう意地が悪いわけでもない林に、瑠美は話しかける。林は瑠美にしつこく問われて、指示を仰ぐようにちえを上目遣いで見た。

「遠野さんって、ほんとひどいのよ、木崎さん、聞いてくれるぅ」

ちえは瑠美を味方に引き込んだ方が賢明だと判断したのか、頑なだった表情を崩し、瑠美に同意を求めるような口調で話し出した。瑠美が遠野のことを良く思っていないことを、ちえは気がついているのだろう。瑠美なら自分側に引き込めるに違いないと、ちえの咄嗟《とっさ》の計算が、彼女の甘ったるい口調に滲んだ。

「遠野さんったらさぁ、あたしの彼とこっそり会ってたんだよねぇ。信じられるぅ、大人なのにさ、自分よりずっと年下の若い級友の彼を寝取っちゃうなんてぇ」

自分では若いというが、もう女としての澱《おり》が溜まり始めているちえの大きな目が、瑠美をまっすぐに捉える。遠野も好きではないが、あんたはもっと嫌いなのよと心の中で毒づきながら、

「へえ……彼、浮気したの。寝たんだ、遠野さんと」

と瑠美は言った。

ちえは同情的ではない瑠美に、それまでのいきさつを長々と話し始めた。その声は、周りにいた自分の友人や関係のないクラスメイトにまできっちりと届くように、大きい。

「というわけで、遠野さん、飲み会で私の彼に近づいたのよっ。普通ありえないでしょ、人の彼氏狙うなんて」

「でも遠野さんに無理言って飲み会誘ってたのはちえだよ。あたし見てたもん、遠野さんに必死で頼んでたところ」

それまで黙っていた千夏が、不服そうな口調で言い返す。

「モアイは黙っててよ」

ちえは強く千夏に言うと、

「にしてもかげでこそこそ人の彼氏と会ってるなんて卑劣じゃなぁい？」

遠野に向かって言葉を投げかけながら、ちえは言葉の最後に瑠美の目を見た。その目が瑠美がどちらの肩を持つかと問いかけてくる。

「それにこの人、初めはぜんぜん乗り気じゃなかったのに、合コンの相手がH大学の医者と聞いたら途端に態度変えてんの。はっきりしてるわよねぇ」

ちえの言葉を聞きながら、瑠美は遠野の顔を見ていた。動揺しているという感じではないが、顔色は悪く、さっき倒れた体調の悪さが続いているようだった。右手で頬杖をついたまま、視線は窓の外に向けられている。自分のことで揉めているのに、意識はここにあらずといった遠野の態度が、ちえを余計に腹立たせるのだろう。言い訳でも謝罪でも何か言えばいいのにと、瑠美は思った。

「まあ遠野さんもこれからは気を遣うと思うから、もういいんじゃない。遠野さん、手術見学で気分悪くしてるから、ちょっと休ませてあげないと」

それまで傍観していた佐伯が、遠慮がちに、それでもきっぱりとした口調で言った。ちえは「おばさんは関係ないし」、と呟いたが、ちょうどその時始業のベルが鳴ったので、張り詰めていた空気は緩んだ。それぞれが強張った顔で席に戻っていく中で、遠野の目は面倒くさそうに窓の外を眺めたままだった。瑠美は不思議だった。目の前で起こっていることすべてに興味なさそうな遠野が、飲み会でも何でも、人と関わる場に出ていくということが不思議だった。そんな場所で、遠野はどんな表情で何を喋《しやべ》るのだろうか。人並みに愛想笑いをしたり、つまらない話に相槌を打ったりするのだろうか。なんらかの益を求めて医者と懇意になりたいと願う女はきっと多いのだろうが、はたして遠野もそんなつまらない発想をするのだろうか。美しいけれど、その美しさを楽しんでいないような遠野と、ちえの彼と隠れて会っていた遠野がどうしても結びつかず、瑠美は不思議な感じをぬぐえなかった。

第四章　出会いの夏

地下道から続く長い階段を上がりきり外に出ると、容赦ない夏の光が照り付けてくる。長かった梅雨が明け夏を迎えて、看護学校は長い休みに入った。あれほどやめようと思っていた学校を、結局一日も欠席することなく一学期を終え、他のクラスメイトと同じように夏休みを迎えたことが瑠美にとっては不本意ながらかすかな自信になっていることを実感する。まだ朝の九時を過ぎたばかりなのにもうすでに熱している空気を吸いながら、瑠美はいつものように振り返り、東京タワーを見上げる。自分よりもっと近い位置で太陽に照り付けられながら、きょうも力強く光っている鉄塔に小さく祈った。

家にいても両親は仕事で出かけているので、瑠美は千夏の勉強と実技の練習に付き合うために、学校に出てきていた。冷房代がかかるからどこか図書館にでも行ってきなさいと母は言い、毎日弁当を作ってくれた。本当はアルバイトでもすればいいのだろうが、心のどこかでまだ大学受験を完全には諦めきれず、受験勉強のための参考書を持ち歩いている。問題を解く集中力はほとんどないのに、それでも参考書を開けて眺めてしまう自分を、瑠美はどうすることもできなかった。

夏休みの間、千夏は病院でアルバイトをしていた。系列の大学病院で看護助手のアルバイト募集があり、千夏はすぐさま申し込んでいた。資格のない学生なのでたいしたことはさせてもらえないだろうが、今後の実習に少しは役立つのではないかと千夏は言い、朝八時から一時までの五時間、病院で働いていた。瑠美は千夏の仕事が終わるのを図書室で勉強したり本を読んだりしながら待ち、その後二人で弁当を食べて、また勉強をした。

大学の図書室の入り口の扉を開けると、古書の黴臭さが漂ってくる。夏休みの間、瑠美は看護学校の図書室を利用するのではなく、系列の大学の図書室を使った。圧倒的に広いし、書物の数も多いことが理由だったが、一番の理由は夏休みまで知った顔に会いたくなかったからだ。看護学校の図書室は、そこが図書室であることを無視して騒ぐ学生も少なくなく、そういう人たちにいちいち腹を立てるのが面倒だった。看護学生の大学の図書室の利用は許可されていたし、学生証で本を借りることもできた。三階まで及ぶ広くて涼しい図書室の中で静かに過ごすことが、瑠美の楽しみだった。ここにいるとつかの間、憧れていた大学生になれたような気もする。

いつものように一階の一番奥の窓際の席に座ると、瑠美は机の上に参考書やノート、筆記用具を並べていった。勉強を始める前、儀式のように決まった位置に本やノートを置いていくのが瑠美の癖で、そうすると落ち着く。

「失礼、なんでいつも赤本なの？」

参考書を三冊、机の右側に積み重ねていると、隣から声がした。

「邪魔して悪いね。でもおれ、いつもこの席に座ってるんだけど、どうしても気になって……」

声をかけてきた青年は菱川拓海《ひしかわたくみ》と名乗り、大学の四年生だと言った。

「大学、受けなおす？　仮面看護学生？」

拓海は笑顔で訊いてきたが、瑠美は自分のことをなぜ看護学生と知っているのか訝《いぶか》しく思い、何も答えなかった。

「おれのこと覚えてない……か。こうでもわからない？」

拓海は右手で自分の額を、左手で鼻から下を覆った。手と手の間から目だけがのぞいている。瑠美は何か思い出す感じがしたので、首を傾けてみたが、瑠美が答えるより早く、

「手術室で会っただろ。おれもオペ見学してたんだ。ほら、背の高い学生が倒れて……」

と拓海が話した。周りを気にして小さな声だったが、声には力がこもっていて、瑠美は思わず「ああっ」と小さく叫んだ。手術室のドアの開け方がわからず、その時教えてくれた医学生の姿が記憶に蘇る。

「おれはすぐわかったのに」

冗談っぽく拓海が言うので、瑠美は初めて彼の顔をまっすぐに見つめた。

「受けなおすのか、大学。せっかく入ったのにもったいない」

瑠美の参考書を勝手に手に取り、ページを繰りながら拓海が訊いた。

「まあ……迷ってるところ、です」

「なんで」

「だって向いてない」

「そうかなあ。友達が倒れた時、咄嗟に動いてただろ、ああいうのさすがだと感心してたのにさ」

参考書を元の位置に戻し、拓海は言った。

「先入観よ」

「先入観？」

「そう。看護学生だからって看護が好きな人ばかりじゃない。少なくとも私はすごく居心地が悪い」

瑠美は言うと、拓海の顔をまっすぐに見つめた。穏やかで人懐っこい顔つきだったが、薄い唇と細い顎《あご》が、冷たそうでもあった。拓海は瑠美の言葉には答えず、ちょっと外に出ないかと言った。

「外に？　私ここで友達と待ち合わせてるんだけど」

「何時に」

「一時過ぎ」

「それまでには戻る。外っていっても大学の敷地の中だから」

拓海はそう言って立ち上がった。瑠美は「勉強中なんですけど……」と呟きながら、拓海の後についていく。

大学四年生というだけあり、拓海は迷路に似た大学病院の敷地内を迷いもせずに歩いた。大学は系列の大学病院の敷地内にあったので、図書室から一歩外に出るとそこはもう病院の一部で、学生よりも患者が多く歩いている。図書室の横はラウンジになっていて、そこには学生もいればパジャマを着た患者の姿もあった。

「ここはA棟、主に外科病棟で二十階まであって、最上階はVIPが入院するんだ。一番高いところで一日百三十万という部屋があるらしい。ここからはB棟、小児科、産婦人科、婦人科が入ってる……」

瑠美が一年生だということを知ると、足取りをやや緩めた拓海は、歩きながら病院内の案内を始めた。これまで何度か病院に来たけれど、その入り組んだ構造をなかなか覚えられないでいた瑠美は、説明を黙って聞いた。小さな花屋があったり、理髪店、カフェがあったりと、新しい発見に瑠美は目を見張った。

「そうだ、名前を聞いてなかった」

細い廊下を歩きながら拓海が言った。

「木崎瑠美」

「瑠美か……」

前方からストレッチャーに載せられた患者と付き添いの看護師二人がやってきたので、拓海は瑠美をかばうようにして廊下の端に避けた。

「喘息《ぜんそく》の持病、ある？」

Ａ棟から順に辿《たど》っていき、Ｅ棟を抜けた辺りで拓海が訊いてきた。

「喘息ってあの発作のこと？」

「そう」

「ないけど……どうして」

Ｅ棟からＦ棟へ続く渡り廊下の前で、拓海はいったん立ち止まった。さっきまでテーマパークの人出かと思うくらいに溢れていた人の姿が、いつの間にかなくなっている。

「こっから先は埃と黴の世界。喘息の持病があったら絶対に発作でるくらいの。近代的な建物が売りのうちの病院も、Ｆ棟だけは別。平成に取り残された空間なんだ。他の棟がすべて改築されたにもかかわらず、ここだけは古いまんま。なんでかわからないけど」

だからＦ棟は知る人ぞ知る学生たちの喫煙場所になっているのだと拓海は言った。病院敷地内はすべて禁煙になっているのだが、患者のいないＦ棟で吸っているぶんには何も言われないのだと。

廊下を渡って、F棟に入るドアを拓海が開くと、中から湿った熱が漏れた。

「中、暑いよ。ここは空調からも見放されてるから」

拓海が言った。彼の言葉通り、中は埃っぽく黴くさく、息を吸うと喉の辺りが痒くなる。

「何……ここ。何があるの」

瑠美は急に不安になった。見知らぬ男についてきた自分を責める。

「心配するなよ。ほんとに見せたいもんがあるんだ。おれのこと怪しく思うんだったらほらこれ」

拓海はズボンの後ろのポケットから財布を取り出し、その中から免許証を抜き出し、瑠美の手に載せた。その行為がおかしくて瑠美が小さく笑うと、

「じゃあ行こう」

と歩き始めた。

F棟に続くドアを開くと、木の板に黒い字で書かれた「展示室」というプレートが目に入った。

「展示室？」

瑠美が声に出して言うと、拓海は笑顔で頷き、ゆっくりとした足取りで進んでいく。彼の言うとおり、呼吸するたびに歳月が積もらせた塵の粒子が鼻から口から入ってくるのがわかり、瑠美は咳き込んだ。リノリウムの床が、歩くたびに軋《きし》む。展示室といっても整然

とした場所ではなく、これまで集めてきた人体のいろいろをただ置いているという感じで、薄暗い部屋に特別な照明はなく、雑然とした部屋の中でガラスケースが並んでいる。

「なんか……すごいだろ」

声が響かないように、抑えた声色で拓海が言った。瑠美は無言で首を縦に振る。「すごい」という表現以外、思いつかない。ガラスケースには大小さまざまな瓶が並んでいて、瓶の中に液体に浸った人間の臓器と思われるものが浮かんでいた。

「これは腎臓。教科書に書いてあるとおり、本当にそら豆みたいな形をしてるだろ。地味だけどこいつの機能はすごいよ。一度やられたら代えがきかない」

拓海は時おり説明をしながら、瑠美の隣を歩く。ジャムの瓶ほどの小さな瓶に浮かぶ眼球と目が合ったような気がして、瑠美は思わず拓海のシャツの裾をつかむ。

「おそらくこの展示室は……参考資料というよりも、この大学の偉い人の趣味で作られたんだとおれは思うんだ。臓器おたくの医師かな」

黄ばんだ頭蓋骨の上に積もった埃を、拓海は息を吹きかけ払う。

「この骨はきっと乳児のだな」

拓海が掌で撫《な》でた頭蓋骨は、ソフトボールくらいの大きさだった。

「好きな臓器ある？」

拓海が言った。

「好きな……臓器。そんなの考えたこともない」

「でも解剖生理の勉強してると、興味のある身体の部分がでてくるだろ。たとえば心臓がおもしろいとか。脳の未知な感じがロマンチックだとか」

「別にないけど。普通はあるものなの」

「あるんじゃないか。そうしたインスピレーションで自分の進む科を決める奴も中にはいると思うよ」

部屋中に独特の匂いがあるので瑠美が不思議に思って訊ねると、ホルマリン液の匂いだと拓海が教えてくれた。刺激臭ではないが、できれば嗅ぎたくない種の匂いだ。

「あなたもあるの、好きな臓器」

瑠美は訊いた。

「あるよ。子宮」

「子宮？」

「子宮は神秘だよ。通常は鶏卵くらいの大きさなのに、臨月には三キロの胎児を包み込むまでになるんだから」

まあ自分は子宮というより、その中に入っている子供が好きなのだと拓海は言った。そして展示室の正面つきあたりに位置するガラスケースまで瑠美の背を押して連れていくと、

「これ、見て」

と瑠美に言った。

「これって……」

「そう胎児だ」

掌にのるくらいの瓶から順に、最後はバケツほどの大きさの瓶が十個、並んでいた。少しずつ大きさを増している瓶には、黒のマジックで「一ヶ月」「二ヶ月」「三ヶ月」……と書かれている。まだ初期の胎児ですら人の体をしていて、透き通った表面から血管が見えた。「三ヶ月」のシールを貼られた瓶の中の胎児には、はっきりと指の存在がある。胎児たちは月を重ねていくうちに人らしい形になっていき、「十ヶ月」と書かれた瓶の中に浮かんでいるものは両手を額の前でクロスさせ、拳を握り、膝をぐっと折り曲げているが、その姿は力強く、今にも目を開けて産声《うぶごえ》を聞かせてもおかしくなかった。

「どうして胎児の標本があるのかは知らない。この展示物にはとてつもなく古いものもあって、戦争中に命を落とした人から献体を受けたものも多いと聞いてる。この胎児たちも、亡くなった母親の子宮の中から取り出されたんだと思う、きっと」

拓海は言いながら、ガラスケースにそっと手を置いた。ガラスケースに触れながら、中の胎児の身体に手を重ねるような、優しい動きだった。

「生まれたかったろう」

拓海が呟いた。「これを見た時、身体に響くものがあったんだ」

「響くもの?」

「うん。どんな事情があったかわからないけれど、こうして命を受けたのに、なんで生まれなかったんだろう。生まれさせてやれなかったんだろうと思った。思いながらだんだんその思いが熱を帯びてくるのに気づいたんだ」

「魅《ひ》かれたの」

「そう。魅かれた。静かに眠っているように見える胎児たちに興味を持ったんだ。羊水に浮かんでいたはずなのに、いつの間にかホルマリンに浮かばされて……。胸がしめつけられるような思いだった」

「だから子宮?」

「だから子宮」

拓海は笑顔で言うと、両手を腰にあて、見守る目で、目の前のガラスケースを見上げた。

「胎児は生まれてくる時、ひどい酸欠状態になるって知ってるか? 母親も苦しいだろうけど、胎児も産道を通り抜ける時、頭やへその緒や胎盤を圧迫され続けるんだ、何時間も。それで酸欠になるんだけど、その時に、この子たちは自分の力でカテコールアミンというホルモンを出して心拍数を上げる。心臓への血流を増加させるんだよ。血液の中には酸素が含まれてるだろう、血流を増やすことで酸欠を補うんだ」

逞しいと思わないか、と拓海は言った。

「産婦人科医、希望？」

「おお。初めてF棟に煙草を吸いにきた一年の春に、決めた。この胎児たちに出会って決まったんだ」

拓海はそう言うと、他にもいろいろあるから見ていこうと瑠美の腕を引いた。展示物の中には江戸時代に使われた医療道具などもあった。さっき拓海が言っていたように、この展示室は医療に傾倒するだれかによって作られた、宝箱のようだった。

「大丈夫？　鼻とか喉、かゆくない？」

「ええ、問題ないけど」

「この鞄なんかすっごい値打ちもんだよな。西洋医の薬箱、だって。ほら見てみろよ、江戸時代って書いてある」

がま口の財布をそのまま大きくしたような古い鞄を指差して拓海は言った。「実はほんとはとてつもない価値のある展示室かもしれないな、ここは」

気がつくと一時間以上、瑠美たちは展示室の中にいたが、その間やってくる人はなかった。

棟を出ると、室内に慣らされていた目が、太陽の光の刺激に痛んだ。瑠美が「眩しいっ」と叫ぶのと拓海が「暑い」と呟くのが同時で、二人は顔を見合わせて笑った。

「笑った顔、初めて見た」

拓海が言った。

正午を過ぎて太陽はいちだんと光を増し、渡り廊下の周りに生い茂った雑草を照らしていた。

「なんで私をここに連れてきたの」

瑠美は拓海の横顔に向かって訊いた。媚びた口調にならないよう、極力あっさりと投げるように言った。

「う……ん。あまりにもいつもつまらなさそうに受験勉強してるから、かな」

自分を見る拓海の目に他意が含まれていないのを感じとると、

「人助けですか」

と瑠美は言った。拓海の口から他の言葉が呟かれるのを期待していた自分に気づかれたのではと、目線を逸らす。

「また来てもいいから。おれの気に入りのF棟に」

「なんであなたの許可がいるのよ。それにもう来ない、ひとりで来るには不気味すぎる」

瑠美はそう言うと、拓海との距離をあけるために早足で歩いた。さっきまで迷路にしか思えなかった病棟内の廊下が、拓海の案内のおかげで知った風景に変わっていた。

「病院内の構造をずいぶん覚えられたわ」

図書室の入り口までたどり着くと、瑠美は後ろから歩いてくる拓海に向き直って言った。

拓海は何が楽しいのか、笑みを浮かべたままジーンズのポケットに両手の親指をひっかけてついてきていた。

「じゃ」

瑠美が言うと、

「じゃあな」

と拓海が耳の辺りまで片手をあげた。拓海が図書室には入らず、ゆったりとした足取りで今来た廊下を引き返していくのを、瑠美は横目で見送った。

荷物を置いていた図書室の席に戻ると、千夏がアルバイトから戻ってきていた。顎を机に載せ、両手を机の下にだらりと垂らし、にやにやと笑っている。その笑みに、瑠美は拓海と一緒のところを見られたのだと悟り、わざと冷たい口調で、

「あんたそうやってると晒《さら》し首みたい」

と言った。

「なんとでもいってよん。瑠美さんったら、なんか楽しそうにやってるじゃないの。あたしが汗まみれになって働いてる間に」

額から流れる汗が目に入ったのか、瞬《まばた》きを繰り返し千夏が言う。

「だれ、だれ、今の人」

「ここの学生。ほらこの前のオペ見《けん》で一緒だった。いたでしょ、遠野さん倒れた時にドア

開けてくれた人。その時の人、偶然会ったからちょっと喋っただけ」

机の上に出しっぱなしになっていた筆箱と参考書を片付けながら瑠美が言うと、千夏は、

「ふうん。いいな、仲良くなっちゃって」

とからかうように言った。

「まだ仲良くなんてなってない」

「ふうん。まだ、なんだ。これからかぁ」

妙な節をつけて千夏が言うのを、瑠美は無言でやり過ごし、昼食を食べるために図書室を出た。


昼食を終えると、千夏が今日は勉強ではなく、実技の練習をしたいから付き合ってほしいと瑠美を誘った。練習用ベッドの予約をしていなかったので、もしかしたら既にいっぱいかもしれないと千夏は焦っていたが、演習室に行くと千夏と瑠美以外、だれもいなかった。

「あたしたちの貸切だね。ねえ瑠美、どのベッドにする?」

壁もベッドもシーツも床も、すべて白で統一された演習室は、だれかが練習で使ったシャンプーや石鹸の匂いで満たされている。

「どこでもいいわよ。どうせだったら物品室に近いベッドでいいんじゃない」

「なに言ってんの。こんな時こそ今まで使ったことのないところでやってみようじゃないの」

「面倒くさい。どこも一緒よ」

ところで何の練習をするのかと瑠美が訊くと、「浣腸」と千夏が答えたので、瑠美は一番目立たない端っこのベッドを選んだ。浣腸も夏休み明けの実技テストの項目のひとつだった。

「ほんと嫌、これ」

瑠美は患者役をするための模型を装着しながら、舌打ちをした。浣腸の実技では、患者役は肛門の模型を、実際の肛門の位置に装着しなければならない。穴の開いた肌色の模型にベルトがついていて、そのベルトを腰に巻いて装着するのだが、装着した姿はえらく滑稽だった。

「悪いね」

千夏が笑いを押し殺しながら言った。

「笑うなら帰るわよ」

「後であたしも交代するから。瑠美もやってくでしょ、練習」

「私はいい」

「なんで。いつもあたしばっか練習して悪いよ。たまにはあたしも患者役しないと」

「とりあえず今日はいいって」

言いながら、瑠美はふと拓海のことを思い出した。

「じゃあ始めるよ」

千夏が教科書の手順通りに浣腸の処置をしていく。瑠美のジャージーを下げ、模型の肛門を露わにすると、肛門部にワセリンを塗り、浣腸の管を挿入していく。精巧な模型なので、管から注入されたグリセリンの液体は、模型の中に吸収されるようになっている。

「ねえ瑠美、肛門の中に浣腸の管、何センチ入れるんだっけ？」

「六センチ。管に目安の線が入ってるでしょ」

本当の臀部《でんぶ》を露わにしているわけではないのに、ジャージーを下げられ横になっていると、屈辱的な気分になった。

「瑠美って記憶力、ほんといいよね。あたし、この手順を覚えるってのが一番辛いんだよ」

浣腸液は予《あらかじ》め湯煎で人肌に温めておかなくてはならないし、肛門内に注入するのにかける時間も決まっていて、細かい手順を覚えるのは確かに面倒だった。

「はい注入し終えました。それでは三分間、我慢してください」

ストップウォッチを合わせると、千夏は排泄介助のための便器を、物品室に取りに行った。今の瑠美の役どころは、浣腸をされて便意に耐える患者といったところだ。

「看護師さん、でます」

患者役として用意された台詞《せりふ》を抑揚のない声で瑠美は言った。

「だめだよ瑠美。もっと切実に訴えないと。看護師さんっ、もうっ我慢できませんっ。ってふうに」

「うるさい。ただでさえ恥ずかしい格好させられてるんだから文句言うな」

千夏は「ふふふ」と笑うと、左側を下に横向きになっていた瑠美の身体を仰向けに直し、尻の下に便器を差し込んだ。排泄の介助をするまでが、実技テストの内容だった。

「瑠美、ほんとに練習やってかなくていいの」

物品の後片付けをしていると、千夏が訊いてきた。

「いいの。私は」

「でも……」

「千夏の練習に付き合うことが私の練習だから。患者役やりながら手順を復習してるのよ」

瑠美は患者役のジャージーを脱ぎ、私服に着替えた。本来なら私服でこの部屋に入るのは許されておらず、ユニホームに着替えるのが規則なのだけれど、夏休みでだれもいないこともあり、好きにやった。

ロッカー室で着替えをすませ、学校の玄関を出ようとした時、時計は三時を回ろうとしていた。学生が夏休みでも教員たちは出勤しているのか、廊下の先にある教員室からは白い蛍光灯の明かりが漏れている。

「なんか食べて帰ろうか」

更衣室の洗面台で顔を洗ったばかりの千夏が、前髪から水滴を垂らし言った。校内は空調がきいていて涼しいが、玄関ドアのガラス越しに見える外気は、熱気で揺れているようだ。

「あれぇ。佐伯さん……」

千夏が素っ頓狂な声を出した。「今見えたの佐伯さんだっ」

千夏は立ち止まり、教員室の方を指差した。

教員室の向かい側にある会議室に、佐伯が入って行ったと千夏は言った。

「ちょっと行ってみよう」

言うより先に、千夏が瑠美の腕を引っ張って廊下を走っていく。

そして千夏は会議室の前で立ち止まり、使用中という札を確認すると、会議室に隣接する保健室のドアを開けた。

「瑠美、知ってた？　この部屋、こうすると隣の部屋の声が聞こえるんだよ」

保健室はいつでも鍵が開いていて、テーブルの上に置いてあるノートに記名すれば、学生は自由に使用することができた。以前アンプルで指を切った時に利用して、会議室の声が聞こえることを発見したのだと千夏は言った。

「絶対今の佐伯さんだよ。どうしたんだろ」

小声で言いながら、千夏は会議室側の壁に耳をぴたりとつけた。

「何やってんの」

「しっ。黙って」

千夏が手招きするので、瑠美も真似をして耳をつけると、なるほど隣の話し声が明瞭に聞こえてくる。ただ佐伯の声はほとんどせず、聞こえてくるのは担任の波多野《はたの》の声ばかりだった。波多野の声の調子から、佐伯が良いことで呼び出しをされているのでないことは、すぐにわかった。さらに耳を澄ましていると、だんだん話の内容が伝わってきた。嫌な感じを前面に押し出しながら波多野が言っているのは、佐伯の出席状況についてだった。

無理しないでやめたらどうなの、家庭だってあるんだし、子供だっているんでしょ、そんな誰も看護師になってくれだなんて頼んでないんだから、大学も出てるんだし何も今さら無理して資格なんて取らなくてもいいんじゃない、身体壊してもしかたないし、今は看護学校より大事なもんがあるんじゃないの……。波多野の言っていることはある意味正論なのだろうが、口調は攻撃的だった。佐伯は何も言い返さず黙って聞いているのだろう、波多野の口からだらだらと流れ出す言葉が途切れることはなかった。

「ひどいこと言うね……」

壁に押し付けていた耳を離し、呆然としながら千夏が呟いた。「波多野先生っていい人だと思ってたのに……」

たしかに冗談好きで明るい波多野はその大らかな雰囲気で、学生から人気があった。だが瑠美は、波多野が目線を動かす際のふとした瞬間などに、彼女の持つ陰湿な部分を垣間見ることがある。

「私は前から好きじゃあないけど」

瑠美は言った。「千夏、気がついてた？　波多野って現役生には優しいけど、社会人組には対応きついって」

「えっ、そうなの」

「佐伯さんに対しても以前から冷たい」

「知らなかった……」

「まっ、私は現役生でも嫌われてるけどね。例外的に」

「瑠美は自分から嫌われるようにしむけてる感じじゃん。えっそうなの、佐伯さん嫌われてるんだ……」

萎《しぼ》んだ声で千夏が黙り込む。この学校で教員に嫌われるということは、いつしか退学の方向に追い込まれることだった。

隣の部屋から響いていた話し声がとまり、ドアを開く音が聞こえた。威圧的な足音が保健室の前を通り過ぎ、遠ざかっていくのを待って、千夏と瑠美は保健室を出た。二人は、背を丸めるようにして歩く佐伯を小走りで追った。

「佐伯さんっ」

学校を出たところで、千夏が声を張り上げた。佐伯は驚いたように目を見開くと、力が抜けたような笑顔を見せる。

「ごめん、盗み聞きしたんだ。波多野先生との会話。会話といっても佐伯さんの声は全然聞こえなかったけど」

千夏が「だよねっ、瑠美」と振り返ったので、瑠美も頷く。

「けっこうねちねちやられてましたね」

瑠美が言うと、佐伯は、

「そう……でも一学期の出席状況が悪くて、出席日数がぎりぎりだから仕方がないわ」

と小さく溜め息をつき、さっきよりもさらに弱々しい笑みを作った。

「呼び出されたんですか？」

瑠美は訊いた。

「そうなの」

「何も夏休みに呼び出さなくてもいいじゃんねえ。家庭の主婦を」

憤りを抑えきれないといった口調で千夏が言った。

「気にしてないんじゃない。そんなこと」

瑠美は、大らかな笑顔で学生に話しかける波多野の、決して笑っていない目を思い出しながら言った。

「佐伯さん、時間ある？　もしあるんだったらなんか冷たいもんでも飲んでかない」

立ち話もなんだから、とつけくわえ、千夏は噴き出す額の汗をシャツの袖でぬぐった。千夏の言うように路上で話していると、上から照り付ける陽の光と、アスファルトからあがってくる熱気で、干からびてしまいそうになる。

「子供たちが家で待ってるから……そうだ、千夏ちゃんと瑠美さん、私の家に来ない？　もし用事なければ」

十分ほど歩いたコインパーキングに車を停めてあるからと、佐伯は言った。千夏は佐伯の誘いにすぐさま喜びの返答をし、「一緒にお邪魔しようよ」と瑠美の顔を見た。

「佐伯さんの家ってどこにあるんですか」

三人は駐車場に向かって歩き始め、その途中で瑠美が訊いた。

「横浜なの。ちょっと距離あるけどいいかしら」

肩にかけていたバッグから日傘を取り出し、瑠美と千夏にさしかけるようにしながら、佐伯が言った。小さな日陰があるだけで、暑さはずいぶんと和らぐ。一番背の高い千夏が傘を持ち、三人で寄り添うようにして歩いていくと、佐伯の車だという白のワゴン車が見えてきた。

佐伯が潑剌とハンドルを握り、車を走らせる。助手席には瑠美が座り、後部座席に千夏が座った。後部座席にはチャイルドシートが二つ並んでいて、千夏はその間に挟まるようにして座った。車の運転をしている佐伯は、クラスの一部の女子から「おばさん」と呼ばれている地味な女性ではなく、意志と行動力を持った大人の女性に見えた。

「波多野先生はひがんでんだよ、佐伯さんのこと」

千夏がまたさっきの話をまぜかえし、文句を言っている。「結婚して子供もいて幸せそうに見える佐伯さんのこと、羨ましいんだよ、きっと」

車内はきれいに整頓され、かすかにラベンダーの香りがした。

「千夏の言ってること、当たってるかもね。波多野ってたしか佐伯さんと同じくらいの年齢でしょう」

瑠美が言うと、佐伯は、

「先生のほうが少し上じゃないかしら」

と返す。

「佐伯さんを看護師にさせたくないんじゃない。波多野先生独身だから」

運転席と助手席の間に後ろから顔をのぞかせるようにして千夏が言った。

「どうして？　独身だったら私を看護師にさせたくないって、どういうこと」

「だって佐伯さんには波多野先生が持ってないもの、たくさんあるでしょ、夫とか子供とか。その上看護師免許まで取ったら佐伯さんいろんなもの持ち過ぎになっちゃうじゃん」

千夏にしては鋭いところをついているなと瑠美は思い、そのことを口にすると、あたしだっていろんなこと考えてるんだよと千夏は拗《す》ねた。

「そうよね。経験年数は違ったとしても、免許さえあるなら人から見れば同じ看護師だからね。たしかに佐伯さんに対して同じラインに立ってほしくないという感情はあるのかも」

瑠美も千夏に同調して言った。

佐伯は瑠美の言葉に小さく溜め息をつくと、

「看護師として同じラインになんて決して立てないのにねぇ」

と呟き、二十代という人生で最も仕事に没頭できる時期に看護師として働いてきた波多野と、違うことをしていた自分とでは、決して埋まることのない差があるのだというようなことを佐伯は言った。

「そういうもんなんだ」

千夏が言った。

「私は、そう思うのよ。特に女性にとっては、学校を卒業してからの数年間は、自分が今後どのように生きていくかの礎《いしずえ》になる大切な時期だと思うの。その間にがむしゃらに働く人、結婚に向けて準備をする人、なんとなくぼんやり過ごしちゃう人、いろんな時間の使い方があると思うけれど、この時期に何をしていたかで、人生は大きく変わる。この先、どんなに私が努力したとしても、波多野先生が二十代で身につけた看護師としての力に追いつくことは決してないのよ」

珍しく断定的な口調で、佐伯は言った。

「そんなことないんじゃないかな。だってさ、もし、波多野先生が今仕事をやめちゃって、佐伯さんがこれから先ずっと看護師として働くとしたらさあ、いつかは経験年数が逆転するでしょ。そうしたら波多野先生を追い越せるじゃん」

千夏が言った。

「ううん、それはちょっと違うの。私は若さのことを言ってってね、たとえ経験年数で上回ったとしても、私くらいの年齢では、決して得られないものがあるような気がするの。そうねえ……小児の授業で臨界期って習ったでしょう、たとえば音楽をやる上で、絶対音感が身につくのは三歳までだとか。私が言ってることは、そういう感覚に近いの。自分という人間がまだ柔らかい時期に学んだことって自然に吸収され、溶け込んでいくの。でもある程度固まってしまうと、溶け込むんじゃなくて頭で理解できたっていうところまでしかいかない。この先、私がどんなに努力しても、看護師らしい物の考え方はできないような気がする」

ちょうど赤信号で車が停まったので、瑠美と千夏の顔を交互に見ながら、佐伯は言った。

「でもだからこそ、看護学校に社会人枠ができたんじゃないですか。看護師の世界に染まりきっていない物の考え方ができる人材を、社会は求めてるってことでしょ。私たちみたいに高校を出てからずっとこの特殊な世界にいたら、おかしくなりますよ」

学生たちが挨拶をしても、無視して通りすぎていく病棟の看護師たちのことを思い出しながら、瑠美は言った。

「瑠美さんは嫌いなの？　看護師という仕事が」

「嫌いっていうわけじゃないですけど……。人のためになるいい仕事だとは思いますよ。でも自己犠牲を強いられるのはうっとうしい。先生たちも結局はそれが言いたいんでしょ、この世界は自己犠牲の精神で成り立っているんだって。労働に対して報酬が少なくても、患者のためなのだから、自分たちは尊い仕事をしているのだから我慢しろと洗脳されてる気がしますよ。本当は患者のためじゃなくて病院経営のためなんじゃないのとつっこみたくなります。病棟のナースもサービス残業の積み重ねでストレス溜まってるんです。そのうえ看護学生の面倒までみなきゃいけないんだから、そりゃ使えない学生を苛《いじ》めたくもなりますよね。わかりますよ、その気持ちは」

信号が青に変わるまでの数秒の間に瑠美がまくしたてると、佐伯は口を開けて笑い、

「瑠美さんって十九歳には思えないわね」

と言った。

千夏が、

「物事が穿《うが》って見える眼鏡をかけてるんだよね、瑠美は」

と言うので、

「はいおかげさまで」

と瑠美は答えた。

切れのいいハンドルさばきで、車はスムーズに道路を滑っていく。窓の外の見知らぬ風景はしだいに緑濃いものに変わっていき、瑠美は窓を開けたい衝動にかられた。道路に覆い被さるように伸びた樹木の緑から、清々しい空気が放たれているのを感じる。

「ここは横浜のどこら辺なんだろう」

千夏が訊くと、

「住所でいうと青葉区というところなの。自然がいっぱいで、気に入ってるの」

と佐伯は言った。

車が住宅地に入り、手入れの行き届いた樹木が並ぶ道路を走ると、佐伯はスピードを緩めた。いくつかの角を丁寧に曲がり、一軒の家の前で佐伯は車を停めた。

「お疲れさま。ここです」

黒い御影石《みかげいし》に銀色の文字でＳＡＥＫＩと刻まれた表札の前で、佐伯は二人に車から降りるように言った。

「私、車庫入れがすごい苦手で……。時間がかかると思うから、先に家に入っていて」

車の音で母親の帰宅を知ったのか、玄関のドアが少しだけ開けられていて、小さなふたつの顔がこちらを窺《うかが》っている。

「あっ。佐伯さんの子供だあっ」

千夏は子供たちに近寄っていくと、子供たちと同じ目の高さまでしゃがんだ。

「あなた、ママのお友達？」

髪をふたつに結わえた姉の方の少女が大人びた口調で訊いた。警戒心で強張った表情はしているが、声からは少女の弾んだ気持ちが伝わってくる。

「そうだよっ。あたしは千夏。ナッちゃんとでもナッキーとでも呼んでね。で、このちょっとコワそうなお姉ちゃんが瑠美ちゃん。コワく見えるけどほんとは優しい人だよ。よろしくね」

保育士のような語り口で話す千夏は、瞬時に子供たちの心をしっかりと摑んでいて、妹の方は千夏の手を握り家の中に入るようにせがんでいる。瑠美は千夏の後について、家の中に入った。

家に上がったはずなのに、肩の辺りがすっと抜けるような開放感があり、不思議だと思っているとと天井がすごく高い位置にあることに気がついた。これが吹き抜けという造りなのだろうか……。生まれた時からずっとマンションで暮らしている瑠美にとっては初めて味わう心地の良さだった。子供たちに通されたリビングは二十畳ほどの広さがあり、座り心地の良さそうなソファが中央に、「コ」の字型に配置されていた。ソファの上にはたった今まで姉妹で遊んでいた様子で、ハンカチを布団代わりに被せられた人形がふたつ、並んでいる。

「すごいお家《うち》だね」

瑠美の耳元で千夏が囁いた。瑠美は黙って頷き、家の中にある家具や装飾品に目をやる。壁に掛けられた絵画や、一階と二階のちょうど間くらいの高さに作られた窓のステンドグラスの原色の輝きが、行ったこともない欧州の寺院を思い出させた。

「佐伯さんってお金持ちだったんだね」

こっそりと黒目だけを動かしている瑠美とは違い、千夏はあからさまに頭を左右に振って家の中を見回している。

「ただいまぁ」

玄関で佐伯の声がすると、千夏の側に寄っていた子供たちが同時に離れ、勢いよく駆けていった。子供たちの笑い声と、佐伯の嬉しそうな声が、リビングまで響いてくる。

「どうしたの」

　ふと目の前の千夏を見ると、目が潤んでいたので瑠美は訊いた。

「なんかちょっと……。子供たちふたりで心細い思いをしながらお母さんの帰りを待っていたのかと思うとねぇ。あたしもほら、そういう気持ちわかるんだよ」

　小さい頃、お母さんが保育園に迎えに来て会えた時の感動は、そのたびに新鮮なものだったと千夏は言った。保育園は楽しくて先生も大好きだったけれど、やっぱり母親の側にいる安心感は特別なものだったと。

「ふうん。そんなもんなの。私はそういうの、なかったな。私が小さい頃、母は家に居たから。いつも家の中で苛々してて。怒ってる顔か暗い顔が多かったような気がする」

　もし自分の家があんな狭くて日当たりの悪いマンションの一室ではなく、この家のように明るく広い豪華なものだったら、母はもっと明るく笑えていたのかもしれないと、瑠美は思った。目の前にいる佐伯のことを妬《ねた》ましく感じる気持ちがわきあがるのを、息を吸って押さえ込む。

「散らかってるでしょう。適当なところを見つけて座ってね」

　姉をおんぶし、妹を片手で抱きかかえながら、佐伯が言った。「この子たち、私が帰ってくるとしばらくはこうなの。くっついて離れないのよ」

　佐伯が言うと、子供たちは母親の存在を確かめるように腕に力を入れ、彼女にしがみついた。

瑠美はいれてもらった冷たいルイボス茶を飲みながら、波多野が佐伯に投げつけた言葉を思い出していた。何も今さら無理して資格なんて取らなくてもいいんじゃない……という言葉。何十坪もある広い敷地の家に住み、二人の子供を持ち、高価な物を買ってくれる夫と暮らしている佐伯が、欲深く思えてくる。まだ小さな子供を人に預けてまで取ろうとしている看護師免許は、佐伯にとって何になるのだろう。小さい頃の夢の実現だとか、自分探しなのだとしたら、波多野の苛立ちもわかるような気がした。

「ねえ佐伯さんの旦那さんって何の仕事してる人」

屈託のない調子で千夏が訊いた。

「夫は建築をやっているの。建築士ってわかる？」

「知ってるよ。一級とか二級とかあるやつでしょ。すごいね、なんだか」

「すごくもないのよ。今は建築の規制が厳しくて、業界自体も元気がないらしくてね。うちは個人事務所だから経営も難しくなってるんじゃないかしら」

真面目な顔をして佐伯は言ったが、どこか他人事《ひとごと》のようだった。

千夏がルイボス茶の二杯目のおかわりをいれてもらっていると、夕食の作り置きがあるから、一緒に食べていかないかと佐伯が言った。瑠美が返答するよりも先に千夏が「嬉しい」と返事をし、子供たちも喜んでいたので、よばれることにした。千夏が佐伯の夫の帰宅時間を訊ねると、彼は出張でしばらく戻らないのと、佐伯は言った。だからゆっくりしていってくれるとありがたいわ、子供たちも喜ぶからと。

「こんな料理、家で作れるもんだとは思わなかったよ」

テーブルの上に運ばれた湯気の立った器に鼻を近づけて匂いを嗅ぎ、千夏は感嘆の声をあげた。パエリヤを載せた白い陶器の皿からはサフランの芳《こう》ばしい香りが、ブイヤベースの入った原色のスープ皿からはトマトを煮た甘い香りが漂ってくる。

「案外簡単にできるのよ。ブイヤベースは作り置きしておけるし、パエリヤも温めなおして食べても美味しいから」

無駄のない動きでキッチンとダイニングを往復しながら佐伯は言った。白地に水色の小花模様を散らしたエプロンは、佐伯によく似合っている。看護学校のユニホームを着ている時よりずっと、彼女を若々しく見せた。

「佐伯さんって、なんで看護師になろうとしてるの？　良い妻、良い母っていうのが似合ってるのに」

大皿にレタスやブロッコリーを盛り合わせ、仕上げにプチトマトを散らしている佐伯に向かって瑠美は言った。自分の口調が思いのほか意地悪になっていることに気がついたが、繕うには遅い。

「うんうん、あたしも聞きたいな。なんかすっごい興味ある」

瑠美の意地の悪いニュアンスを消してくれるほど、素直な口調で千夏が言葉を重ねたの

で、佐伯は安心したように微笑み、首を傾《かし》げた。掌に、半分に切ったプチトマトを載せたまましばらく考えて、

「自立するため、かな」

と言った。経済的にも精神的にも自立するためだと佐伯は言った。

「でもこんなに子供が小さいのに？　今そういうこと考えなくてもいいんじゃないですか」

ふんわりと裾の広がった清潔なエプロンをつけてキッチンに立つ佐伯と、自立という硬い言葉が不釣合いに思え、瑠美は言った。この人は案外、自分自身のことを最優先に考える人なのかもしれない。妻として、母としての評価だけでは飽き足らず、いつも何かを欲しがっている種の女なのかもしれないと瑠美は思った。穏やかで慎ましやかな表情の裏の、虚栄と自惚《うぬぼ》れを読み取ろうと、瑠美は佐伯の横顔を見つめた。佐伯は瑠美の言葉に困惑したように曖昧《あいまい》な笑みを浮かべていたが、その時、千夏の指が瑠美の太腿をつまんだ。針で軽く刺されたような痛みと、じんわりとした熱が太腿に広がる。

「佐伯さん、もう頂いていいかな？　お腹が減って死にそうだよ、ぐうううっ」

みぞおち辺りを押さえて千夏が動物の鳴き声のような変な声を出したので、子供たちが声をあげて笑った。佐伯も笑い、「どうぞ食べて」と言った。瑠美も自分が作ってしまった停滞した空気が揺れたことに、それ以上自分の不機嫌で彼女を攻撃しないですんだこと

に、ほっとした。千夏はいつも以上に大きな声で喋り、おどけ、笑っていた。大学の図書室で瑠美と菱川が一緒にいたことを佐伯に報告し、おおげさな身振り手振りで二人の様子を再現した。子供たちは千夏が何の話をしているか内容は理解できないはずなのに、その身振りがおかしくて、きゃっきゃとはしゃいでいた。千夏にからかわれながら、瑠美も今日出会った菱川のことを少しだけ佐伯に話し、彼女も熱心に聞いてくれた。

「なんか良さそうな人ね。いいなあ、恋愛かあ」

佐伯は愉快そうに言うと、

「その彼にまた会わせてね、瑠美さん」

と意味ありげに笑った。そんなんじゃないですってば、と瑠美は言いながら、壁に埋め込まれたように見える時計に目をやった。海色の淡いブルーのガラスの時計は、壁の作り棚の中に置かれていた。時計の針が二時を指していたので、自分の腕時計を見ると、七時を回ろうとしていた。佐伯は瑠美の視線が時計にあるのを知ると、困ったような表情で、

「あれね、止まっちゃってて。別の時計、見てこよっか」と笑顔を浮かべた。瑠美にはその笑顔が疲れ果てた泣き顔に見え、こんなに頑張っている人に対して、さっきはひどい言い方をしたと心が痛んだ。

第五章　小さな波紋

　夏休みも半分以上が過ぎ、八月の終わりになる頃には、千夏の病棟バイトが終了し、待ち合わせて勉強や実技練習をすることもなくなった。それでも瑠美は大学の図書室に通い続けた。地下鉄の定期があるからと親には言っていたが、本当は図書室に一日いると時々拓海の姿を見かけることがあったからだった。拓海はたいてい友達と一緒にいたが、たまに一人でふらりとやって来ることがあり、そんな時には話をすることもあった。もちろん千夏には図書室に通い続けていることは内緒にしていた。

「おっ、仮面看護学生。今日も頑張ってるな。夏を制するものは受験を制す。ってのはどっかの予備校のキャッチコピーだっけ」

　拓海はいつの頃からか瑠美に対してくだけた物言いをするようになり、からかわれたり冗談を言われるたびに、頬がかっと火照《ほて》るのを感じた。

「最近、一人でいるな。いつも一緒にいる子と喧嘩でもしたのか」

「千夏のこと？　彼女は今地元でバイトしてるから」

病棟バイトが終わると、千夏は地元の市民プールで監視員のバイトを始めたのだった。夏休みが終わるまでの間、毎日入り続けるのだと気合の入ったメールが届いたのは病棟バイト終了日の夜のことで、どこからそんなバイトを見つけてきたのか、タフな娘《こ》だと瑠美を驚かせた。

「ふうん。バイトって何」

「プールの監視員。座って笛吹いたりするだけだから楽なんだって」

それで時給が千円も貰えるのだと千夏は張り切っていたが、炎天下で座りっぱなしなど、聞いただけで皮膚が熱くなってくる。

「きみは？　バイトしないの」

「私はしない。仮面浪人中だから」

分厚い参考書を持ち上げ、表紙を拓海に向けてかざすと瑠美は言った。

「友達の地元ってどこ？」

参考書を取り上げて、拓海は言った。

「埼玉の和光市」

「えらく遠いところから来てるんだね」

「交通の便は案外いいのよ。私も一度行ったことがあるけど」

拓海に会えて嬉しいのに、瑠美は明るい表情ひとつできず、そっけなく答えた。拓海に取り上げられた参考書を取り返そうと手を伸ばすと彼はもっと高い位置にまで持ち上げ、瑠美から遠ざける。むきになって手を伸ばしたら拓海との距離が突然に縮まり、思わず身を引いた。そんな自分の動揺が拓海に伝わったかもしれないと思うと、瑠美は下を向いて言葉を探した。

「あなたは……なんでいつも学校に来てるの。夏休みなのに」

「おれは……研究論文を書くためと、試験勉強かな。一人で家にいても暑いしやる気でないし」

拓海のその言葉に彼が一人暮らしであることを知り、瑠美は嬉しくなった。きょうも図書室に通ってよかったと心の中で呟く。

「もう夏も終わりだな……」

「まだまだ残暑は続くんじゃない。十月に入るまでは暑いわよ、きっと」

「そうじゃなくて、夏休みが終わりってこと」

拓海は笑いながら言うと、夏休みの締めとしてどこかへ行かないかと瑠美を誘った。

「どこかって……どこ」

自分の頬が火照ってきたことを感じ、うわずった声で瑠美は訊いた。拓海にとってはほんのついでに口にした軽い言葉なのだろうが、思いがけない誘いに、瑠美は動揺していた。

「どこに……しようか。まあ道々考えて」

「いつ？」

「いつって、今からだよ」

「今から？」

「うん。なにか用事あるか？　だったら」

「ない。用事なんて」

じゃあ今から出かけるか、と楽しそうに笑い、拓海は十分ほどここで待っていてくれないかと言った。準備してくるから、と。

早歩きで図書室を出ていく拓海の後ろ姿を見送りながら、瑠美は震える指先で、机の上の参考書やノートを片付けた。いつになく緊張している自分を落ち着かせるために、両方の掌をこすりあわせたり、大きく深呼吸したりしてみたが、効き目がなかった。気持ちを落ち着かせるためにだれかと話がしたかったけれど、頼みの千夏は今プールサイドだろうし、電話をかけたりメールを打ったりできる友達は他に思い当たらない。鞄の中からポーチを取り出すと、とりあえず化粧でも直して気持ちを整えようと、瑠美はトイレに駆け込んだ。洗面台の鏡に映る自分の顔を見つめると、困惑した情けない表情が、鏡の中に浮かんでいる。両手を頬に当ててみると、手の温度もあがっているのとで、脳内の血液が顔に集まってきているのではというくらいに、熱かった。

「どうしよう」

脂とり紙で肌の表面を押さえると、白かった紙が皮脂を吸ってたちまち色が変わる。瑠美は脂とり紙を何枚も使って繰り返し皮脂を吸わせながら、戸惑いと緊張を喜びに変えていこうと思った。千夏のように、嬉しいことは嬉しいと素直に思えればきっと、今からの時間が大切に使えるはずだと。

瑠美がトイレから出てくるのと、拓海が図書室に戻って来たのがほぼ同じで、二人は向かい合って歩み寄りながら、目と目で笑った。

「どこ行ってたの」

走って戻ってきたのか、息のあがった拓海の額には汗の粒がいくつも浮かんでいる。

「トイレ」

と瑠美が答えると、拓海は、

「おっ、俺も行っとこ、便所。ちょっと待ってろよ」

と自分のリュックを瑠美の鞄の隣に置いて図書室のトイレに向かった。瑠美は拓海の黒いリュックを見ていた。瑠美が背負うとおそらく一年生のランドセルのようになるだろう大きくて重そうなリュックはところどころ表地が擦り切れ、裏地の白がのぞいていた。中身の詰まったリュックには、瑠美の知らない拓海が在るような気がして、中をのぞいてみたい衝動に駆られる。

「おまたせ」

ハンカチで手を拭きながら拓海が戻ってきた。水滴を沁み込ますように、丁寧にハンカチを使う動作が上品でおかしくて瑠美が笑うと、

「なに笑ってんの」

と首を傾げて拓海も笑った。

ひっそりとした図書室の中で二人の周りだけがわさわさと落ち着かない感じがした。


外に出ると、太陽の容赦ない光が二人を照らした。

「暑いっ」

首の後ろに手をやり、拓海が声に出した。

「ちょっとだけ歩くぞ。車取りにいくから」

眩しさに目を細めて拓海が言った。いつも青白い拓海の顔が、日光を浴びて上気している。患者用に設けられた病院の駐車場を横切り、五分ほど歩いた所で、

「ここに車が置いてある、と思う」

と拓海は言った。屋根のない駐車場に停めてある太陽に炙《あぶ》られた車は、どれもみな触れたら火傷をしそうだった。拓海は停めてある車を見回すと、「あれだ」と呟き、濃い青緑色をした外国車を指差し歩きだした。手の中にあるキイを車に向けると、ドアの鍵が開く音がした。

「しばらく乗れたもんじゃないな。六十度くらいありそうだ。熱い、熱い、何もかもがチンチンだよ」

エンジンをかけるために運転席のドアを開けた拓海は、顔をしかめて言った。暑さのせいか、拓海と出かけることで舞い上がっているのか、完全にのぼせていた瑠美はそんな拓海の動作をぼうっとした頭で見ていたが、突然名前を呼ばれて振り返った。目の前に遠野藤香が立っている。

「……遠野さん」

「さっきから何度も呼んでいるのに、どうして気づかないの」

遠野は何かしら焦っている様子で、息を切らしていた。いつもの瑠美ならば一言言い返すか睨み返すはずなのに、その切羽詰まった感じに思わず、

「ごめん」

と呟く。遠野は変わらず不機嫌な顔をしたまま、胸に抱くように持っていた茶色い封筒を瑠美に向かって差し出すと、

「これちょっと預かってて」

と早口に言った。

「早くしまって」

封筒を瑠美の胸に押し当てると、

「絶対なくさないで。わかったわね」

と強い口調で言い、踵《きびす》を返して歩き始めた。

瑠美が啞然としてその背中を見つめていると、彼女は思いついたように振り返り、

「デート中、悪いわね」

と笑った。その笑顔があまりに華やかで可憐で美しく、瑠美は思わず窺うように隣にいる拓海に目をやった。拓海の視線は遠野の背にあり、彼もまた戸惑った表情をしていた。

車内で男が待つまっ白いベンツの助手席に遠野が乗り込むまで、瑠美と拓海は彼女を見ていた。

「さっきの……友達？」

車が走り出すと、拓海が訊いてきた。エアコンの噴き出し口から、冷たい空気が音をたてて流れてきて、車内は少しずつだけれど涼しくなってきている。

「同じクラスの人。友達ではないけど」

「あの人……倒れた人だな。手術見学の時」

拓海は近視らしく、授業中と車の運転をする時にはかけるのだと言って眼鏡をかけていた。眼鏡をかけると急に、年の割に幼く見えていた拓海の顔が、大人びて見える。

「記憶力いいのね。あの時遠野さん、マスクもしていたしキャップもつけていたのに。男の人って美人のことは忘れない」

抑揚の無い口調で瑠美が言うと、拓海は口元に笑みを浮かべて、

「きみのことも忘れてなかった」

と言った。遠野の乗り込んだ白いベンツはとっくに駐車場を出ただろうが、なんとなく気になって、瑠美はもう一度窓の外を見て遠野の姿を探した。白いベンツがどこにも無いのを改めて確認すると、受け取った茶封筒を鞄の底にしまいこんだ。


拓海はカーナビの声に従って、車を走らせた。どこに行こうかと数分迷った後、千夏がアルバイトをしている市民プールまで遠征しようと拓海が言い出した。瑠美がそのプールがどこにあるのか見当がつかないと言うと、拓海はカーナビで和光市の市民プールを検索し、いとも簡単に案内が出て所要時間は約一時間だと電子音の声は告げた。

「プールまで行って何するの。私たち水着も持ってないのに」

「きみの友達を驚かす。それが今日のテーマだ」

拓海は楽しそうに言うと、ハンドルを握ったまま瑠美の方をちらりと見て笑った。

瑠美にとって、男の人と二人でドライブするのは初めてのことだった。人と接するのが苦手な瑠美は、それが男であろうと女であろうと同じことで、これまできちんとつき合った男性はいなかった。同世代の女の子たちがもうとっくに経験しているだろう恋愛の駆け引きを、瑠美はまだ何も知らない。ごく稀に瑠美のことを好きだと言ってくれた男子もい

るにはいたが、瑠美は彼らに興味を持てなかったし、それよりも、深く知り合って自分という人間に幻滅された時のことを考えると、話をするのも嫌になった。周りを明るく楽しい気分にさせることができる誰からも好かれる人が存在するとすれば、その逆で誰にも好いてもらえない人がいて、それが自分なのだと瑠美は思っていた。瑠美はサイドミラーに映る自分の顔を盗み見た。口角が下がった不機嫌そうな顔。いつも不満そうな顔をしていると、母親から注意される無表情。サイドミラーの中で、瑠美の顔はどんどんと萎んでいく。

「どうした、急に黙りこんで。車に酔ったか？　それともエアコンのかけすぎで寒いか」

赤信号で車を停止させると、拓海が心配そうな顔をしてこちらを見ていた。

「ううん、別に。……それにしてもすごい車。リッチなのね」

そんな風に心配されることに慣れなくて、瑠美は尖った声で答えてしまう。それでも拓海は気にするでもなく、

「ああこの車？　友達の借りたんだ。医学生って金持ってる奴はほんと持ってるからなぁ。俺は持ってない方なんだけど。残念ながら」

車の持ち主は、地方都市の片田舎で病院を経営している医者の息子なのだと拓海は言った。根っからの金持ちは案外おっとりしていて性格が良いことが医学部に入ってわかったことだ、車の持ち主は損得考えない良い奴なのだと拓海は話した。

「で、あなたは金持ちではないの」

瑠美は訊いた。

「さっきも言ったけど、残念ながら。俺のうちは金持ちじゃないよ。家も築三十五年の借家だし」

「それでよく私立大の医学部なんかに入れたわね。お金持ちの謙遜って、嫌味」

大学を受験する際にかかる学費については、瑠美もこれまでにいろいろ調べてきたので、拓海の通う大学のおおまかな費用はわかっているつもりだった。普通のサラリーマン家庭が払えるような額ではないはずだ。

「奨学金を受けてるんだ。もちろん、それだけでは無理だから、援助は受けてる。大学を卒業するまでは、養育費として父親だった人から支援してもらっているんだ」

拓海は自分が母と弟の三人暮らしであること、かつての父親は京都に住んでいて森林を研究する施設で働いていることを話した。両親は拓海が小学生の時に別れていて、それから彼は父親と一度も会っていなかったが、父親からの仕送りは途絶えたことがなく、そのおかげで塾にも通えたし、大学受験の時に自分のやりたいようにできたのだと拓海は言った。

「大学の医学部に受かった時、母親の口座にまとまった金額が父親から送られてきたんだ。それで、礼を言おうと思って父親に会いに行った。京都までね」

父の働く研究所は京都の丹波橋《たんばばし》という場所にあるのだと拓海は言った。

「研究所じたいが森の中にあるような感じでね。敷地の入り口から研究所の玄関までメタセコイアの並木道が両側に続いてて、その日は雨も降っていたからすごく幻想的だった。父親だった人が向こうの方で立ってるんだ、こっちを向いて。小さくて細くて、よれよれのシャツを着た人が、緊張した顔をして立っていたんだ」

うちは恵まれた母子家庭なんだと、拓海は明るい口調で言った。両親が離婚した理由は今も聞かされていないが、母親は法律事務所の事務員として長く勤めていたし、弟も今は大学に通っている。それもやはり父親の経済的な援助のおかげだと思うと拓海は言った。

「何か話したの？　お父さんと」

瑠美は訊いた。

「うんまあ。でも当たり障りのないことばかりな。こういう時、男同士ってだめだな。というよりおれや父親がだめなのか。お互いに淡々とした感じで、なんかこう情に響きあうような言葉は使えないでいた」

大学の費用として送金してくれた金額は相当なものだったし、公務員の父親がいくらの給料を貰っているかは知らないが、それだけの金を貯めるのは簡単なことではないはずだった。もしかしたら退職金を前借りしたり、どこかに借金をしたのかもしれなかった。なのに自分はありきたりの挨拶と感謝の言葉しか口にできず、自己嫌悪に陥ったのだと拓海は言った。

「父親が暮らしている家に行ったんだ。おれんちよりずっとぼろくてさ。一人で悠々自適に好き勝手やってんだろうと長年意地悪く思ってた相手だったから、なんか拍子抜けしたな。拍子抜けしてそれから……やりきれないような気持ちになった」

拓海が自分のことをいろいろと話してくれるので、瑠美も何か家族のことを話さなくてはと思うのだが、何から話していいものやら、結局彼の話に相槌を打つのが精一杯だった。

「どうしてやりきれないの」

「離婚して、両親が互いに幸せな暮らしをしていれば正解なんだとずっと思ってきた。現にうちの母は毎日楽しそうに暮らしていたし、そんな母に育てられておれも弟も楽しかった。父親もきっとそんな風に楽しくやってるんだろうと思ってたんだ。でも実際に会った父親は寂しげでただひっそりと静かで、老いて見えた」

ずっと蓋をしていた「なぜ両親は別れることになったのか」という疑問を最近はよく考えるのだと拓海は言った。

「見返してやろうと思ってたのに。父親よりずっと賢く偉く金持ちになって、いつか仕送りしてもらった分全部、返してやろうと思ってたのに。でもそんな気が失せてしまって、自分のことを湿っぽい人間だとただただ反省したよ」

「恨んでいたの、お父さんのこと」

「まあ人並みにはね。いつもじゃないけど、母親が仕事で疲れた顔をしていたりする時はね」

「でも実際に会うと、恨むような人じゃなかったのね」

「そう……かな」

拓海の左手がハンドルから離れ、瑠美の頭の上に置かれた。幼い子の頭を撫でるように、髪に触れられ、瑠美の肩に力が入った。拓海の話を聞いていると、いろんなことがあって顔を合わせたら不満や愚痴を言い合う家族であっても、両親が同じ方向を見ているうちは、幸せなのかもしれないと瑠美は思った。

いつしか窓の外の景色は都会の灰色ではなくなり、のどかな緑に変わっていた。都心から車で一時間も走れば、これほど田畑が見られるのかと、瑠美は小さく感動した。そのことを拓海に告げると、田舎の風景は珍しいものではないのだと言われた。ずっと東京にいる瑠美にはわからないかもしれないけれど、都会は日本のごく一部だけで、大半がこうした郊外なんだよと拓海は言った。東京の街並みが特別なんだと。

「カーナビによるとそろそろなんだけどなあ」

自信なさそうな拓海の呟きを聞き、瑠美は窓の景色に目をやった。向日葵《ひまわり》がまるで農作物のように畑一面に生えている風景が目に入ってくる。もうほとんどの花は萎《しお》れ傾き、花びらは散ってしまっているが、咲き誇っている時期はどれほど美しかっただろうと、瑠美は思った。あるいは、美しさを通り越してなんだか恐いような光景だったかもしれない。枯れた畑が続き、その中で作業をする老人の姿が見えた。老人は影ひとつない畑の真ん中で、太陽に炙られながらひたむきに働いていた。その骨格や顔からは、男か女かわからない老人のただ一心不乱に作業する姿が、瑠美をたまらなく切ない気分にさせた。

目的地近くまで来たので今後のナビゲーションを打ち切る、という内容の電子音声が流れると、カーナビの案内は不親切に途切れてしまった。拓海はだいぶ先に見える大きな建物を指差して、

「あれかな」

と呟いた。田畑の中に忽然《こつぜん》と、というような感じで現れたその大きな建物は、たしかに何かの施設のようだった。車が近づくと、螺旋《らせん》状に高い位置まで続くヒューム管が、プールのすべり台であることがわかった。

一見ただの空き地という風な、仕切りも何もない土の駐車場に車を停めると、瑠美と拓海は再び暑い日差しの中に降りた。八月の最後の日ということもあってか、広い駐車場の半分くらい車で埋まっている。ただその中でも、濃い青緑色をした拓海の友人の車はひときわ目立っていた。瑠美は、どこにいてもこんなに目立つ、拓海いわくピーコックブルーなんて派手な色の外車を所持する人の感覚はどんなものなのだろうかとふと思った。拓海は良い奴だと言っていたが、自分とは決して合わないような気がする。

呼吸をするだけで肺の中が熱くなってくるのを感じながら、瑠美は拓海と並んで歩いた。

「暑いなあ。何度も言って申し訳ないけれど暑いっ。もう五時前なのにこんなに暑いなんてな」

拓海は言いながらシャツの裾をぱたぱたとさせ、空気が入るようにした。横に並んでいたが、拓海は思いついたように瑠美の背後にぴたりと回り、何をしているのかと訊くと、自分の前に影ができるからそこに入れば少しは涼しいんじゃないかというようなことを言った。拓海の言う通り、大柄な彼が後ろに立つと、瑠美が入れるくらいの影ができる。礼を言おうと振り返ると、拓海の頭上に太陽があり、その光があまりに眩しいのと眉をしかめて歩く拓海の顔が大人びて見えたのとで、何も言えなくなった。拓海は瑠美の歩調に合わせて歩いてくれたが、時々リズムを崩して瑠美の背中が拓海の体にぶつかった。その度に瑠美は身体を硬くしなくてはならず、そのことに意識を集中させているうちに暑さすら感じなくなってしまった。

市民プールの玄関口までくると、きっとアルバイトなのだろう瑠美よりも若いと思われる男が、あと三十分で終了時間になるのだとすまなさそうに言った。拓海がそれでもかまわないと答えると、怪訝《けげん》そうに首を傾げ、それなら券売機でチケットを買って来て、入場してくださいと告げた。拓海が券売機に千円札を通していると、もう一度近寄って来て、着替えも含めて三十分ですから、今からじゃ十分も泳げないですよ、と告げてきた。

「わかってます。次回泳ぎに来る時のための下見ですから」

拓海が答えた。

「でも……今年は本日で営業終了ですが……」

「だから……来年来るためなんだ。なあ」

拓海が自分の方を見て笑ったので、瑠美は無言で頷く。来年という言葉が、それが本当の約束であったらどんなにいいかと、心の中で思う。従業員は合点のいかない表情を崩さないまま、拓海に渡されたチケットを受け取り、半券をもいだ。残りの半券は瑠美の手に返されたので、なくさないように鞄の外側にあるチャック付きのポケットにしまった。この夏一番の思い出として。

入り口を通り抜けると、これから帰ろうという人たちの流れに逆らうように歩かなければいけなかったので、なかなか前に進めなかった。通り過ぎる人々から、水と塩素と太陽の匂いが漂ってくる。施設の中は意外に広く、客たちはみな慌てた様子でごった返していたので、拓海は瑠美の手を取り、人波に逆らって歩いた。拓海に手を引かれて歩いていると、水の中にいるような心地がした。このままずっと、ずっとこの人波を歩いていたいと思った。

しかしプールサイドまでなんとか人を押しのけてたどり着くと、しっかりと瑠美の手を握っていた拓海の手は解《ほど》かれ、突然力を抜かれた瑠美の腕はだらりという感じで落下した。

その落胆に気づかれてはいやしないかと、拓海を見上げると、彼はプールサイドを見回していた。

「あれ……じゃないか。きみの友達。千夏」

目を細めて言うと、拓海は一番奥にある小さなプールの方向を指差して言った。その小さなプールは子供用のプールらしく、周りにプールから上がるのを拒む子供たちが数人、だだをこねて泣いているのが見えた。

瑠美は千夏に向かって合図を送ろうとしたが、それよりも先に千夏が瑠美を見つけて、驚きの表情を見せた。目を大きく見開いて、大口を開け、声にならない叫び声を送ってみせる。拓海はそんな千夏に向かって手を振った。

「何やってんのさっ」

子供用プールの周りに人がいなくなると、千夏は持ち場を離れて二人に駆け寄って来た。

「すぐ気づいたね」

瑠美が言うと、

「当たり前じゃん。こんなところで服着て突っ立ってたら目立つってば。あたしが水着で学校行くようなもんじゃん」

水着の上に黄色のTシャツを羽織り、首からホイッスルをかけ、脇には拡声器を抱えた千夏が、大きな声で言った。帽子の下の顔は、この前会った時よりずいぶんと陽に焼けている。

「どうしたんですか、えっと……三菱さんでしたっけ」

「菱川です。ごめんね突然。ちょっと驚かせようかと思って」

「はいはい、めちゃ驚きましたってば」

千夏は落ち着かない口調でそう言うと、瑠美に意味深な視線を送ってきた。

場内に蛍の光が流れ、その音に乗ってアナウンスが聞こえてくる。今日が今シーズン最後の営業日であることを、声は告げていた。そして今年の夏の礼を言った後、また来年もよろしくお願いします、とアナウンスは締めくくられた。まだ日差しは強く、暑さは容赦なかったけれど、そのアナウンスを聞くと、夏がいってしまったような気持ちになった。

「そうだ。今から少し、スタッフだけで泳ぐんだ。瑠美も泳いでいきなよ。菱川さんも、ぜひ」

「でも私、水着持ってきてない。大学の図書室から直接来たのよ、泳ぐつもりじゃなかったから」

「平気だよ、スタッフ用の水着があるからそれ貸してあげるって。菱川さんも、ねっ。水の中はほんと、気持ちいいよ」

監視員のリーダーは話のわかるおじさんだから、全然問題ないよと千夏は言った。いきなり泳ごうと言われて瑠美は躊躇《ちゅうちょ》したが、拓海は乗り気で、嬉しそうに千夏の後をついて行った。

千夏の言うとおり、水の中は本当に心地良かった。噴き出ていた汗がすうっとひき、体温が一気に下がるのを感じる。プールに入るなんて何年ぶりかのことで、水の中に体を浸す感覚を、久しぶりに味わった。場内は広く、中央に二十五メートルプールがあり、他にも進むにつれて水深が深くなっていく波のでるプール、場内を周回している流水プール、子供プール、泡の出るジャグジー用プール、スライダーなどがあった。スタッフたちはそれぞれのプールに散らばって楽しんでいたが、特にスライダーに人が集まっていた。瑠美たちは二十五メートルプールにいたが、拓海は泳ぎが得意らしくクロールで何度も往復していた。

「あたしが地元で焦げてる間にデートなんかしちゃって。いつの間にそんなに仲良くなったんだよ」

背泳の要領で水面に浮かんでいる千夏が、からかうような口調で言った。

「だから、大学の図書室でたまたま会って、その場のノリで出かけようってことになったの。デートなんてものではない。現に千夏のバイト先を偵察にくるなんてデートと言える？」

「たまたま、ねえ」

「バサロっ」と言いながら千夏は両脚をうねらし激しい水しぶきをあげた。水しぶきが瑠美の顔にかかるのを見て、千夏は愉快そうに笑う。

「偶然起こることの八割は、その人の意思が関係してるらしいよ」

千夏が言った。言われてみると、そうかもしれないと瑠美は思う。図書室で会ったのも、拓海と一緒に出かけることになったのも、瑠美がそうしたいと願っていたことだった。

「動揺が顔に出てるよ、瑠美。らしくないっすね。今のは山田千夏論だよ、偶然の八割はってやつ」

そっか、あたしがいない間もせっせと図書室に通ってたのか、案外けなげなところがあるじゃん、と千夏は背泳で瑠美の周囲を回りながら言った。手先は不器用なくせに、運動神経はいい千夏の、しなやかな身体の動きを瑠美は目で追った。

「瑠美ってどんな人を好きになるんだろうかと興味あったけれど、なるほどねえ。思ったよりまとも」

千夏の声が大きいので、瑠美は慌てて周囲を見回したが、拓海はひとりで泳いでいた。

「なに言ってるの。それより獲物を狙う鮫《さめ》みたいに私の周り回るのやめてくれない」

自分の気持ちを読み取られているばつの悪さで、瑠美は不機嫌な口調で言った。

「ねえ瑠美、目、閉じてみなよ」

「目を閉じる?」

「いいから」

言われたように目を閉じると、毛細血管を流れる赤い血液と太陽の光が、瞼《まぶた》の裏を満たした。

「赤ちゃんの時に、抱っこされてた時のことを思い出すでしょ。水が自分を抱いてゆらゆらしてくれるんだ」

わずかな隙間すらなく水が自分を包み抱き、心地の良い振動で体全体を揺らすのを瑠美は感じた。水のうねりとともに体が持っていかれ、また押し返され、でもそれは強引な力ではなく柔らかく優しい力だった。

「剣道部の練習が終わるとね、夏はこうして学校のプールにこっそり入ったんだ。こうやって水にたゆたうのがすごく好きで……。抱っこされてるみたいで気持ちが落ち着くんだ」

千夏はそう言うと、泳ぐのをやめて仰向けになって水面に浮かんだ。千夏が泳ぎをとめると水の流れはまた変化し、瑠美の体を違う流れが触れていく。二人はしばらく目を閉じたまま、水の上に寝そべるみたいに浮いていた。視覚がなくなると、耳は水しぶきが跳ねる小さな音まで拾う。拓海が泳ぐ気配を、静かな揺らぎの中で瑠美は感じていた。

「優しいお母さんってさ、赤ちゃんのことを水みたいな気持ちで抱いているんだろうね」

「水みたいな気持ちって」

「ただ包み込むだけっていうか……」

千夏は両手を胸の前で交差させ、自分の体を抱くようにして言った。瑠美には、七歳で母親を亡くすという気持ちはわからなかったが、きっと自分には想像できないくらいの憧れや寂しさがあるのだろう。千夏は小さい頃から何度もこうして自分の中に残っているおぼろげな記憶を、鮮やかなものとして確かめようとする行為を、繰り返してきたのだろう。親を失う幼子も、幼子を残して逝かなければならない親も、その別れは壮絶で、この世で最も辛い別れのひとつなのだろうと、瑠美は思った。どんなに喧嘩をしても、不満があっても、まだ自分の側にいて親としての役目を果たそうとしてくれている両親と自分の境遇に、感謝しなければならない。

本人は小心者だと言ってはいるが、本当の千夏は瑠美なんかよりずっと強く、彼女の強さも弱さもひっくるめて包み込んでくれる人がいつか、現れてほしいと思った。人の幸せを願うなんて傲慢《ごうまん》でおこがましいことかもしれないが、素直な気持ちで千夏の幸せだけは心から願っていた。

「なにやってんの」

大きなうねりが体を強く押したと思うと、目の前に拓海が立っていた。肩が上下し、息が荒い。

「さっきから二人で眠ってるの？　水の中で」

拓海はおかしそうに笑った。

「菱川さんも目を閉じてみてくださいよ。こうすると赤ちゃんに戻れますよ」

千夏はさっきと同じことを、拓海にも言った。拓海は千夏の言葉に従って素直に目を閉じて、呼吸を落ち着かすようにゆっくりと深呼吸した。目を閉じた彼の顔が、ぺったりと額に張り付いた前髪と合わさって、とても幼く見えて、瑠美は彼の頭を自分の胸に掻き抱きたいような衝動にかられた。自分のものにしたいという、衝動だった。

「ほんとだ。気持ちいいや。羊水に浮かんでる気がしてきた」

「でしょ。赤ん坊になったみたいでちょ。ママでちゅよ」

乳飲み子をあやす風に千夏が言うと、拓海は目を開いて笑った。彼の笑い声が、水を伝わって、瑠美の体に響いた。


「遅くなったな。家の人は大丈夫？　叱られないかな」

千夏と三人でファミリーレストランで夕食をとったので、瑠美が家に着いたのは九時前だった。拓海が車で家のすぐ近くまで送ってくれた。

「大丈夫。中学生でもまだ外を歩いてる時間よ」

瑠美は言った。水に浸かったせいで、肩まで伸びた髪に脂分はなく、毛の先があちらこちらの方向にはね上がっているのを、指でひっぱる。

「ありがとうございました。送ってもらって」

車から降りると、瑠美は言った。

「いえいえ、おれのほうこそ突然誘って悪かったな。受験生を」

一時間も泳いでいないのに、鼻の頭がうっすらと赤く焼けている拓海の顔が、微笑む。

「じゃあまた」

拓海は言うと、ウインカーを出して車を走らせようとした。瑠美は「さよなら」と答え、あと数秒で去ってしまう拓海に向かって言葉を繋げたいと心の中で強く願っていた。なんと言えばよいのかわからないのだが、何か言わなくてはと気がはやる。もどかしくて苦しくて、見送った自分の表情がいつも以上に硬い仏頂面であることを、テールライトの灯りを見つめて悔やんだ。

家に向かって歩きながら、心地良い疲労が体を満たしているのを幸せな気持ちで感じていた。蒸し暑い夏の空には氷のような三日月がかかっていた。

家のドアを開けると「おかえり」という母親の声と夕食で出たのだろう炒め物の油と醤油の香りがした。瑠美は「ただいま。遅くなってごめんなさい」と言い、そのまま自分の部屋に入った。壁の向こうで両親の話し声とテレビの音が聞こえてきた。ベッドに寝そべって電気も点《つ》けないでしばらくぼんやりとしていたが、ふと気になって鞄の底をさぐる。遠野から押し付けられるように預かった茶封筒の存在を思い出した。鞄の底に、その封筒はあった。セロハンテープもホチキスもされていないので、その気になれば中身を見ることは簡単で、瑠美は好奇心を抑えきれず中身をのぞいた。罪悪感は、強引に渡してきたのだからと遠野の身勝手さに腹を立てることに置き換えた。

封筒の中身は何枚もの写真だった。写真といってもただのスナップではなく、いかがわしい場所でいかがわしいことをしているものばかりだった。男の顔ははっきりと写っているが、傍らにいる女の顔はどれもあと少しのところで切れて写っている。だが半裸の女が遠野であることは間違いなかった。見たくもないと思いながらも、瑠美は一枚残らず、封筒の中の写真を見た。遠野の細く白い腕が男の首に絡みついたもの、上気した男の顔が醜く恍惚の表情をしているもの……どれもみな悪趣味で吐き気がした。

第六章　冷たい炎

　二学期の始まりは、同時に修了試験の始まりでもあった。約一ヶ月半ぶりに見るクラスメイトの顔はみなひと夏分の英気に満ちていて、教室は以前よりずっと騒がしく感じた。修了試験は来週明けからだったが、だれもが試験のことばかりを話題にし、落ち着かないままに新学期はスタートした。

「ねえ、今日こそ行ってみようよ」

　四時間目が終わると、弁当を持って瑠美の机にやって来た千夏が、深刻な顔をして囁いた。新学期が始まってから、佐伯の姿がなく、電話やメールで連絡をとってみても返信がないため、心配した千夏が家まで訪ねてみようと言い出した。瑠美は返信がないのは、返信できない事情があるからで、そういう時に無理をして相手に入り込んでいくのは賢明ではないと考える方だったので、千夏の提案に曖昧な返事をしながらも、やはり佐伯のことは気になっていた。試験の日程や時間割は千夏がメールで送っていたけれど、このままの流れでは試験にも現れないのではないかという不安がある。

「そうね……行ってみようか」

瑠美が言うと、千夏はほっとした様子で、

「そうだね。じゃあ五時間目終わったら行こうよ」

と言い、巾着に入れてある弁当箱を取り出した。

「ねえねえ、社会学のノートある？」

朝にコンビニで買ったパンを食べていると、後ろに湯川さつきが立っていた。普段は話をすることなどほとんどなく、瑠美とは言葉を交わしたことなど一度か二度ほどだった。瑠美が眉に皺を寄せて彼女を見つめると、さつきの視線は瑠美をこえて千夏にあり、話しかけている相手が自分ではないことがわかる。

「えっ社会学？　今日は持ってきてないけど……家には……」

千夏が口をまごつかせていると、さつきは、

「じゃあ今日家帰ったらファックスしてよ。番号教えるから」

と千夏の語尾にかぶせるようにして言ってきた。

「そんなことする必要ない」

またかと思い、瑠美は大きな声を出した。瑠美の声で教室がいったん静まるほどの、声だった。しまった、声でかすぎ、と思いつつ、瑠美は、

「貸す必要ないわよ」

とさつきを睨みつけ言った。

「木崎さんには関係ないじゃ……」

「あなたはあなたの友達に借りなさいよ。いつもくっちゃべってる人たちいるでしょうが。こんな時だけ千夏を利用するのやめなさいよ」

「利用なんかしてない。頼ってるだけじゃないっ」

「頼らせてあげないわよ。社会学の授業中、あなたいつも何してる？　覚えてないなら言ってあげましょうか。携帯をいじってるか、爪を磨いてるか、眠っているか、隣の席の人と喋ってるか、そのどれかじゃない。そんな人が千夏を頼る権利なんてないわよ」

思いっきり意地の悪い顔で、意地の悪い言い方をして、瑠美は言った。さつきは奥歯を嚙むようにして瑠美の言葉を聞いていたが、むっとした口調で、

「あたしだって頼りたくないわよ。でもノートを貸してくれるって言ってたおばさんが約束を破るもんだから、仕方なしに……」

と反論してきた。

「おばさんって、佐伯さんのこと？」

それまで黙って瑠美とさつきのやりとりを眺めていた千夏が心配そうに口を挟む。

「約束をしていたのに来ないなんて佐伯さんらしくないなぁ、やっぱり何か大変なことがあったのかも……」

と千夏が瑠美に向かって話し始めると、さつきは舌打ちをして、

「貸してくれないの、モアイ」

と責める口調で千夏に言った。千夏は瑠美の方をちらりと見た後、

「ごめんね。あたしのノートも今いちだから、もしあれだったら瑠美のを借りて」

と言った。瑠美が、

「私の貸しましょうか、一ページ千円で。もしそれがいやなんだったら、ちゃんと自分の力でなんでもやりなさいよ。楽して乗り越えようなんて甘いのよ。正直者がばかをみるようなことを、少なくとも私は許さない」

と相手の胸辺りを突く気持ちで言うと、嫌な視線を残してさつきは立ち去った。

「あああ、また敵増やしちゃって」

千夏が瑠美の耳元で小声で呟く。

「いいのよ、敵くらい増えても。あんなのいくら助けてやっても信頼できる味方にはなりゃしないんだから」

瑠美が言うと、千夏はまた小声で「そうだね」と呟いた。「正直者がばかをみるようなことを許さない、か……」

それまで授業を不真面目に受けていた人間ほど、試験前になると慌て、精力的に動きだす。少しでもいい点数を取れるように、赤点を取らないように、ぎりぎりでもいいから単

位はもらえるように。こうした人たちがいったいどんな看護をするのだろうと、瑠美は腹立たしく感じた。

五時間目の始まりを伝えるチャイムが鳴りみんなが席に着くと、教室の後ろのドアから佐伯が遅れて入ってきた。久しぶりに見る顔は明らかに痩せていて、いつもはきちんとした格好をしている彼女が、今日に限っては色あせたジーンズにTシャツという姿だった。千夏は驚いた表情で佐伯の方を見て、なにやら合図を送っていたが、俯き気味に歩いている佐伯はそれに気がつかず、疲れた表情で自分の席についた。

五時間目が終わると試験についてのオリエンテーションをするための時間が持たれ、白衣にナースキャップ姿の波多野が教室に入ってきた。彼女の、疲労を緊迫した雰囲気で塗り隠したような佇《たたず》まいは夏前となにひとつ変わっておらず、彼女には夏が来なかったかのように思えた。

「というわけで、みなさん、来週からの試験、がんばってください」

はきはきとした言葉とにこやかな笑みを教壇から送ると、波多野は教室を見回し、佐伯のところで視線を止めた。

「で、佐伯さんはどうするつもりなの？」

試験の日程を確認したのと同じ声の調子で、波多野は佐伯に問うた。戸惑う佐伯に突き刺すように、

「試験、受けられないって電話では聞いたけれど、どうするつもりなの」

と言った。

個人的な話なら後でゆっくりすればいいのにと瑠美は思ったが、波多野がわざとみんなの前で話をしているのだということに気がついた。波多野の問いにどう答えようかと言葉を探している佐伯を見つめるその余裕ありげな視線を見ていると、そう思った。仕掛けにかかった魚の動きを見つめるような粘り気を、波多野の視線から感じる。

「子供さんが入院しているんでしょう。それは大変なことだけれど、だからといって佐伯さんだけ試験を受けなくてもいいというような特別措置、うちの学校にはないのよ。試験を受けなければ放棄とみなされ、留年ということになるの。そのことは学校法規にも載っていたでしょう」

自分の言葉に昂《たか》ぶり煽《あお》られているのか、波多野の粘着質な物言いは増長していく。佐伯の気配がどんどん小さくなっていくのを、瑠美はもどかしい思いで見ていた。

「だから、無理はしないでと言ったでしょう、佐伯さん」

柔らかい声で、波多野は言った。「そんなに無理をして看護師を目指す必要があなたにはあるの？　あなたにとって一番大切なのは家族でしょう、まずそれを第一に考えてって私、前にも言ったわよねぇ」

言葉だけを取れば思いやりのある、だけど本当は相手に打撃を与えるために選ばれた言葉で、波多野は佐伯をなぶった。

「もう無理しないでいいんじゃない」

波多野の微笑みが佐伯を否定するものであることに瑠美は気づいていた。周りの生徒がだれ一人気づかなかったとしても、波多野の本意が佐伯の退学にあることを、瑠美と千夏、そして佐伯自身は気づいていた。波多野は今、教師と学生という距離ではなく、大人の女として佐伯を排除しようと巧妙な言い回しをしているのだった。これ以上何を言っても波多野はやんわりとした表現と口調で、ひとつの結論へと導いていくだろう。追い詰められた佐伯が胸にある言葉を飲み込んでいるのを、瑠美は感じていた。

「無理をして何が悪いんですか」

静まっていた教室に、声が響いた。その声が自分の口から出ていることに、瑠美は耳の熱さで気がついた。昔からこうだった。腹が立つと口が勝手に動き出し、耳がたまらなく熱くなって我に返る。

「無理をして自分の生きたい人生が生きられるなら、私は無理をしたいと思う」

ねめつけるように自分を見る波多野の視線を熱い言葉で焼き消す心持ちで、瑠美は言い切った。瑠美と波多野の対峙を、クラスメイトたちが愉快そうに眺めていた。瑠美より前の席にいる佐伯や千夏は心配そうな顔をして、瑠美を振り返っている。それでも、瑠美は波多野に言わずにはいられなかった。口元の作り笑いを消した波多野は、怒りを抑え込む

ように鼻を膨らませて息を出し入れしていたが、

「佐伯さん、教員室に来てください」

と言い、瑠美の方を見ずに教室から出て行った。波多野が出て行くと、張り詰めていた教室の空気が一気に緩む。瑠美はさっさと片付けをして教室を出た。


御成門駅から地下鉄に乗り込むと、マナーモードに設定していた携帯電話がバッグの中で震えているのに気がついた。千夏からのメールで、「瑠美の意見にあたしも賛成」と書いてあった。言葉の後に絵文字、ちからこぶを見せる腕の絵が三つ、並んでいる。自分では事なかれ主義だと思っているのに気がつけば事を荒立てていたり事の中心にいたりするのはいつものことで、深いため息をつきながら、瑠美はバッグの底から大学受験の参考書を取り出し膝に置いた。ページを繰《く》って数学の問題を眺めているうちに睡魔が訪れ、欠伸《あくび》をしていると、

「木崎さん」

と声をかけられた。見上げると遠野藤香の美しい顔が目の前にあった。

「あなたに封筒を預けていたでしょう。あれ、返してくれない？」

遠野は瑠美の隣に座ると、唐突な感じでそう言った。

「そういう言い方ってないいんじゃやない」

「どう言えばいいの」

「預かってもらってありがとう、を文頭につけるもんでしょ」

不機嫌な口調で瑠美が言うと、遠野は笑いながら、

「機嫌が悪いのね。預かってくれてありがとう、もしよかったら返してもらえないかしら」

と言った。

「今持ってないけど。家に置いてある。ずっと預かりっぱなしだからそろそろ捨てようかと思っていたの」

つっけんどんな物言いで瑠美は遠野に対応したが、彼女はそんな反応を楽しむように微笑んでいる。

「じゃあ今からあなたの家に行きましょう」

遠野が悠然と微笑むと、瑠美は何も言い返すことができず、再び参考書に視線を落とした。それから遠野は瑠美に話しかけるわけでもなかったが、地下鉄を乗り換える時もずっと側を離れなかったので、彼女が本気で瑠美の家まで来るつもりであることがわかった。

「ここで待っていて」

瑠美はマンションの前まで来ると、傍らにいた遠野に言った。彼女が立っているだけで、

いつもの見慣れた景色が、違ったものに見える。美しい容貌というのは一種の才能なのだ、という千夏の父の言葉を実感する。

「今取ってくるから」

瑠美は言うと、マンションの階段を上がった。わざとゆっくり、足音を確かめるようにして上がる。

封筒を渡すと、遠野は、

「中を見た？」

と訊いてきた。瑠美が正直に頷くと、遠野は「そう」とだけ言い、さして気にもしていないというように中から写真の束を取り出し、一枚ずつ丁寧に確認し始めた。

「だめね……これ。私の顔半分写ってるじゃない、ねえ」

小さく舌打ちすると、遠野が一枚の写真を瑠美に見せ、

「こっちはおじさんの顔がピンボケだし……あまり腕良くないわね、今回のカメラマン」

と不服そうに言う。

「なに、誰かに頼んで撮ってもらったの」

「そうよ」

「どうして」

「いろいろあるのよ……。でも助かったわ、あなたがあの場にいてくれて。業者から写真

を受け取った直後に、このおじさんに呼び出されちゃって……。もし何かの拍子で写真を見られでもしたら困ったことになっていたわね」

遠野は写真の中の男の顔を尖った爪で撫でながら言った。

瑠美は不可解な遠野の言動を無視して、

「じゃ、私帰るから」

と背を向けた。すると遠野は瑠美の腕を引き寄せ、

「ちょっとつきあいなさいよ」

と言った。

瑠美は少しためらった後、先に歩きだした遠野の背中についていった。強引な彼女の誘いを受け入れてついていく気になったのが自分でも不思議だったが、今日の彼女はこれまで瑠美が知っているどの遠野でもないような感じがした。好意的……というのだろうか。なぜだかわからないが、目の前の彼女は瑠美に対してほんのわずかだけれど心を開いているような気がした。

大通りまで出ると、遠野は細く長い手をあげて、タクシーを止めた。タクシーに乗り込むと、瑠美にも早く乗れというように目配せをする。運転手に行き先を告げる声は小さくて、瑠美には聞き取れなかったが、運転手は威勢のいい声で「わかりました」と言い、車を発進させた。自分から誘ってきたくせに遠野は車内で一言も話さず、饒舌な運転手の相

手をするのはもっぱら瑠美の役目となった。運転手はバックミラー越しに無遠慮な視線を遠野に向けて、一生懸命話しかけていたが、彼女は完全に聞こえていないという風だった。瑠美はしかたがないので、車内で販売しているというスタミナドリンクがいかにアドレナリンを放出させて元気になるかという話を聞き、運転手が趣味でやっているカラオケの話に相槌を打った。

道路はすいていて、信号で停まる以外、車はスムーズに走っていったが、瑠美はメーターの金額がどんどんあがっていくことが気がかりで、だんだん落ち着かなくなってきた。そのうち運転手も遠野が無視をきめこんでいることにがっかりしたのか、時おりバックミラーで彼女の顔を見るくらいで話しかけるのもやめたので、車内は静かになった。瑠美は背中をシートにもたせかけて、窓の外を眺めた。見たことのない景色が通り過ぎていくのをぼんやりと見ていると、しだいに眠気が襲ってくる。半袖から伸びる腕が冷たくなっているのを感じながら、瞼《まぶた》を閉じ、眠気に身を預ける。

「起きなさいよ」

と遠野に肩を揺り動かされるまで、瑠美は眠っていた。慌てて顔を起こした拍子に口端に冷たいものを感じ、手をやると涎《よだれ》が一筋流れでていた。遠野はそんな様子を見て唇だけで微笑み、運転手と代金のやりとりをしている。瑠美が目にしたメーターの金額表示は一万円を超えていて、背中をひやりとさせ遠野の顔を見ると、彼女はポケットから紙を取り出した。

「タクシーチケット使います」

丁寧な口調でそう言うと、運転手にボードを借りるとその上で紙に金額を書き入れていく。

長距離客を乗せた満足感か、遠野への愛想か、運転手は慇懃《いんぎん》な礼を述べた後、また車を走らせた。遠野は何も言わないまま、歩き始めた。

「タクシーチケットなんて持ってるのね」

遠野に並び、瑠美は言った。

「知り合いにもらったの」

ぽつりと言い、遠野は腕時計に目をやる。タクシーチケットをくれる知り合いなど瑠美には見当もつかなかったが、それ以上訊ねることはしなかった。

「六時半過ぎるまで、喫茶店で時間潰すから」

遠野はそう言うと、どこか入れそうな店はないかと周囲を見回した。


手近な店に入り、気詰まりなコーヒーを飲んだ後店を出ると、外は夕刻の色をしていた。日中は容赦なく照りつけてくる残暑の太陽も、この時間帯になるとさすがにぼんやりとしている。時計は七時を回っていた。店の中でもそうであったように、遠野と瑠美はほとんど会話をせずに歩き始めた。かといって瑠美のことを無視しているのでも遠ざけているのでもないということを、瑠美は一緒にいるこの数時間で理解していた。人との距離の取り方はそれぞれであるが、遠野はあまり言葉を必要としない人なのだろう。無口であることは学校など集団の中では批判の対象になり得るけれど、こうして二人きりでいたならば、案外良いのかもしれない。

「疲れてる？」

遠野が訊いてきた。

「そうでも……」

「さっき、寝てたでしょ。車の中で」

急に誘って悪かったわね、と呟き、遠野は笑った。その顔があまりに優しげだったので、瑠美は下を向いて口ごもる。

「だいぶ時間、遅くなったけれど、帰りも車で送るから」

遠野が言った。

「タクシーチケットまだあるの？」

「ええ。たくさん」

「それも知り合いにもらった？」

「そうよ」

学校に来ていない時間、遠野はどんな暮らしをしているのだろうと瑠美は思った。生計はどうやって立てているのだろう、大学を卒業してから看護学校に入るまでは何をしていたのか、なぜ今さら看護師なのか、家族はどうしているのか、本当に横井ちえの彼氏を横取りしたのか……と、訊きたいことが頭に浮かんできたが、その質問をした時に見せるだろう迷惑そうな彼女の顔を想像すると、言葉が続かない。

一戸建てが建ち並ぶ住宅地を、遠野について歩いた。やたらと坂が多く、歩くにつれて全身から汗がふきだした。坂にはそれぞれ名前があり、今歩いている坂には「貴船坂」という木製の標示が立てられている。

「どこに行くの」

瑠美は訊ねた。遠野は細い路地を抜け、公園を横切り、確実に目的地に向かって歩いている様子だったが、瑠美にはその先に何があるのかまったくわからない。周りは住宅ばかりで、何か特別な施設があるとは思えず、遠野が自分を伴って行く意図がまったく読み取れなかった。

「ここ……私の家」

ずいぶんな距離を歩き、ようやく一軒の家の前で遠野が立ち止まり、瑠美を振り返った。

「家って……」

目の前には明らかに誰も住んでいない古家《ふるや》があった。玄関のドアには油性スプレーで落書きがあり、窓ガラスが数箇所、割れていた。敷地のかつては庭だっただろう場所には背の高い、瑠美の身長よりも伸びた雑草が生い茂っていた。そして敷地と道路を仕切るようにして黄と黒の縞模様をしたロープが、張り巡らされていた。

瑠美が言葉をなくしていると、遠野はロープをくぐって中に入っていく。雑草に嬲《なぶ》られるのも気にせず進んでいく彼女の後ろ姿を、瑠美も慌てて追った。濃厚な草の香りが全身を包み、衣服に覆われていないあちらこちらがむず痒くなったけれど、遠野の姿を見失わないように、瑠美も草を分け入る。

「ここ……本当に遠野さんの家？」

家の裏に回ると、荒廃はさらに広がっていた。何者かが違法投棄したテレビや、折れた傘までが転がっている。遠野はそんながらくたを一瞥《いちべつ》した後、鬱蒼とした草の中でひっそりと横たわる一枚の大きな石の上に腰かけた。

「座ったら」

草の中で呆然と立ち尽くす瑠美に向かって、遠野が言った。膨らんだ胸ポケットから煙草を取り出すと、ゆっくりとした仕草で口にくわえ火をつける。

「あなたも吸う？」

悠然と微笑みながら遠野が言った。瑠美は手を伸ばし、一本受け取ると、唇に挟んだ。遠野は煙草の先に火をつけると、

「いま息を吸うのよ」

と言った。言われたように深く息を吸い込むと、白い煙が目の前に細く立ちのぼる。瑠美は初めて煙草の味を知った。

「ここ本当に遠野さんの家……」

「昔、住んでたの。もう十年も前のことだけど」

明日全壊工事があるのだと、遠野は言った。「形を留《とど》めているのは今日が最後……」

彼女が言葉を出すたびに小さな煙が空気に滲み、消えていく。

「私の家と言っても、とっくに売り渡してるの。うちの後に住んでいた家族が引越してからは、不動産屋の持ち物になってしまったわ」

遠野は二本目の煙草を取り出し、火をつけながら言った。そして今度は深く長く、煙を吸った。瑠美も彼女を真似て煙を吸おうとしたが、喉の辺りに抵抗があり、結局ほとんど吸い込めないうちに、半分が燃やしつくされた。煙草の小さな火がやけにきれいだと思ったら、いつの間にか周囲が暗くなっている。

「きょうの六時半過ぎまで業者が入ってると聞いたものだから時間潰してたの。悪いわね、長い時間つきあわせて」

遠野が言った。暗がりではっきりと表情を読み取ることができなかったけれど、言葉はとても素直に瑠美の耳に入ってくる。

「ここはもう遠野さんの家ではないんでしょう」

それなのに取り壊される日や業者が来ている時間までなぜ知っているのかと、瑠美は訊いた。すると遠野は、情報のすべては人が握っているのだと笑い、不動産屋の従業員をひとりおさえておけば簡単なことよと言った。

「家と人は似ているのよ。年月とともに歳を取り、傷んでいく。そして最期はどうしようもなく古びて哀しい」

自分が暮らしていた十五年間は、この家も新しくて活気に満ちて華やいで……生まれてから十五歳で家を離れるまで、この家は家族の器として堂々としていた。人の手に渡っても、時々はこうして家の前までやって来ては眺め、大切に暮らしてもらっているかと語りかけた。不動産屋が所有することになって、誰も住まなくなった家はみるみる朽ち、在り続ける力を失くしていったのだと遠野は言った。

どうしてそんな話を自分にするのかと、瑠美は訊いた。わからない、と遠野は答えた。

「自分のかつて暮らしていた家の最期を、ひとりきりで見送るのが嫌だった」と言う遠野の顔は、いつもの無表情ではなく、まだ感情を打ち隠す術《すべ》を知らない子供のようであった。

「遠野さん、家族はいないの」

「いるわよ。離婚をした父と母が……。死んでしまったけれど、妹もいたわ」

遠野の声が硬く聞こえたので、瑠美は立ち入ったことを訊いてしまったのだと悔いた。

瑠美が黙り込むと、遠野もそれ以上は何も言わなかった。生ぬるい風が、顔を撫でていくのを感じながら、遠野からいつも感じ取れる暗さを思った。沈黙が二人の間に流れる中で、小さな火が煙草を焦がす音だけが時おり、聞こえる。

「妹は死ぬはずではなかったの。私はね、妹を死なせてしまった人間を許せないの」

淡々とした口調で遠野が言った。

「ひとつ違いの妹が死んだのは、妹が十二歳の時。まだ六年生だった」

妹がなぜ死んだのか、自分はいまだにわからないのだと遠野は言い、瑠美を見つめた。

「簡単な手術だと両親は聞かされていたし、私も、当の妹も、手術が終わればじきに回復して家に戻ってこられるものだと思っていたの」

生まれつき心臓に小さな欠陥があった妹は、中学に入る前に完治をと願い、手術に踏み切った。妹を担当した医師は、これまでに何件も同じ手術を経験しているし、手技的にも難しいものではないと言っていた。だから、自分を含めた誰もが、それが妹との最期の別れになるなんてわずかにも思っていなかった。一瞬でも頭をかすめることすらなかった。

だから、妹が手術中に命を落としたと聞いても、初めは何を言われているのか理解ができなかった。

「目の前で妹の亡骸《なきがら》を見せられても、私にはなんのことかわからなかった……」

と遠野は言った。

両親は半狂乱になってなぜ妹が死んでしまうようなことになったのかと、医師に詰め寄った。医師は医療用語を並べて説明したが、両親にも自分にも、とうてい理解ができなかった。ただ「避けられない状況だった」という言葉だけが何度も繰り返され、その繰り返しを聞いているうちに、これ以上は何を訊いても無駄なのだという諦めを強いられた。

だがそれでもまだ妹が亡くなってすぐの頃は、遠野たち家族は病院側と闘う気持ちでいた。悲しみと同じ量の怒りで、納得のいくまで闘うつもりだった。訴訟を起こすことも考え、医療問題を専門に扱う弁護士を見つけた。

「でも両親の強い気持ちはそこまでだったの。弁護士とともに裁判について話し合っているうちに、自分たちがしようとしていることがどれほど無謀なことかがわかったの。そこで両親の気持ちが折れてしまった。最後には、そんなことをしても妹は生き返らないんだっていうのが口癖のようになってしまったの」

両親がくじけても、自分は諦めずに何度も病院に通った。納得のいく説明が聞けるまで、何度も何度も……。まだ中学生だった自分に何ができるわけでもなかったけれど、妹が入院していた心臓外科の病棟に通った。初めのうちは対応していたスタッフも、そのうち露骨に迷惑な顔をし、担当の医師は会ってくれなくなった。精神科を受診したらどうかとも言われた。両親はいずれこのような扱いをされることがわかっていたから、途中で諦めたのだということを悟ったけれど、自分は諦めることができなかった。

妹の死は、彼女の喪失だけにとどまらず、家族をも離散させた。虚しさを埋めることができなかった両親はその罪の在りかを互いに求め、やがて離婚した。

両親は離婚することで妹の死を過去のものにしたのだろうが、自分はどうすることもできず、いまだ同じ場所にいるのだと遠野は言った。

「笑っているのを見たの。妹を死なせた医師が病院の構内で笑っていたのよ。妹が亡くなった翌日に病院を訪ねた時……笑ってたの」

頭ではわかっている。医師は仕事として患者の命を預かり、時には救うことができないこともある。それは日常であり、患者や家族の気持ちと同化することなどはできやしない。だがそれでも、子供だった自分は、その医師が楽しそうに笑っている姿に傷つき、深い憎しみを覚えた。自分自身の手で、復讐するしかない。いつしかそのことばかりが自分の人生になってしまったのだと遠野は言った。

「でもその医師が今はどこで働いているのかすらわからない。私が大人になるまで、年月が経ちすぎてしまったわ」

風は冷たくなり、腰かけていた石もひんやりと湿っていた。周りの家々から灯りがもれてくると、自分たちのいる場所の暗さが浮き上がる。パッケージの煙草を吸いつくした遠野が、ライターを点けたり消したりするたびに、彼女の思いつめた横顔が闇に浮かんでは消えた。

「あの写真、なんなの？」

瑠美は沈黙に石を落とすように訊いた。

「ゆすりたかりの材料」

「本当に？」

「本当よ。お金さえ払えば、ああいう写真を撮って、ついでに交渉までしてくれる業者ってあるのよ。自分の身を守るためなら金を出す男が多いのよ、案外。あなたもやってみなさい、お金なんてすぐたまるわよ」

「そんな……お金ためてどうするのよ」

「家をね、買い戻すつもりだったのよ……これまではね。でも本当の目的は金より人捜し、かしら」

医師から医師へ渡り歩いていれば、いつかあの男に遭えるかもしれない、と遠野は言った。妹の命を消してしまったあの男に遭ったら、自分の命に代えてでも彼の持っているものすべてを奪うつもりだと言い、手の中のライターの火をじっと見つめた。

第七章　修了試験

試験が始まると、だれもがひっそりと登校し、そそくさと下校していった。いつもは大声で話し笑い合っている学生たちも、寝不足なのか具合の悪そうな顔をして、十五教科に及ぶ試験に挑んでいた。学科試験の期間は瑠美もほとんどだれとも話さず、千夏とは休憩時間に少し話をしたが、淡々とこなした。波多野とどういう話し合いになったのかは聞いていないが、佐伯は試験を受けに来ていたので、千夏とふたりで「よかった」と顔を見合わせた。

学科試験がすべて終わると息をつく暇もなく、実技試験が実施された。ある程度準備して臨める学科にくらべて実技は運に左右されることもあって、学科を難なくこなした瑠美も、実技試験の朝は緊張で胃が痛くなった。

「おはよう瑠美。ううう、恐いね……」

朝登校すると、玄関で千夏が瑠美を待っていて走り寄ってきた。バンジージャンプの順番を待つ人のような顔をして大げさに震えている千夏を見ると、思わず笑えて自分の緊張がふと緩む。

「試験の順番、もう発表されたの」

瑠美は訊いた。実技試験の内容は、ベッドメイキング、洗髪、全身の清拭、浣腸、足浴の五課題で、その中からひとつ試験される。どの課題に当たるかは今日、いわゆる試験当日までわからず、朝一番に掲示板に張り出されるというやり方だった。どの実技を試験されるかわからないため、学生たちは五課題すべてを練習しておかなければならず、それぞれに得意不得意なものがあり、自分の不得意なものに当たった学生は不運だった。

「もう発表されてた。……あたし、浣腸だったよ」

千夏が瑠美の腕をつかみながら言った。

「いいじゃない。千夏、これまでで一番浣腸の練習してきたじゃない」

千夏はこれまで数え切れないくらい練習を重ねてきたのだから、瑠美からすれば不合格になることはないように思えた。

「自信ないよ……」

「あるある。大丈夫よ。自分を信じなさいって。千夏ほど練習した人、他にいると思う？神様はそんなに非情じゃあないわよ」

千夏が、瑠美は洗髪に当たっていたと教えてくれた。いわゆる「水もの」と呼ばれる実技で、用意が大変なぶんだけ時間切れになる可能性が高かった。瑠美は千夏ほど練習したわけではないけれど、ひと通りやってきたのだからと自分を落ち着かせる。千夏と一緒に二階ホールにある掲示板をもう一度確認すると、千夏は朝一番の時間帯、瑠美は昼食をとってからのグループになっていた。試験を受ける以外に患者役としてパジャマに着替えてベッドに横になる役割もこなさなければならず、瑠美は午前中に患者役が回ってきていた。

「じゃあ行ってくるよ」

早い時間に試験が回ってきている千夏は、更衣室に着替えに行った。

隣のベッドから、千夏の低い震えた声が聞こえてきた。瑠美は患者役としてベッドに横たわりながら、息を潜めてその声を聞いている。がんばれ千夏、と心で唱えてみたが、彼女の震えが止まることはない。

「それでは血圧を測りますね……」

語尾が聞き取れないほど小さい千夏の声を、目を閉じて聞いていた。

実技の課題に入る前には体温、呼吸数、血圧を測り記録しなければならなかった。体温計を読み間違えることなどないし、呼吸数も胸の上下の動きをカウントすればよいだけなので失敗することはないが、血圧だけは緊張すると聴診器の音が聞こえてこないこともあった。上腕に正しい手技でマンシェットを巻きつけ、聴診器を患者役の脈にあてがい、送気球から空気を送りこむ。たったそれだけのことなのだが、音がうまく聞き取れないことがあり、千夏は時々血圧測定を失敗することがあった。試験中は教員がマンツーマンで点数をつけていて、血圧を測定する時は教員も触診法で脈をとるので、適当な数値を並べるわけにもいかなかった。

「最高血圧が百二十四で、最低血圧が八十です。正常範囲です。それでは浣腸の準備をしてまいります」

今回はうまく測定できたようで、千夏のやや自信を取り戻した声が聞こえてきた。瑠美は布団の中で体の力を緩める。患者役の瑠美の身体を使って浣腸の試験を受けているのは隣のクラスの学生で、一度も話をしたことのない人だった。

「それではパジャマのズボンを下ろさせていただきます。少し腰を浮かせていただけますか」

聴覚で千夏の動きを追っていたら、耳元で何度もすいません、すいませんと囁かれ、自分が患者役として横たわっていることに気づかされる。慌てて腰をあげて、協力すると、パジャマのズボンがずり下ろされた。こっちはもうだいぶん進んでいるのに、千夏は何をやっているのか。準備室からまだ戻らない様子の千夏を、瑠美はいらいらとしながら待った。瑠美の下半身に取り付けられた、おなじみのゴム製肛門に、グリセリン浣腸が注入されていくのを感じながら、瑠美は千夏が気になってしかたがなかった。

「だめだ、落ちた」

更衣室でパジャマから私服に着替えていると、ユニホーム姿の千夏がしょんぼりと戻ってきて、開口一番呟く。

「グリセリン液をぶちまけちゃった、力入れすぎで」

液体を注入するときに肛門から管が抜け、液体が辺りに飛び散ってしまったのだと千夏は言った。その話を聞いて瑠美も絶望的だと思ったので、

「やらかしたねぇ。まあ追試でがんばりなさいよ」

と慰めた。慰めたつもりだったが、千夏は口を尖らせて、

「もっと思いやりのある言葉はないの」

とふくれた。

「だってかかっちゃったんでしょ、患者に浣腸液が」

「うん」

「それはだめでしょ。どう見積もっても六十点はとれないでしょう、普通」

本番で失敗したことは同情するが、それもやはり実力のうちなのだと瑠美は言った。二人で話しているところに遠野が通りがかり、唇が動いたか動かないかわからないくらいの微笑みを残していった。彼女も午前中の試験だったようで、ユニホーム姿だった。遠野とは一緒に彼女の生家を訪れた時以来、口をきいていなかった。縮まったと思った距離もまた元に戻り、学校では目を合わせることもない。

「でもとりあえず終わってほっとしたよ。これで学科も実技も試験終了だよ。しばらくのんびりできるな」

千夏が被っていた帽子を勢いよく取り去り言った。

「追試までね」

意地悪な口調で瑠美がからかうと、千夏は、

「瑠美も失敗しちゃえっ。二人で追試を受けようよ」

と真剣に言ってきたが、すぐに、

「嘘。がんばってね」

と笑った。


試験期間が終了すると、教室はもとの穏やかで緩んだ雰囲気に戻った。余裕が出てきたせいか、少しずつ夏が終わっていくのを瑠美は窓の外の光の加減や、空を飛ぶ虫の種類などで感じることができた。試験時には珍しく真面目な面持ちで登校していた学生たちも、またもとに戻り、授業中に携帯電話をいじくったり、居眠りしたりして九十分間をやりすごしていた。

十月に入ると試験結果が教室の前に張り出され、瑠美は二クラス合わせて九十七名の中で、二番の成績だった。氏名ではなく学籍番号で発表されるので、成績があからさまにな

るわけではないが、学籍番号を調べれば、誰が何番の成績を取っているのかは簡単にわかった。トップは予想していた通り遠野藤香だった。

「学科の追試が二つだけなんて、助かったな。瑠美のおかげだよ」

千夏は実技試験をぎりぎり六十点で合格し、六十点以下で不合格だったのは筆記テストの二教科だった。瑠美からすればおそろしく要領の悪い千夏は、真面目なのだがその勉法は教科書のすみからすみまで暗記するといったやり方で、瑠美がまとめたノートを貸してやらなければ追試は二教科ではすまなかったはずだった。

「じゃあ大学の図書室で待ってるから」

瑠美はこれからその二教科の追試に臨む千夏に向かって言った。本当なら修了試験が終わった直後にしようと言っていた二人だけの打ち上げを、千夏が赤点を取ったために今日まで延ばしていたのだ。

「うん。頑張ってくるよ」

握りこぶしを耳の下辺りで作り、力のこもった口調で千夏が言った。追試を受ける学生は大勢いて、二教科ですんだ千夏は、成績の良い方に入っていた。

大学の図書室に行く前に、近くのコンビニで飴かガムでも買っていこうと思い瑠美が玄関を出ると、男が立っていた。こちらに背を向けて立っているので顔はわからなかったが、どこか見覚えのある後ろ姿に、瑠美は足を止める。上背があり肩幅の広い後ろ姿を見つめながら、瑠美はしばらく考え込んだ。

「千夏の……」

瑠美が呟くと、小さな声だったにもかかわらず男の耳に届いたのか、男は勢いよくこちらを振り返った。振り返るとやはり、瑠美も一度だけ会ったことのある千夏の高校時代の友人だった。頭の中で男の名前を思い出していると、

「ちは、日野です」

と向こうから名乗った。

「久しぶりです、ぼくのこと覚えてますか」

瑠美がためらっていると、日野がこちらに向かって歩いて来た。ただ学校の敷地に入るのは躊躇し、道路と敷地を隔てる石段の前で止まり、もう一度、

「木崎さん、ぼくのこと覚えてますか」

と言った。

「千夏の剣道部時代の……」

「そうです」

白い半袖のポロシャツにジーンズを合わせた日野は、初めて会った時の印象と同じく活動的で爽やかな感じがした。

「あの……千夏はちょっと……」

追試であることを言っていいものかどうか口ごもっていると、日野は、

「いいんです、あいつは別に」

と言い、今日は部活が休みだったので近くまで来たから寄ってみただけだと笑った。

千夏は用事があってあと二時間近く出てこられないことを告げると、瞬也は、

「千夏はほんとにいいんですよ」

と言い、瑠美に今時間があるかと訊いた。瑠美が自分は千夏と待ち合わせをしているのだと告げると、じゃあどこかで一緒に待ちましょうと印象通りの爽やかさで頷いた。御成門の駅のすぐ近くにコーヒーショップがあるからそこへ行くかと瑠美が言うと、店よりもどこか歩きたいと瞬也が言うので、近くの芝公園に行くことになった。

「色が白いでしょう、ぼく。剣道は室内スポーツだから日に焼けないんだ」

だからたまの外出時には外にいたいのだと、瞬也は言った。十月の陽差しは柔らかく、空も高く心地よい風が流れていた。剣道部というだけで汗臭いイメージを彼に抱いていたが、風が流れるたびに隣の瞬也から柑橘系の良い香りがした。

「夏の終わりに瑠美さんが市民プールに来たって、あいつから聞いて……。ぼくもそのプールで部活の合間にバイトしてたんですけど、たまたまその日は出てなくて」

瞬也が言った。公園にはいろんな人たちが集まっていた。幼児を連れた母親、スーツを着たサラリーマン風の男性、音楽をかけてヒップホップ系の踊りを練習している若い男女

……平日の夕方にはいろんな人が公園に集うのだなと、瑠美はぼんやりと目の前の光景を眺めていた。瑠美と瞬也は公園全体を見渡せるブランコの後ろのベンチに腰掛けた。日陰にある石造りのベンチは、座ると太腿の裏をひやりとさせる。

「あの言葉……すごく反省させられました」

畏《かしこ》まった口調で瞬也が言った。

「あの言葉？」

「大切な友達なら守りなさいよ、ってやつ。なんか自分の欠点を見抜かれたみたいで」

「欠点って……」

「はっきりと生きてるつもりが優柔不断で。一本気が身上だと格好つけてるくせに、誰からも好かれようという姑息な計算がある。そういう自分のだめなところです」

瞬也は話しながら、足下の小石を蹴って前に飛ばした。

「ああ、あれ」

瑠美はコロコロと転がる小石に視線を沿わせ、小さく笑う。瑠美が突然笑ったので、瞬也が顔をのぞきこむようにして、

「なに？」

と訊いてきた。

「あれね、やつあたりよ」

「やつあたり？」

「そう。昔ね……といっても高校の時なんだけれど。私、仲良くしていた友達がいたの。その友達、私が嫌な思いをしている時に、ただ黙って見ているだけで庇《かば》ってくれなかった。私も助けて、とは言わなかったんだけど、でもやっぱりなんか辛かったの。その時のこと思い出して……それであなたにやつあたりよ。こちらこそすいませんでした」

瑠美は素直に言うと、笑ったまま頭を下げた。瞬也は驚いた表情を見せていたが、「そうだったのか」と呟き、

「でもきみはどんな時でもきっと、友達を守るんだろうな」

となぜか嬉しそうな顔をして笑った。

「千夏とは……保育園から高校まで同じだったんでしょ」

今頃、必死になって答案用紙にかじりついているだろう千夏の、集中すると下唇を前に突き出す癖を思い出しながら瑠美は言った。

「進学したのが全部家から一番近い地元の公立だから、自然と同じになるんですよ。そんなにたくさん学校があるわけじゃないし」

「でもすごいですね。二十年近くお互いの成長を見続けているなんて」

「中学、高校と部活も一緒だしね。腐れ縁の腐敗が終わって土になった後みたいなもんですよ」

快活に笑うと、瞬也は、千夏の話ばかりしていても仕方がないというようなことを言った。

「まあ瑠美さんとの接点があいつなんだからしようがないか……。瑠美さんの話、あいつからよく聞いてるんだ」

「私の話……」

「そう。静かでとてつもなく強い友達がいるって」

「……静かねえ」

「静かできれいなのに強い意志と情熱があって、でも自分を擁護する言葉は人魚姫みたく持たなくて……。そういう人なんだって」

千夏が瑠美を連れてきた日、ああこの人が例の人魚姫かと思ったのだと瞬也は言った。

「私、静かじゃないですよ。人を罵《のの》る時の激しさといったら、芸人並み」

瑠美は瞬也の視線を自分の顔から外すように俯き、足下を見つめながら言った。

瞬也は瑠美の言葉に小さく笑うと、

「あいつは……千夏はぼくら男から見たらすごく気持ちのいい奴なんだけど、時々女たちからうざい者扱いされることなんかあったんだ。中学の時が一番ひどかったかな。なんでかな、たしかにちょっとずれてるところはあるけど……。あいつ見てたら女の世界って性格が良いから人とうまくやっていけるわけじゃないんだなと思ったよ。男同士っていうのは性格の良い奴がのけ者にされることってあんまないような気がするけど。でもまあ千夏はそういう不当な扱いを受けることが何度かあって……。あいつああ見えて人間不信に陥ってた時期もあってね。ぼくなんかはずっとそういうの見てきたから、今まっすぐに瑠美さんのことを信じて友達だって言い切るあいつを見てよかったななんて保護者っぽく思ったりして。看護師なんて思いっきり女の世界であの不器用な千夏がやっていけるんだろうかと思ってたから」

と言った。

瑠美は瞬也の話に無言で頷きながら、肉親以外にこれほど自分のことを理解してくれる人が身近にいた千夏は、やはり幸せだと思った。

「千夏は……瞬也くんのことが好きだと思う」

言うかどうか数秒迷ってから、瑠美は言った。本人のいないところでこんなことを言ってしまうことが、彼女に失礼なことは承知で、瑠美は言った。

「好き？　ないない絶対ない。友達としてはありだけど、それ以外はありえないっす」

瞬也は本気で否定し、首を何度も振った。気づかないふりではなく、彼は本当に千夏の気持ちに気がついていないのだろう。声を持たない人魚姫は千夏自身じゃないかと、瑠美はひっそり溜め息をつく。

「あいつ、ぼくといると怒ってばかりでめちゃ恐い。怒ってるか菓子食ってるかで。……

中学の頃、家が近かったからたまに一緒に帰ったんです。千夏、自転車のハンドルにぶら下げたヘルメットの中に菓子隠してて、歩きながら食うんだ。こうやってヘルメットの中に手をつっこんでむしゃむしゃ」

思い出したのか、大口を開けて瞬也は笑った。大きな笑い声に、目の前の砂場で遊んでいた子供が振り向く。

たいていの男は声にならない言葉を聞こうとはしない。口にできない言葉を、知ろうとはしない。瑠美は、切ない気持ちになった。

会話が途切れ、ささやかな音だけが時間を埋めた。鳥たちの羽音や木々のゆらめき、風に流れる空気が自分の頬や耳を擦《こす》る音までが、聞こえてくる。

「あ。メール」

瑠美のバッグの中で電子音が聞こえた。バッグから携帯を取り出すと、千夏からたった今試験が終わったとメールがきていた。玄関の前で待ち合わせしようという言葉の締めに、Vサインの絵文字があった。試験がうまくいったのだろう。

「千夏から。学校で待ち合わせ。一緒に行きましょう」

瑠美は立ち上がって、太腿にまとわりつくスカートを直した。

「ぼくは……このまま帰るよ」

「え？」

「千夏には、ぼくが来たってこと言わないで。後でいろいろからかわれるの、面倒だし」

首の後ろに手をやり、瞬也は恥ずかしそうに笑った。その笑顔は瑠美の胸を一瞬だけ高ぶらせたが、その高ぶりがなんなのかはわからなかった。

「じゃあまた。……メールでもください、よかったら」

瞬也はシャツの胸ポケットから名刺ほどの紙切れを取り出すと、瑠美に渡した。そこには彼の名前と電話番号、メールアドレスが書かれていた。

「ありがとう」

紙切れを瑠美が受けとったのを見ると、瞬也は礼を言って歩き出した。強引でもなく、かといって相手の出方を窺う矮小《わいしょう》さもなく、ありきたりの言葉を使えば男らしいまっすぐさを、瞬也から感じた。だが同時に千夏に隠し事ができたことの後ろめたさを思った。瞬也は新橋駅まで歩いていくと言ったので公園を出てすぐに別れ、瑠美は学校に戻った。別れてから彼が振り返って瑠美を見ているような気がしたが、瑠美は振り返らずに早足で歩いた。

学校に戻ると、千夏は玄関のナイチンゲール像の前に、立っていた。怒ったような顔をして自分のシャツの裾で像を磨いていたので、テストの出来があまりよくなかったのではないかと瑠美は心配した。

「おつかれ。できたの、テスト」

瑠美が声をかけると、千夏は「あっ」と言って、走り寄って来た。

「ごめんねぇ二時間も待たせて。待っててくれてありがと」

屈託のない笑顔を浮かべて両手を合わせ頭を下げる千夏に、瑠美は瞬きだけで応える。瞬也に会っていたことを告げようと、会話が途切れるタイミングをはかりながら、瑠美は千夏の口からこぼれるテストへの愚痴を聞いていた。

「でさでさ、ひどいんだよ。母性看護学の問題なんか本試験とまったく内容違うんだ。女性が一生涯で排卵する卵子の数は、なんて問題もあってさ、そんなの覚えてないよね。在宅看護論なんて本試験とまったく同じだったのにねぇ。まじやばい、母性。絶対落ちた。留年決定だよ」

千夏は怒りと落胆の言葉を交互に繰り返し、歩いているうちに、少しずつ落ち着きを取り戻していった。

「さっき日野くんだっけ……彼が来てたの」

「えっ。瞬也」

千夏の顔の表情が固まる。彼女の心が他のすべてのことから今、瞬也のことだけに向けられたのが、その顔つきでわかる。

「なんで？」

「……近くまで寄ったからだって」

自分に会いに来たとはとても言えず、瑠美はそれだけを言った。嘘はついていないはずだと、今発した自分の言葉を頭の中で反復してみる。

「そうだったんだ。四時十分が授業終わりだって前に話したからなあ。あたしが追試受けてる時にくるなんて間の悪いやつだなあ」

軽い口調で言ってはいるが、言葉の端々から彼が会いに来たことに気持ちがざわつき、会えなかったことを残念がっているのが伝わってきた。

「何か言ってた？」

「ん……特になにも。少しだけ私と日野くんで話はしたけれど……」

「二人で？」

「ええ。私がほら、千夏を待っていて暇だったから」

「そっか」

本当は何を話していたのかまで訊きたそうだったけれど、千夏はそれ以上は訊いてこなかった。

新橋駅の近くまでくると、通りの飲み屋の看板に灯りがともっていた。十月にもなると夕刻が短く、夜の訪れが早い。日が沈むと空気が冷たく、もう夏は完全に遠ざかり冬が先にあることを実感させられた。瑠美と千夏はしばらく無言で、薄暗くなり始めた道路を歩いた。

「なにか食べていく」

あと数分で駅というところまで来ると、瑠美は訊いた。千夏は少し考えた後、

「もう遅いし……今度にしよっか」

と言った。昨日徹夜で勉強したのだろう、千夏の顔には、くっきりと疲労が浮かんでいたので、瑠美はそうねと頷く。

「試験は通ってるわよ、きっと」

瑠美は言った。気休めではなく、本当にそうであろうと思う。試験の結果は、いつも点数でしか返ってこず、採点した答案用紙は手元に戻ってはこない。つまり点数だけなら教員の意図でいくらでも操作することが可能なわけで、実際にそうした操作は日常に行われているという噂だった。学校に残しておきたい学生は、少々出来が悪くても合格点をつけるのだと、聞いたことがある。不器用ではあるが労苦と努力を厭《いと》わない千夏は、教員からは好かれていたので、きっと大丈夫だろう。もし自分が追試を受けていたら完全にアウトだろうと確信していたので、瑠美は操作できないほど良い点を取るしかないと思っていた。

「気休めでもありがたいよ」

千夏は情けない笑い顔で言った。山手線のホームに着くと電車がすでに到着していて、二人は駆け足で別々の電車に乗り込んだ。込み合った電車に乗り込むと、窓の向こうに千夏の姿が見えたので、瑠美は手を振った。しかし千夏はそんな瑠美に気づかず、つり革に

片手をかけてどこか違う所を見ていた。虚ろな彼女の目は放心しているようにも、思いつめているようにも見えた。

自分の乗り込んだ電車より早く、千夏を乗せた電車がプラットホームを去っていくのを、瑠美はじっと目で追った。そのうちに目の前の席が空き、瑠美は人波に押されるようにして腰を下ろした。バッグの底から瞬也に手渡された紙切れを取り出すと四つに折り畳み、座席のシートと背もたれの、コイン一枚入るくらいの隙間にそっと差し込んだ。簡単に出てこないように中指でぎゅっと押し込むと、紙切れは奥深くに入り込んでいった。

第八章　届かぬ想い

更衣室はたった今キャンドルサービスを終えた熱気と、学生たちが使う香水やコロン、制汗スプレーの臭いにむせ返っていた。

「疲れたあ」

鼻の下につけた白髭を引き剝がし、赤いとんがり帽を脱ぐと、千夏が大きな声を出した。鼻の下にも額にも、長距離マラソンを走り抜いたような汗が噴出している。

「いくらなんでも暑いわよね、その衣装じゃ。十二月といっても病棟の中はいつだって暖かいんだし」

疲れて床に座り込んでいるサンタクロース姿の千夏を見下ろし、瑠美はこみあげる笑いを抑えられずにいた。

二学期の最終日は、キャンドルサービスの行事があり、看護学生全員で病棟を回る。手に蠟燭を模して作ったランプを持ち、聖歌を歌いながらマンモス病院の全病棟を三百人足らずの学生たちで手分けして回るのだから、時間も体力もかなりきつい行事だった。中でもサンタクロース役に選ばれた者は、サンタクロースの衣装を身につけて患者たち一人ひとりにメッセージカードを手渡す仕事をしなければならなかった。

「どうだった、サンタ役」

床の冷たさが心地良いといって寝そべる千夏に向かって瑠美は訊いた。体の大きな千夏は、とてもサンタらしいサンタで、人気を集めていた。

「緊張したよぉ、そりゃもう。ほんと疲れたあ」

「こっちも歌いっぱなしで声が掠《かす》れてるわよ」

瑠美はそう言って笑うと、十一月の戴帽式で授けられたまだ真新しいナースキャップを頭から外した。

「かわいかったなあ、小児病棟の子供たち。あたしのこと本物のサンタだと思ってた。サンタさん来てくれてありがとう、って」

両方の目尻を人差し指で下にひっぱり、垂れ目を作って千夏が言った。涙が出そうになった時の、彼女の癖だった。

「なんであんな小さい子が病気なんだろう。まだ何年も生きてないのに。悪いことも何もしてないのに、なんで苦しい思いしなきゃなんないんだろう」

小児科の病棟には重症の患児が多く、管に繋がれたままサンタクロースの参上に目を輝かせている姿には、瑠美も言いようのない哀しさを感じた。歌声と蠟燭を心から待ち望み楽しんでいる人たちがこれほどいるとは思わず、そんな人々を前に聖歌を捧げている間だけは、瑠美たち学生も天使になった。

ひとり、またひとりと帰路につき、更衣室の中の混雑が和らいできた頃、くもった窓ガラスの向こうに雪がちらつくのが見えた。

「あ……雪だ」

「雪ね」

二人は同時に叫んで、そして顔を見合わせて笑った。

「瑠美と一緒に雪が見られるなんて思わなかった」

「どういう意味」

「ほんとは瑠美、きっと学校、やめちゃうんだろうって思ってた。それでまたあたしは一人になるのかなってね」

横たえていた体をゆっくりと起こし、服についた埃やゴミを手で払うと千夏は言った。

「そんなこと思ってたの。ぜんぜん気づかなかった」

千夏の手が届かない背中のゴミを払ってやりながら瑠美は言い、掌で背中を強く叩いた。

「あいた」と千夏は照れたように笑う。

「早く着替えなさいよ。行くんでしょ、剣道部の打ち上げ」

今日は高校の剣道部の忘年会があり、卒業生の自分も招かれているのだと、千夏は嬉しそうに話していた。

「そうだそうだ。やばいやばい。遅くなっちゃう」

急に慌て始めた千夏を見て、瑠美はわざと冷ややかな口調で、

「がんばんなさいよ。クリスマスイブくらい女らしく」

と言ってやった。冗談で言ったつもりが、千夏は泣き笑いのような表情で黙りこみ、じっと瑠美を見つめてきた。もしかして瞬也から何か聞いたのかと思い、瑠美は息を止めて千夏の次の言葉を待っていたが、彼女は何も言わずそっと首を傾げた。

「だめなんだよね、あたしってさあ」

消え入りそうな声で、千夏が呟く。

「日野くんのことでしょ。彼、千夏はいつも怒ってるって言ってたわよ。なんで怒るのよ。私たちにはいつも笑ってるくせに」

ロッカーのドアの内側についている鏡に自分の顔を映すふりをして、千夏から顔をそむけ瑠美は言った。瞬也のことに関しては、あまり深刻に話さないほうがいいような気がしていた。

「あいつに対して怒るのは……泣きたくないからだよ。瞬也と話しているとなんか泣きたくなる……泣くのが嫌だから怒るんだ」

千夏もまた、瑠美と目を合わせないようにして言った。

「瑠美はこれからデートなんだよね」

「デートじゃない」

「だって菱川さんとふたりで出かけるんでしょ、クリスマスの夜だよ、デートだよ」

「だから……練習を見に行くだけよ」

年末に行われるジャズのミニコンサートのための練習をするから見に来るかと言われたのは、昨日のことだった。拓海とはその後、構内ですれ違い挨拶するくらいの距離だったが、昨日偶然会ってそう言って誘われたことを千夏には報告していた。

「がんばってよ」

千夏が言った。瑠美は一瞬黙りこんだ後、

「そっちもね」

と笑った。

気がつくと、あれほど騒がしかった更衣室には、二人だけしか残っていなかった。

学校の玄関を出たところで、瑠美は千夏と別れた。千夏はこれから地元まで急いで戻らなければならないので、新橋の駅までタクシーに乗ると言い大通りまで走っていった。普段はタクシーよりバス、自動販売機のジュースより水筒持参と徹底的に倹約している千夏だから、彼女の意気込みが伝わってくる。一次会に間に合うのは到底無理だと言っていたがせめて二次会、いや瞬也に会えればいいかと瑠美は走り去る千夏の後ろ姿に思った。

「さて……と」

独り言が浮かれていた。デートではないけれど、やはり拓海と出かけるのは嬉しかった。夏の終わりに初めて出かけて以来なので四ヶ月ぶりという、深く考えると絶望的な距離感だったが、深く考えなければただ、嬉しかった。今夜待ち合わせをすることで、彼から携帯電話の番号も教えられた。

キャメルのダッフルコートのトグルをかけたり外したりしながら、瑠美は看護学校から病院に続く長い渡り廊下を歩いていく。待ち合わせは図書室の前にあるラウンジだったが、たぶん瑠美の方が早く着くだろう。時計はもうじき八時になろうとしていたが、拓海は八時を過ぎると言っていた。渡り廊下には屋根がついていて瑠美に直接降りかかることはなかったが、雪はまだ暗い空に舞い続けている。

電気の灯りが落ちた夜の病院は、普段なら陰気で得体の知れない恐さが浮かび上がってくるのだが、今日は節電のため暗すぎる視界すら幻想的に思えた。病院内の売店はすでにシャッターが降りていて、もう少し早い時間ならパジャマ姿で歩いている患者たちも、一人もいなかった。瑠美は拓海が来るまで、ラウンジの椅子に座っていようと思い、窓ガラスに一番近い椅子に近寄っていった。すると、誰もいないと思っていたはずのラウンジに、人の気配があることに気がついた。

太い支柱の陰になった椅子に、だれかが膝を抱えるようにして座っている。長い脚を折り曲げ、自分の太腿に顔を埋めるように休んでいる姿は、初めて見るものではなかった。

「……遠野さん」

瑠美は近づいていって声をかけた。しかし、眠っているのか、彼女は顔をあげようとはしない。

「遠野さん、遠野藤香さん」

もう一度瑠美が呼ぶと、彼女はクロールで息をつぐように顔半分だけを、瑠美に向けた。

「どうしたの？」

泣いているのかと思ったが、遠野は虚ろな目をしているだけだった。

「……ひん」

ぼそぼそと呟く遠野の口元に、瑠美は耳を寄せる。何度か訊き直して、彼女が貧血で休んでいることがわかった。遠野の緑がかった陶器のような白い肌は同級生たちに羨ましがられていたが、当の彼女は血液が足りなくてたびたび辛い思いをしているのだろう。

「少し休んだら治るから……放っておいて」

掠れた声で、遠野が呟く。キャンドルサービスは看護学生の行事ではあったが、出欠の確認がないため、面倒だからと出席しない学生も何人かいた。瑠美は遠野が今日真面目に出席していたことを知り、

「遠野さん来てたのね、キャンドル。まっさきに欠席すると思ってた」

と驚いた。

遠野はかすかに笑い、「失礼ね」と言うと、またさっきのように太腿に自分の顔を埋めてしまった。

「ごめんごめん、遅くなった」

その時、拓海の声が静まりかえった病院に反響した。

「あれ、どうした。きみ、具合悪いの」

拓海はすぐに遠野に気がつき、心配そうな声で言った。遠野は拓海の声には反応せず、顔を埋めたまま彼の問いかけを無視した。放っておいてほしいのだろうと瑠美は思い、

「クラスメイト。貧血って……」

と静かな口調で言った。

すると拓海は「そりゃだめだな」と呟き、遠野の前でしゃがみこむと彼女の手首をとり、脈を数え始めた。眉間に皺をよせた真剣な表情で、時計の秒針を見ている。その間があまりに静かで、拓海の指に触れているはずの遠野の脈が、自分にも聞こえてくるような錯覚を起こす。

「四十三しかないな。えらい徐脈《じょみゃく》だ」

困ったなと呟き、拓海が溜め息をついた。

「救急で診てもらった方がいい」

病院の救急外来に行こうと拓海が促すと、遠野は鋭い口調で、「いつもこうだから」と拒んだ。

「でも事実具合が悪いんだろ、今。そんな状態で放置しておくことはよくないよ。ほら」

遠野の口調にひるむことなく拓海は強く言い、彼女の腕を摑んだ。しかし遠野が彼に従う様子はなく、

「木崎さんの彼だかなんだか知らないけれど放っておいてくださいますか」

と最後は敵意に満ちた微笑を浮かべ、立ち上がり、まだおぼつかない足取りで病院を出て行こうとした。

遠野を追う拓海の後を、瑠美は途中までついて行ったが、急に歩くのをやめてしまった。言葉もなく二人のやりとりを見ている自分は人目にはどのように映るのだろうかとふと思った。そんなことを考えている自分を浅ましいと感じた。彼女でなかったとしても、目の前で誰かが具合を悪くしていたら拓海は同じように振舞うはずなのに……。

拓海は病院を出て行った遠野を追いかけていき、しばらくして肩を摑み支えるようにして連れ戻して来た。遠野は憮然とした表情で、拓海に引っ張られるように歩いている。

「彼女、病院に行くのが嫌なんだって」

しかたがないな……と呟き、拓海は瑠美に今日の予定は急遽《きゅうきょ》変更だなと言った。訳が

わからず瑠美が首を傾げていると、拓海は、

「じゃあ行こうか」

と歩き出した。


マンションの前でタクシーを停めると、拓海は瑠美と遠野に降りるように言い、支払いをすませた。「ついてこいよ」と言うと、ゆっくりとした足取りでマンションの中に入り、エレベーターのボタンを押した。夜の暗さですら古びた佇まいを隠しきれない年代物の建物で、エレベーターがついていることにも驚いたが、そのエレベーターが動くたびに軋んだ耳障りな音をたてるのが恐ろしかった。

エレベーターを四階で降りると、拓海はすぐ目の前のドアの前に立ち、インターホンを押した。ドアに表札は出ておらず、インターホン越しの声もあまりよく聞き取れなかったので、拓海が話している相手が一体どういう人なのか、瑠美にはわからなかった。彼を疑うつもりはないが、やはり少し不安になって隣に立つ遠野の顔を窺ってみたが、彼女はいつもと変わりのない平然とした表情をしている。

「入りなよ」

中から鍵が開く音がすると、拓海はドアを開けてふたりに中に入るよう促した。瑠美がためらっていると、遠野が先に動き、ドアの隙間から体を滑らせるようにして中に入った。

「きみも」

遠野が入ると、瑠美の方を見て微笑み、拓海が言った。

部屋の中はいくつもの暖簾《のれん》で仕切られ、全貌を見渡すことができなくなっていた。玄関を入ってすぐのところに木製の椅子が三つ、壁に沿って並べて置いてあり、その前に小さなテーブルがあった。ドアを開けた瞬間から独特の香りが漂ってきて、その香りは部屋にあるすべてのもの、暖簾や壁や椅子やテーブルにさえも沁みこんでいるように思われた。

「治療院なんだ、ここ」

三つ並んだ椅子のひとつに腰掛け、拓海が言った。

「治療院？」

瑠美が訊くと、

「そう、鍼灸院《しんきゅういん》なんだ。知り合いがやってる。この人が病院は嫌いだというから東洋医学の力を借りに」

と拓海は頷き、遠野の顔を見て笑った。

「こんな遅くに来て。営業はもう終わったよ」

瑠美と遠野が呆然と立ち尽くしていると、暖簾が捲られ、中から白髪の老人が顔を出した。髪は短く刈り込まれ、顔つきも鋭く、一見しただけでは性別が分からない。

営業は終わったと言いながら、白衣を着て現れた老人は、

「入りなさい」

と言い、きっと笑顔を作ったつもりなのだろう複雑に顔を歪めると、片手で暖簾を押し上げたまま、もう片方の手で中へ招くおいでおいでの仕草をした。拓海は笑顔で暖簾をくぐり抜け、遠野と瑠美も後に続いた。

「あんた、老人は早寝なんだよ。あんな時間に電話かかってきたらびっくりするだろうが」

口ほどに怒ってるふうでもなく老人は言うと、拓海の頭を平手で撫でるように叩いた。

「あんな時間って。まだ八時過ぎたところだろ」

「まあいいよ。で、どっちのお嬢さんが悪いんだ？　……っと、こっちの子だね」

老人は瑠美と遠野の全身を交互に眺めると、遠野に視線を定め、彼女の両肩を自分の両手で摑みにいった。

「あたり。彼女、遠野藤香さん。で、こちらが木崎瑠美。今日治療してほしいのは遠野さんの方。でもせっかくだから瑠美も治してやって、彼女も疲れてるから」

八畳ほどの部屋には治療用のベッドがふたつ並んでいて、その一つに拓海は腰掛けていた。肩を鷲づかみにされた遠野は、素直な表情で老人を見つめている。

「どっちもきれいな子だね。こんな美人を二人も連れて来て、タクも悪うなりましたなあ」

がははと大口を開けて笑う老人の金歯が二本、蛍光灯の下で光った。

「うるさいな。婆ちゃん、頼んだよ」

拓海は笑って言うと、自分は邪魔だろうからと、治療室の奥にあるもうひとつの扉を開けて中に入っていった。

この人は女性なのか、と婆ちゃんと呼ばれた老人の顔を、瑠美はまじまじと見た。深い皺が刻まれ、ごまかしなど通用しないような眼差しだった。

「パンツ以外の服全部脱いで、これに着替えてな」

それぞれのベッドの上に、うす水色の患者着を載せると、老婆は言った。

「心配しなくてもいいよ。鍼灸師の免状は持ってるからね。名前は、澄川《すみかわ》ヌイ言います」

老婆はまた複雑に顔を歪めると、笑顔らしきものを作った。どうやらそれが彼女の愛想らしく、こちらの緊張をほぐそうと努めてくれているのだと気づいた。

遠野が素直に衣服を脱ぎ、ブラジャーも外しベッドの下に置いてある籠に入れるのを見て、瑠美も同じようにした。うす水色の患者着に袖を通すと柔軟剤の香りがする。瑠美にはちょうどよいサイズの患者着だったが、遠野には丈が短くミニスカートのようになり、細く長い脚が露わになっていた。ヌイは遠野と瑠美を左右のベッドに振り分けると、

「ゆっくりしていたらいい」

とのんびりとした口調で言い、身体の上にバスタオルをかけてくれた。バスタオルにも

部屋と同じ香りがしみこんでいたので、瑠美がこの香りはいったいなんなのかと訊ねると、老婆は灸に使うもぐさの匂いだと教えてくれた。よもぎを乾燥させ細かくしたものだという。

「あんた、ひどい身体してるね」

ヌイが遠野の身体に触れると、低いしわがれた声で言った。

「ひどい……ですか」

「ひどいひどい、身体が冷えて固まってるな。どれ、ほぐしてあげよ」

ヌイは、遠野の患者着の紐を解くと上半身を露わにし、肩や胸や腹にもぐさを置いていく。ヌイがライターでもぐさに火をつけると、遠野の白い肌の上でもぐさは小さく赤く燃えた。

「熱くてたまらなくなるまで我慢しなさい。我慢できなくなったら言いな」

身体の上に火を載せられ、強張った顔をした遠野が頷く。ヌイは燃え方を見守るように遠野の身体を見下ろしていた。

「熱いっ」

辛抱ができなくなったのか、遠野が慌てた声で叫んだ。遠野の声を合図に、ヌイは小さな火の塊を次々に指でつまみとり、水の入った瓶に捨てていく。身体の上のもぐさがすべてとりきられたのを知ると、遠野が小さく息を吐いた。

「何笑っているの？」

遠野が瑠美を睨みつける。

「だって、そんな必死な遠野さんを見るの初めて」

「その言葉、後でそのままお返しするから。あなたの番の時にね」

はだけた白い胸を隠そうともしないで、遠野が笑う。こんなに楽しそうに笑うこともできるのかと瑠美は思い、こんな笑い顔を見せられたら男なら誰でも彼女のことを愛するのではないかと不安になった。治療室の奥の部屋から、かすかにテレビの音が聞こえてくる。

「次は鍼《はり》」

ヌイが銀色の鍼を手に持ち、再び遠野の身体に触れる。遠野の身体は冷え固まっていて、筋肉を緩め血流を良くしてやらなければいけないのだと、ヌイは説明した。

「ツボに鍼をいれることで血のめぐりはよくなる。こりもほぐせる。つまり、副交感神経を優位にする。あんたら看護学生だから少しはわかるだろ」

うちでは銀鍼しか使わない。銀鍼は皮膚との相性がよく、ツボにはいると体中に電気が流れるみたいに響くんだ。全身は経絡《けいらく》という気の回路ですべて繋がってる、腰痛だったら足首に、痔には頭のてっぺん、鬱も鍼で治せる……ヌイは独特の調子で経でも唱えるように呟き、髪一本ほどの細い銀の鍼を次々に遠野の身体に刺していった。

「痛くないの」

瑠美は瞬く間に針山のようになった遠野の身体を恐怖におののきながら見つめ、訊いた。

「全然。むしろ温かくなったみたいで気持ちがいいわ」

滑らかな白い肌に突き刺さった銀鍼が、遠野が話をするたびに揺れた。本当に心地良いのか、彼女の表情が柔らかくなっていく。

「気持ちいいだろ、お嬢さん。タクも疲れたらここへ来て灸と鍼、して帰るんだよ。あの子も勉強のしすぎかなんかしらんけど、いつも疲れた身体してるからな」

自分にとって拓海は妹の孫にあたるのだと、ヌイは言った。拓海からすれば祖母の姉がヌイなのだが、拓海たち家族が東京に出てきてからは、祖母よりも懇意にしているのだとヌイは笑った。

「タクの親は離婚してる。うちはあの子の父方の親戚なんだよ。本来は遠ざかっていく間柄かもしれないのだけれど、なんかタクとは妙に気が合ってな。なんでかあの子はしょっちゅううちに来るんだ。親が別れてからあの子も不安定な時期があって、でも我慢強いから口ではなにも言わなくて……。そうしているうちに身体にその症状が出てきた」

拓海が自分の治療院に来るきっかけになったのは、中学生のときに突然耳が聞こえなくなったからだとヌイは言った。病院で突発性難聴と診断され薬も飲んだが治らず、心配した母親がヌイの所に連れてきた。東京で鍼灸の治療院を開業しているヌイのことを、別れた夫から聞いたのだという。

治療は長くかかった。薬や手術で劇的に治してしまう西洋医学と違って、鍼灸はゆっくりと時間をかけて治していく。だが拓海の状態にはそれがよかったのだとヌイは確信めいた口調で言った。

「心と身体は繋がってる。鍼灸は心も治療するんだよ。心の治療は長くかかる」

ヌイが胸を張るようにして言うと、小柄な老婆の背筋が伸びた。

黙って聞いていた遠野は、自分の両親も離婚したのだとヌイに言い、そういえば家族がうまくいかなくなりだしてから、めまいを起こすようになったと告げた。

「あちこちで離婚が増えていけないな」

ヌイは言った。

「戦時中には父親のいない家族、たくさんあったよ。それはそれは不幸なことでした。でも今は戦時中でもないのに父親のいない、母親のいない家族がありすぎる。両親が離婚すると子供は大人を信用できんようになる。一番信用してたはずの大人にそれまでの居場所を崩されるわけだからな。今の若い人は簡単に別れるみたいに思えるけど、家族が壊れるというのは、子供にとっては今も昔もきついことだよ」

ヌイはもう一度、深い息をついた。

「あんたの身体の不具合は心の冷えからきたもんだよ。鍼と灸で身体をぬくめてやるといい。小さい頃のタクにしたのと同じ」

ヌイは優しげな口調で言うと、愛想笑いではない笑みを遠野に向けた。

ふたりは一時間近くヌイの手によって癒され、瑠美は治療を終えたとき、身体から痛みや疲労がすっと抜けている感覚を得た。

「終わったよ」

ヌイが奥の部屋に向かって叫ぶと、中から眠そうな顔をした拓海が顔をのぞかせた。

「寝てたのか」

「おお」

「じゃあラジオ消しなよ、もったいない」

子供を叱り付ける口調でヌイが言った。昔から拓海はテレビよりラジオが好きで、そのせいで口減らずの理屈言いになったのだとヌイが笑う。

いつもは決して人と交わらない遠野も、ヌイの言葉には素直に微笑み、頷いた。周りの空気と調和している遠野を、瑠美は初めて見た。

「具合良くなったか」

拓海は瑠美を見て言った後、遠野に視線を置いた。遠野はベッドに腰掛け、後片付けをしているヌイの動作をぼんやりと眺めていて拓海の視線には気がつかなかったが、瑠美は彼女を見つめる彼の視線の強さを感じていた。まだうす水色の患者着をつけたまま、膝小僧の上から剝き出しになった細く白い脚をぶらぶらさせている彼女の姿は無防備で、さっきまで横になっていたせいで、髪がくしゃくしゃに縺《もつ》れていた。瑠美はそんな彼女を見ていると鼓動が早くなるのを感じた。

数分の間ヌイが作業をする音だけが部屋に響き、もぐさの匂いが沈黙に漂っていたが、ふと思いついたように遠野が、

「ありがとう。ここに連れて来てくれて」

と拓海を振り返り微笑むと、なにかがうねるように大きく動いた。決定的な笑顔だった。拓海は何も言わず呆然という感じで立ち尽くしていたが、彼の内側に烈しい感情が生まれていることが瑠美にはわかった。瑠美がいることも、ヌイがいることも忘れてしまっている。ただ彼の心だけが、そこに在った。

ヌイの手にあったガラスの瓶が傾き、中に入っていた銀鍼がこぼれて床に撒かれた。銀のぶつかり合うシャラシャラという音が鳴り広がっても、拓海はまだ遠野を見ていた。大きく動いたのは、拓海の心の動きを目に留めてしまった自分の心の波であることを瑠美は思いながら、ふたりから視線を逸らせた。

雪は降り止み、瑠美が家に着く頃には道路が濡れている以外は、雪の痕跡はほぼなくなっていた。ヌイから軽自動車を借りた拓海は、瑠美と遠野を家まで送ってくれた。

「十九歳のクリスマスの夜を鍼灸院で過ごすなんて、悪かったな」

口数の少ない瑠美を気遣うように、拓海が言った。

「別に。私にしたらクリスマスっていっても普通の日だから」

信号機の赤いライトが、拓海の横顔にうつっている。

さっきまで後部座席に座っていた遠野は、三十分ほど前に降りていた。地図を見ながら、ふたりのうちどちらを先に送るかと拓海が思案していると、遠野は自分を先にしてくれと言い、さっさと後部座席に乗り込みドアを閉めた。彼女なりに気遣っていたのがわかったが、瑠美にはそれがたまらなかった。

「なかなかよかっただろう、ヌイ婆さん。親戚の中ではいっとうおもしろい人なんだ。京都の出身なんだけど、なぜかもう五十年近く東京で暮らしてる、京都の湿っぽさが合わないとかいって。生涯独身だって本人は言ってるけど、東京へ出てきたきっかけは恋愛がらみらしいよ。半世紀も前のことだからって、訊いても教えてくれないけど……」

いつもより口数の多い、途切れることのない拓海の話に、瑠美は黙って頷いていた。

「彼女……遠野さん。少しは元気になったかな」

瑠美の家まであと十数分というところで、拓海は口ごもった。

「なんであんな……感じなんだろう」

「あんな感じって」

「人を寄せつけないというか……」

「いつもそうよ。学校でも友達もいないし……人嫌いなのかも」

そっか、と呟くと拓海はラジオのスイッチを入れた。ヌイの車はカーナビや音楽を聴くための装備は付いていなかったが、ラジオを流すことはできた。ＤＪの陽気すぎる声が、割れた音で車内に響く。

「やめといたほうがいいわよ」

「……えっ」

「遠野さんはやめておいたほうがいい。彼女、男関係ひどいらしいから。合コンで人の彼氏を奪ったって教室で揉めていたこともあるし……。人嫌いに見えるけれど、狙った男の人に対してはそうでもないのかも。前に大学の駐車場で会った時も白いベンツに乗っていったでしょ、あれもきっとその中のひとりだと思う」

次々に自分の口から流れ出てくる言葉を、瑠美は止めることができなかった。悪口を言う自分の顔を拓海に見られたくはないと思いながらも、拓海の傷ついた顔を確かめずにはいられず、その横顔を見つめる。拓海は途端に無口になり、何か考えるような顔つきで運転をしていた。

「看護学校に入ったのも、できる限り多くの医師に近づくためだって。妹さんを手術で死なせてしまった医師にいつか巡りあって近づいて、その人のすべてを壊したいって彼女言ってた。……利用されるだけよ……」

「え……」

「利用されるわよ、彼女に近づいても……。……あなたのために、言ってるのよ」

瑠美の家があるマンションの前で、拓海は車を停めた。ギアをPに入れて、エンジンを切り助手席に体を向き直したが、瑠美は拓海の口から出てくる言葉を聞きたくなくて、

「ありがとう送ってくれて。じゃあ」

と急いでドアを開けた。

拓海の傷ついた顔を見て、胸が痛くなったが、歪んだ顔を隠すためすぐにドアを閉める。拓海の顔の前で、大きな音が鳴り、瑠美は泣きたくなった。あなたのために言っている……、本当は自分自身のために遠野を悪く言っているだけだった。

振り返らずに早足でマンションの入り口に向かったが、歩きながら涙が浮かびそうになり、慌てて全身に力を入れる。人が今の自分を見たら激しく怒っているように見えるのかもしれず、泣きたくないから怒るんだ……、以前千夏が言っていた言葉を思い出した。

第九章　病棟実習

芯から寒いという日はほんの数えるほどの、短い冬を終えると、春がまたやってきた。

瑠美と千夏は進級し、ナースキャップの青線は一本から二本に増えた。

「なんか教室が広く感じるね」

二年一組の教室を見渡しながら、千夏が言った。一年の教室は三階にあり、今は四階なので窓から見える景色が少し変わった。

「何人減ったのかな。青木さん、川口さん、美山さん……そっか机を数えた方が早いか」

始業式を終えて教室に入ると、クラスメイトの数が減っていることに気づいた。留年した学生のことはみんな知っていたが、黙ってやめていったクラスメイトもいて、彼女たちは「消える」という表現が適切な感じで教室を去っていた。

「教室にある机が四十二でしょ。そのうち留年してきた先輩が三人だから……三十九。入学した時は一組全員で四十九人だったから……」

一年間で十人ものクラスメイトが姿を消したことになると、千夏は言った。

担任から退学や留年をした者に対する説明はいっさいなく、広くなった教室の、その空白の部分については初めからなかったものとして扱われた。瑠美としては、成績が悪く留年した者は別として、やめていった人たちについては何らかの説明があってもいいのではないかと思っていた。退学を決断した、あるいは決断させられた人の考えや思いを、瑠美は知りたいと思った。

「あたしたちのグループはみんな残ったね」

千夏の言うように佐伯と遠野の姿は教室にあったし、瑠美もまた大学を受け直すことなく進級していた。

「とにかくよかったよ。瑠美がいてくれて」

千夏は嬉しそうに言うと、担任の波多野が教室に入ってくるのを見て、自分の席に戻った。波多野の顔を見て、担任は三年間持ち上がり、代わることがないという規定を瑠美はうんざりと思い出した。

壇上に立つ波多野がまもなく始まる病棟実習について説明をしている間、瑠美はずっと遠野の顔を見ていた。一番後ろの瑠美の席から彼女の横顔はよく見えたが、彼女から自分は見えていないはずで、無遠慮に視線を留めることができる。クリスマスのあの日を最後に、瑠美は拓海と会っておらず、大学の図書室へ通うこともしなくなった。

「では決まったら後で教員室に報告にくるように」

甲高い波多野の声が、突然瑠美の耳に入ってきて、学生たちが教室内を移動し始めるのが見えた。千夏が駆け足で瑠美の席に寄ってきたので何事かと訊ねると、来週から始まる実習の、グループリーダーを決めるのだと教えられた。

「いよいよ臨地実習だね。緊張するぅ」

千夏が瑠美と佐伯の顔を交互に見ながら呟いた。瑠美は千夏の言葉に相槌を打ち、さりげなく遠野の方に視線を向ける。遠野は同じグループなのに席を立って移動する様子もなく、頬杖をついてぼんやりとしている。そんな瑠美の視線に気づいたのか、千夏が、

「遠野さんもこっち来て。今からグループリーダーを決めまぁす。じゃんけん、くじ引き、あみだ、どれがいいですか。答えがないのなら推薦で遠野藤香さんがリーダーに決定しまぁすっ」

と声をかけた。

遠野はそんな千夏を一瞥すると、明らかに面倒そうな表情で、ゆっくりとこちらに向かって歩いて来た。拓海と同様に彼女ともクリスマスの日以来口をきいておらず、まともに顔を合わせるのも三ヶ月ぶりのことだった。

「じゃあ何も意見がなかったら、じゃんけんで決めるけど、いいですか？」

千夏が明るい調子で言うと、佐伯が、

「ごめんなさい。私……ちょっと……全日程こなせるか自信がなくて。今回はパスさせて

もらっていいかしら」

とすまなさそうに言った。

「いいよね」

千夏が瑠美と遠野の顔を見ながら訊くと、遠野が「どうぞ」と呟いた。瑠美も、

「これから嫌というほど実習が続くんですから、今やらなくてもいいですよ。またできる時にやってください」

と言うと、佐伯は参拝する時のように手を合わせ頭を下げた。

じゃんけんは、あっさりと千夏が負けた。自分がリーダーになり慌てていた千夏だったが、授業が終わると張り切って、教員室に報告に向かった。

「やめてないのね、学校」

荷物をまとめて瑠美も教室を出ようとした時、後ろから遠野に話しかけられた。

「……どういう意味？」

「大学を受け直すつもりだったんでしょ。やめたの？　受験」

遠野がからかうような口調だったので、瑠美は無視することに決め、また荷物の整理に戻る。

「なにもないわよ、私と菱川さん」

瑠美が無視するのも気にせず、遠野はまた軽い口調で言った。

「だから私を監視するみたいに睨みつけるの、やめて」

はっとして瑠美が顔をあげると、

「授業中、気になってしかたないのよ、あなたの視線」

遠野は微笑みながら言い、ゆっくりとした歩調で自分の席に戻って行った。


自分の部屋のベッドに寝転び目を閉じたまま、瑠美は遠野の言葉を思い出していた。考えれば考えるほど、自分が拓海にとってなんでもない存在であることを認めるようで、気分が沈んだ。こうして考えていても何も始まらないのに、自分は拓海に電話をかけることもなく、だからといって彼も瑠美に連絡してこないのだから、考えるまでもないような気もする。いつものように「ふふん」と鼻で笑えたらと何度も思ったが、自分自身に虚勢を張るほどの力は残ってはいなかった。

手を伸ばし、枕元に立てて置いてある鏡を手に持ち、自分の顔を眺めてみる。とりたてて大きな欠点はないような気もするが、逆に誰もが見とれるほどの美しさもない。佐伯が以前「二十代の時は美しい顔や、細い手足や、手入れの行き届いた髪が可能性を手にすると思っていたけれど、三十代の半ばを過ぎた自分に必要なのは頑丈な体とへこたれない心、考える頭なの」と言っていたことがある。きっとそれは佐伯の実感なのだろうし、自分が佐伯の年齢に追いついた時は本当にそう思うかもしれない。だが今の瑠美は、遠野の美しさに対して卑屈にならずにはいられなかった。

玄関のドアが開く音がする。その大きな音で、父が帰ってきたのがわかった。時計を見ると九時前で、父にしては早い帰宅だった。

「おかえり」

瑠美は部屋の襖《ふすま》を開けて言った。

父は瑠美が出迎えにきたことに一瞬驚いたような表情を見せたが、

「ただいま」

と言い、無理やり引き出したように笑った。父が前を通り過ぎると油と肉の臭いがした。

それ以上会話が続かず、瑠美はまた部屋に戻り、ベッドに腰掛けた。机の上に置いていた携帯電話が光り、誰かからメールが届いたのを知る。

千夏だろうかと思って携帯を開いたが、知らないアドレスが打ち出され、画面を開いてみると日野瞬也からのメールであることがわかった。短い文面には、瑠美からいっこうにメールがこないので、千夏にアドレスを訊いて連絡しました、というような内容が書かれていて、最後に「よかったら返信してください」とあった。

白く光る画面を見つめてどうするか考えていると、再び、メールの受信音が響いた。今度は千夏からだった。

（瞬也に瑠美のメルアド勝手に教えてしまいました。ごめん。もし迷惑だったらあたしに

言ってください。悪い奴じゃないのでよかったらメール返してあげてください）

画面には、にっこり笑った丸い顔が三つも並んでいて、文末にはなぜかピースマークがつけてあった。千夏は別れ際にピースをする癖があり、その時の彼女の屈託のない笑顔が記憶の中で蘇る。本当は千夏、にっこりなんて笑っていないでしょう……瑠美は画面の中のにこちゃんマークをじっと見つめ、瞬也にメールを返すかどうか考え、結局そのまま画面を閉じた。千夏を傷つけたくないとか、失いたくないとか、そんなことを考えていたのではなく、ただ人の気持ちを想い考えるのが面倒で億劫だった。

週明けから、いよいよ初めての臨地実習が始まった。瑠美たちのグループは、消化器外科病棟にあたり、担当は池尻《いけじり》という普段あまり接したことのない年配の教員だった。

消化器外科はB棟の十二階にあり、学生たちが荷物を置くカンファレンス室の窓からは、東京タワーが間近に見えた。

「緊張するね。ほんと、足がすくんでしまう」

カンファレンス室で、実習開始の九時を待っている間、千夏はずっと話し続けた。遠野は相変わらずの無表情で心ここにあらずという感じだったし、佐伯も言葉が少なく、瑠美は遠野を意識するあまり会話する気になれなかった。結局、千夏がひとりで喋り続けるという感じだったのだが、彼女にとってはそれが緊張をほぐす一種の儀式のようなものであるのだし、瑠美は何も言わなかった。

瞬也のことはあれ以来触れてこなかったので瑠美もこちらから言うこともなく、時々千夏の、何か言いたそうな眼差しを感じたが、気づかないふりをしていた。何を言っても、千夏が嫌な思いをするのは同じだと瑠美は思っていた。

「おはよう」

池尻教員がにこやかに、カンファレンス室に入ってきた。

「さっそくだけど、受け持ちの患者を割り当てるわね」

池尻は胸に抱えていた四冊のA４のファイルをテーブルの上に音を立てて置くと、トランプのカードを配るように、それぞれの前に置いた。A４のファイルには患者のカルテと看護記録が挟んであり、瑠美に渡されたファイルの背表紙には、「千田《せんだ》仙蔵《せんぞう》」と書かれていた。これからこの病棟での実習一ヶ月間、毎日顔を合わさなくてはならない人だった。

「千田さん、看護学生の木崎瑠美でございます。本日が臨地実習の初日でありまして、至らぬとは思いますが、どうぞよろしくお願いします」

池尻の角ばった声が、病室の中で反響した。瑠美は池尻と、病棟の指導看護師の浜野《はまの》の後について、千田仙蔵の個室に入った。部屋の中は顔をしかめたくなるような臭いが立ちこめている。ベッドの下にビニールの袋がぶらさがっていて、そこに黄色い液体が溜まっている。それが尿であることに気づくと、瑠美は自分がとんでもない場所に来てしまったという恐怖にかられた。ここは不機嫌な顔をして「看護師なんかに別になりたくもない」とうそぶいていられるような場所ではなかった。剝き出しの命と死の気配に、膝が震える。

「……木崎です、よろしくお願いします」

瑠美は小さな声で挨拶すると、頭を下げた。カルテによると千田は肝臓癌の末期だった。ベッドの上半分をギャッチアップし、上半身を起こしている千田は、瑠美の挨拶にもさっきの池尻の言葉にも何も返してこなかった。それどころか視線をずっと窓の外に向けて、声も聞こえていないというふうだった。

「あら千田さん、今日は機嫌悪いんですね」

浜野が苦笑いしながら親しげに肩を叩いても、千田はそっぽを向いたままなんら反応を見せなかった。

「あの人、難しいから」

ナースステーションに戻ると、浜野が抑揚のない声で瑠美に言った。さっき千田に話しかけたのとは別人のような冷たい物言いに、瑠美は一瞬ひるんだが、

「そうなんですか」

と呟いた。学生が受け持つ患者に関しては、病棟の看護師が受け入れの良い人を選別して割り当てられると聞いていたが、瑠美の場合は明らかに違うような気がした。日頃反抗

的な学生には難しい患者を振り当て、実習を不合格にさせるという噂もまことしやかに流れているが、池尻がそんなことをするとは思いたくない。

「手を焼いてるの。あの人には」

あとは千田の担当の看護師に直接指導を受けてと言い残し、浜野は席を立った。無駄のないというより余裕のないせっかちな動きで、浜野はどこかへ行ってしまった。

浜野がいなくなり、手持ち無沙汰になった瑠美はとりあえず千田のところに行かなくてはと思い、さっき訪れた個室に向かった。毎日の実習の終わりに提出しなくてはならないレポートに、情報収集の項目があり、千田に関する情報を聞き出さなくてはならない。ある程度はカルテや看護記録からひろうこともできるが、直接本人から聞き取る必要があるものもあった。

千田仙蔵と書かれたネームプレートを見つめながら、瑠美は息を整える。足がすくんでなかなか病室への一歩が出なかった。さっきのように何を話しかけても拒絶されたらどうしたらいいのか……。

「うるさいっ、出てけっ」

瑠美が病室の前で躊躇していると、中から激しい怒声が聞こえてきた。その声を合図にして瑠美が病室に飛び込んでいくと、口を歪ませ目を剝いた千田の姿が目に入った。

「うるせえんだよ、ぐだぐだと。偉そうなことばかり言うなよ。おれは便所の水でもいいから飲みてえんだ。それなら、おまえがおれの代わりに便所の水、飲んでこい。じゃあ我慢してやるよっ」

すさまじい剣幕で怒鳴りつけると、千田は空の湯飲みをサイドテーブルの上に叩きつけるようにして置いた。千田に怒鳴られていた看護師が、瑠美を振り返って戸惑うような表情を見せる。

「千田さんを担当する学生？」

「はい。木崎といいます」

「あ、私は篠原《しのはら》。千田さんの担当」

千田は瑠美たちのやりとりをかき消すように、リモコンのスイッチを押し、テレビをつけた。篠原はそんな千田の様子に苦笑いし、

「千田さん、学生さんが受け持つことを承諾されたんですねえ」

と声をかけた。千田はテレビの画面に目を向けたまま、数秒間置いて、

「どうでもいい、と答えただけだ。それをそっちが承諾したと解釈したんだろ」

と独り言のように呟いた。その言葉に篠原はまた疲労の滲んだ笑いを浮かべたが、「ふう」と溜め息をつき、「私は他の受け持ちのケアに入るから何かあったら声かけて」と部屋を出ていった。

千田がテレビを見たままだったので、瑠美は黙って立ったまま部屋の中を見ていた。六

畳ほどの個室にベッドと小さなテーブルがあり、荷物はロッカーに片付けてあるのか部屋の中はさっぱりとしている。西側の壁半分を埋める大きな窓からは、カンファレンスルームと同じ角度で、東京タワーが見えた。

「学生さん、水持ってきてくれねえか」

テレビのスイッチを消したかと思うと、千田が言った。口調は丁寧だが、どこか人を圧する響きがあり、瑠美は体を硬くする。

「この湯のみにいっぱい、冷たいやつ入れてきてくれ」

湯のみを手にすると、千田が差し出す。瑠美が表情を硬くして戸惑っていると、

「腹水が溜まってるから水分制限だとかで二日ほど前からほとんど何も飲んでねえんだ。あんたも知ってるだろう、おれは肝臓やられてるんだ、だいぶ悪いんだ。もういくらも生きていないのに、今さら飲みてえ水を我慢するってのも殺生な話だろう」

と今度は悲しげな表情で千田は訴えてきた。それでも瑠美が動こうとしないのを知ると、千田は、さっきのように、音を立ててサイドテーブルに湯のみを置いた。

瑠美が千田から逃げるようにしてナースステーションに戻ると、佐伯と千夏の姿があった。二人ともテーブルの上でカルテから患者の情報を写し取っているところだった。瑠美が戻ってきたことに気づくと、千夏は、

「どうだった」

と小声で訊いてくる。

「最悪。患者、ものすごく感じ悪いの。池尻の陰謀かも。あんたは？」

「あたしはすごく優しいおばあさんだよ。ちょっと呆《ぼ》けてる」

佐伯も穏やかな老紳士にあたったようで、はずれなのは自分だけかと瑠美は、腹立たしく思った。

「あ、遠野さんだ」

千夏の声に顔をあげると、看護ステーションの前の廊下を、遠野が車椅子を押しながら歩いていた。車椅子には白髪の老婆が乗っていて、口元に穏やかな笑みを浮かべている。遠野も普段とは別人のようににこやかな笑顔で、患者の話に相槌を打っており、その光景を見て瑠美はますます自分だけが難題を押し付けられたように思えた。

しばらく千田を避けてナースステーションでカルテを見るふりなどして時間を潰していた瑠美だったが、実習に来ている以上患者を無視するわけにもいかず、仕方なく病室に戻った。ノックをしてから中に入ると、さっきと同じ不機嫌な顔で千田が窓の外を見ている。

「千田さん、何を食べてるんですか」

千田の頰が膨らみ、口を動かすたびにこりこりという音がして、瑠美は訊いた。

「飴ですか？」

返事がないので、さらに重ねて訊くと、千田が無表情のままでこっちを向いた。歯で硬いものを砕くがりっという音がする。

「飴って……」

さっき読み込んだカルテには飴を食べることは禁止とあった。飴の欠片《かけら》が千田の食道にできた静脈瘤に触れると、大出血を起こし死に至る。

「千田さん、飴って食べてはいけないいんじゃないでしたっけ」

瑠美は声をかけたが、彼は瑠美を一瞥した後、

「ほっといてくれ」

と投げやりな口調で言った。

ほっとけと言われ、瑠美は部屋にある椅子に腰掛けた。提出用レポートに書くための千田に関する色々を訊かなくてはいけないのだが、話のとっかかりが見つからなかった。

「名前」

沈黙の後に、千田が言った。

「名前、なんだった」

「私の……ですか」

「そう」

「木崎です。木崎瑠美」

「いくつだ」

「十九です。今年、二十歳」

おれの孫と同じ年かと呟くと、千田は、

「おめえ愛想ないな」

と仏頂面のまま言った。

「よく言われます」

瑠美も負けず劣らず仏頂面で答える。

「病院は楽しくもないのにやたら笑う奴が多いわ。愛想笑いな。あれむかつくわ」

にこりともしないで千田は言った。そして、

「あんたの実習期間はどれくらいだ」

と訊ね、瑠美が一ヶ月間だと答えると、

「おれはもういくらも生きていないからな。あんたのいる間に逝っちまうかもしれないな」

と言い、疲れたのか目を閉じて眠りについた。


実習が始まると、それまでの座学と比べようのないくらい辛いと聞いていたが、本当にその通りだと瑠美は思った。家に帰り、ベッドに横になると服のままでいつの間にか眠りこけていた。目が覚めて時計を見ると九時を回っていて、六時過ぎに帰って来てから三時

間、眠っていたことになる。明日もまた実習なので、池尻に提出する看護過程を、いくらか進めておかなくてはならない。

机に向かう前にとりあえず何か食べようと思って襖を開けると、台所に父が立っていた。

「お、起きたのか」

父は瑠美を見ると、掠れた声で言った。

「今日、早いじゃない」

「たまにはな」

飯もう食ったのか、と父が訊いてきたので、瑠美は首を振った。

「冷蔵庫見たんだが何もないんだ」

父はもう一度確認するように冷蔵庫を開けると、中をのぞいて頷いた。

「インスタントラーメン置いてるとこは見た？」

「ああ。それも見たが、何もない」

瑠美も母が買い置きしている場所を探してみたが、干し椎茸と高野豆腐、乾燥ワカメくらいしかなく、腹を満たしてくれるようなものは何もなかった。

「出前でもとるか。ピザとか」

父が言った。

「高いわよ。ピザだってお腹いっぱい食べようと思ったら三千円近くかかるわ。お母さんの時給で三時間半ぶんよ」

　瑠美は自分が近くのスーパーで何か買ってくるからと言った。すると父は何を思ったのか二人で母の働いているスーパーに行ってみようかと言い出した。

自転車に乗って父と一緒に走るなんてどれくらいぶりだろうか。瑠美は後ろからついてくる、父の気配を感じながら思った。小さい頃から、父は暗い道を走る時は瑠美を先に走らせた。彼の自転車のライトのほうが瑠美のものよりはるかに光度が高いので、父が後ろに回ることで、瑠美の自転車が明るく照らし出される。四月の夜はまだ肌寒く、風は冷たかった。

　母の勤めるスーパーは、家から自転車だと十五分ほど走らなければならなかった。もっと近くにスーパーはいくらでもあるのだが、母は見知った人が買いにくるスーパーは嫌だからとわざわざ離れたところを勤務地に決めた。レジ打ちをしていると、買い物籠に入れられた商品で、その客の性格や生活が垣間見られ、知り合いを相手にそのやりとりをすることは避けたいのだと言っていた。

　快適にペダルを漕いでいくと、視線の先に母の勤めるスーパーが見えてきた。

「いるかしら、お母さん」

　自転車置き場に停車しながら、瑠美が父を振り返ると、父は息をきらしていた。

「大丈夫なの？　これくらいの距離でそんなに息があがるなんて」

瑠美が言うと、肩で息をしながら父が照れたように笑った。手の甲で額の汗をぬぐう仕草が、いつもの父らしくなく若々しい。

父は自転車の鍵をかけ、ポケットに手をいれてなにげない感じでスーパーに入っていき、瑠美は父の後ろについて歩いた。

「どこにいるのかしら」

九時を過ぎているせいか店内に客は少なく、六箇所あるレジのうち店員が立っているのは二箇所だけで、その両方ともに母の姿はなかった。店内を一巡して商品を陳列している従業員を確かめてみたが、やはり母はおらず、父は不機嫌な顔をしだした。

「行き違い……？」

瑠美は呟いたが、父はポケットから手を出して、足取りも速く、真剣な表情で母を探していたので、瑠美の声には気づかなかった。

「あ、母さん」

父の明らかにほっとした声がして、彼の視線を追うと、水色の三角巾をつけた母の横顔があった。群青色のベストと、同じ色のスカートの制服姿で座っている。母の隣には社員らしきカッターシャツを着た男がいた。母とその男はどうやら客らしい女性と、話をしていた。客がクレームをつけているようで、母と男がしきりに頭を下げて謝っている風情だった。

「まだ仕事中みたいね」

瑠美は母を見ている父に向かって言った。

「そうだな。外に出ていようか」

父は呟いたが、まだ立ったまま母の姿を見ている。そのうち母は男と一緒に立ち上がり、客に向かって深くお辞儀をし始めた。一度、二度、腰を折り頭を下げて深々と礼をする姿を、瑠美と父は黙って見つめていた。客は謝罪に納得しない様子で憮然と座ったままで、男は母の背中を掌で押すようにして、三度目のお辞儀をさせた。母は何か口にしながら、深々と頭を下げる。

「出て待ってるか」

父は呟くと踵を返してスーパーの出口に向かって歩き出す。瑠美も、黙って父の後について行く。

「まだしばらくかかりそう……」

自転車置き場の前まで来て瑠美が言うと、父が座って待っていようかと、薄汚れたベンチを指差した。ペンキが剝げ、ところどころ腐っている木製のベンチに腰かけると、太腿の裏に湿った冷たさが伝わってくる。

「お母さんえらく謝っていたわね」

父が何も話さないので、瑠美が言葉を探す。

「そうだな。家では謝ることなんてないのになあ」

わざとなのか明るい口調で言うと、父は笑った。

「仕事は……大変なんだ」

祈るように両手を組み、膝の上に置くと父は小さく呟いた。

「お父さんも……大変なの？」

「まあ……大変といえば大変かな。おまえみたいにわけわからん若いアルバイトの子たちと一緒だからな。彼らを管理するのが何より難しいよ。正社員は店長のお父さんだけで、あとはアルバイトで回ってるんだ、うちの店は」

若いアルバイトの子らに絶対的に欠けているのは責任感なのだと、父は言った。

「何を考えてるかわからんよ、今の若い人たちは」

「私のこともわからない？」

「わからんな、さっぱり。でも毎日学校に行ってるってことだけはわかる。それは……何よりよかった。ほんとは……行きたくなかったんだろう、看護学校」

「……そうね」

「よく続いてるな」

「私もそう思う。……でももしどうしても大学に行きたくなったら、看護師やってお金ためて、それから行くつもり」

瑠美は突然そんなことを思いつき、言いながら、そうかそういう方法もあったのかと自分の言葉に頷く。

「すごいことを考えてるな」

「そうよ。そういうやり方だってあるのよ。私の学校にはいろんな人がいるの。自分さえしっかりと生きていれば、軌道修正はいつでも可能なのよ」

瑠美が言うと父は無言で頷き、嬉しそうに目を細めた。

「お父さんな、鬱病だった時期があってな……おまえも気づいていたかもしれないが……。毎日毎日、生きるのが本当に大変だった時があったんだ。一日をやり過ごすのが驚くほど大変で、一日がこんなに辛いんだったら、後の人生の何十年、どんだけきついんだと思うとまた滅入ってしまってな。本当に苦しかった。そんな風に思ってしまう自分が情けなくて、何よりおまえや母さんに迷惑かけていることが情けなくて……。死んでしまおうと何度も思った」

父はそれだけのことを一気に話すと、ズボンのポケットからハンカチを取り出し、額に滲んだ汗をふいた。

「でも死ななかった。死のうと思うたびに、おまえのことが頭に浮かんだんだ。おまえが生まれた日のことを思い出すんだ。おまえが生まれた時、人はなぜ歳をとるのかという答えを、お父さんは見つけた。歳をとるのは、一日一日強くなっていくためなんだと、お父さんは赤ん坊の顔を見ながら確信したんだ。自分は父となり、子供のおまえを守っていける強さを身につけようとその日強く思ったんだ」

父は二十年前の記憶を思い出しているのか、どこか遠くの方を見ながら言った。

「死にたいと思う今日の自分がいたとしても、明日また生きようと思えばいいじゃないかと考えられるようになった時、お父さんの鬱病は少しずつ良くなっていったんだ。これからはおまえや母さんや、自分を必要としてくれる人を信じて生きようと思う。瑠美の言うとおり、軌道修正はいつでも可能なんだ」

父はそう言うと、スーパーの入り口に向かって大きく手を振った。父の視線の先には母がいて、一瞬驚いた顔をしたが、母もまた大きく手を振り返した。膨らんだエコバッグを肩から下げた母が、急ぎ足で駆け寄ってくる。

母は、

「こんな遠くまで二人揃って迎えに来なくても」

と笑顔で言い、自転車を取りに行った。家までの帰り道、母、瑠美、父の順で並び夜の道を走った。母のライトが前方の視界を照らし、父のライトが瑠美自身を照らしていたので、夜道がとても明るく思えた。瑠美は何度か後ろを振り返り、光の向こうの父の顔を見た。何が父をそこまで追いつめたのか。なぜ死を望むまでの鬱病になってしまったのか、心の中で問いかける。

かつて父に取り憑《つ》いていた死の気配を振り切るように、瑠美は力いっぱいペダルを踏んだ。

第十章　心の声

実習も三週目に入ると、千田との接し方もおおよそわかってきたが、一日ごとに千田の容態は目に見えて悪くなってきた。

実習を始めた頃にはベッドの頭側をギャッチアップして体を起こして窓の外を眺めていることの多かった千田だったが、このところ横になったまま目を閉じていることがほとんどだった。食事も半分以上を残し、病院食のまずさに悪態をつく元気もなくしてしまっていた。

「なあ学生さん、あんたなんで看護婦になりてえんだ」

浴室に行く体力もなくなり、病室で髪を洗っていると、目を閉じたまま千田が言った。

「さあ。まあなんとなく」

「なんとなく、か。おめえらしい答え、な」

シャンプーの泡を流すため、髪の生え際から毛先に向かって何度か湯をかけると、千田の表情が気持ちよさそうに緩む。最初のうちはこうして病室で髪を洗うケアも、体を拭くケアも、嫌々という表情で受けていた千田だったが、この頃は穏やかな表情でその時間を過ごしている。

「おれは娘や孫を、看護婦には絶対させねえ。他の仕事に就かせるよ」

静かな口調のまま、口だけを歪めて千田は言った。瑠美は彼の言葉には何も答えず、洗い終えた髪をタオルに包んで、水分を拭き取ってやる。

「少なくとも結婚して家庭を持ったらやめさせるね。人の世話するより、もっと大事なもんあるじゃねえかって、説教してやるよ」

瑠美がドライヤーを使っていたので、それに負けないように大きな声を張り上げて千田は言った。今日は機嫌が悪いんだろうと、瑠美は適当に相槌をうつ。

「でも誰かがやらなくてはいけませんから。なくてはならない仕事でしょう。必要な仕事です」

「そうだ。おめえの言うとおりだ。でもおれの身内にはやらせねえな」

「私は千田さんの娘でも、孫でもありませんから。まして妻でもないですしね」

瑠美が言うと、千田は口を歪めたまま、力無く笑った。

洗髪を終えて後片付けをすませると、カンファレンスの時間がきていた。瑠美は慌ててカンファレンス室に走っていく。カンファレンスは週に一度、一時間の時間を割いてもたれ、受け持ち患者について意見を交換する。

今日は瑠美の受け持ち患者である千田についてのカンファレンスだったので遅れるわけにはいかなかった。

「遅いですよ、木崎さん」

だがカンファレンス室に入ると、瑠美以外の全員はすでに席についていて、司会の千夏が畏《かしこ》まった声で瑠美に注意をした。瑠美は「すいません」と一言謝ってから、準備してきた資料をみんなに配付した。学生四人以外にも池尻と指導看護師の二人が参加している。

「今回は、木崎さんの受け持つSさんについてのカンファレンスです。テーマは……なんでしたっけ、木崎さん」

「前向きな入院生活を送るには、です」

瑠美は言いながら、心の中では首を傾げていた。果たしてそんなことができるのか。疑問を胸に抱いたまま、瑠美は教員に求められている答えを意識して、カンファレンスを進めていった。


瑠美は久しぶりに大学の図書室に足を運んだが、それは拓海に会うためではなく、看護学校の図書室にはない、より医学的な資料を探してのことだった。だから、図書室に入っても、できるだけ周囲に目をやらないように気を張った。いつも座っている一階の自習室は素通りし、階段を上がって医学書ばかりが並ぶ部屋に入る。どれも古めかしい本が並んでいて、いかにも難しそうだったが、瑠美は難解な本を読んでみたい気分だった。

「おっす」

電話帳ほど分厚い解剖生理学の本を取ろうと背のびしたところに、後ろから声をかけられた。振り向かなくても誰の声だかわかったが、瑠美は怪訝な顔をわざと作り、ゆっくりと声のほうに向き直った。

「久しぶりだな」

瑠美と目が合うと、拓海は屈託のない笑顔を見せる。

「最近全然見かけなかったから……やめたのかと思った、学校」

穏やかな口調で拓海が言った。

「受けなかったの？　大学」

「受けてない」

「じゃあ腹くくったんだ。看護学校に留まるって」

「どうでもよくなったの、なにもかも。だからいちおう今の学校を卒業しようと思って」

瑠美はいつもより投げやりな口調で、拓海の顔を睨みつけるようにして言った。彼の顔を見ていると、嬉しいのか辛いのか……たまらない気持ちになった。

拓海は瑠美のそんな気持ちなど微塵も理解していない様子で、久しぶりに会えたのが嬉しいという笑顔で、瑠美を見つめる。

「で、なにやってんの」

瑠美が取ろうとしていた本を片手で掴み出すと、拓海は訊いた。

「勉強。実習始まったから」

「そっか。大変か？」

「普通」

「普通って、なんだよ」

拓海は本を片手で持ったまま階段を指差し、降りようという仕草を見せた。

瑠美は先に歩く拓海の背中を見ながら後について歩く。会いたくないとずっと思っていたのに、顔を見るとこんなにも嬉しい自分が可哀想に思えてくる。

瑠美がいつも座っている場所までくると、拓海は手に持っていた本を机の上に置いた。

「この本、借りるつもり？」

「そうよ」

「それは無理だ。これ貸し出し禁止本だから。必要なところだけコピーしなよ。手伝ってやるから」

ポケットの財布から大学専用のコピーカードを取り出し瑠美の目の前でひらひらさせて、拓海が言った。

「早くコピーして、飯でも食いに行こう」

この後一緒に出かけるのが当たり前のように拓海が言うので、瑠美は顔をしかめて、

「どういうこと」

と訊いた。

「おれ、昼抜きなんで。……結構おもしろいな、この本」

本のページをせっかちに捲っていた拓海が、自分の興味があるところを読み始めたので、瑠美はしばらく彼の横顔を眺めていた。もともと角張った頬骨や尖った顎が、この数ヶ月見ないうちにさらに鋭くなったように思えた。留年さえなければあと二年で拓海は卒業し、こんな偶然もなくなってしまうのだと思うと瑠美は拓海の横顔から目を離せなくなった。


うまい店があるからと、拓海が連れてきたのは、住宅街にある中華料理屋だった。わざわざ電車に乗って三十分以上かけて来たわりには古びた店構えの地味な店で、瑠美は少しだけがっかりした。

「ここの餃子はほんとうまいんだ」

拓海は従業員たちと顔なじみのようで、店に入ると親しげな挨拶が交わされた。従業員が話す言葉のイントネーションが独特なので拓海に訊くと、この店の従業員の全員が中国人なのだと教えてくれた。

「まあいいから食べてみろ」

目の前の大皿に、餃子が六人前盛られている。拓海は「とりあえず」と言って、他の料理を頼まずに餃子ばかりを注文し、二人で食べきれるのか文句を言いたくなるくらいの量が運ばれてきた。

「なに不機嫌になってるの。怒ってんの？　なんでこの私に餃子ばかり食べさせるんだって」

拓海は小皿に醤油と酢を合わせ、ラー油を二、三滴たらしながら言った。

ラー油の入っている小瓶が油でべたべたなのを瑠美は見ていた。

「店は汚いけど、うまいんだって。怒らないで食ってみろよ」

拓海が小声で言うので、瑠美はゆっくりとした動作で餃子をひとつ、箸にはさんだ。まだ湯気が立つくらい熱い餃子をタレにつけ、口に運ぶと、拓海の言うとおり肉汁と生姜《しょうが》の絶妙な風味が口の中に広がり、ねぎの芳しい香りが鼻を抜けた。

「おいし……」

瑠美が思わず呟くと、拓海が、

「だろ」

と嬉しそうに笑う。その笑顔があまりに優しくて、瑠美は泣きたくなった。

拓海は瑠美と会っていなかった数ヶ月間の出来事をかいつまんで話し、医学部五年生の忙しさを溜め息まじりに語った。

「で、きみは？　元気にしてたの」

「まあ……普通」

「普通っていわれても。普通の基準は人によってまちまちだから、きみの普通がおれにとってはすごいことだったりするもんだよ」

「じゃあ……なんにもない日々。言い換えると」

拓海は瓶ビールを一本注文し、二つのグラスに注いだ。一つを自分の手に持ち、もうひとつを瑠美に手渡すと、

「乾杯。お互い進級できたことに」

と言った。拓海がグラスに口をつけ一気に飲み干したので、瑠美も思いきって飲み込んだ。息継ぎ無しに飲み込むと、グラスのビールが半分以上減った。まるで即効性の薬でも飲んだみたいに、瑠美の体が熱くなる。

「あなたは……元気にしてたの？」

瑠美は今日会って初めて、自分から拓海に言葉を投げかけた。珍しく含んだアルコールのせいで、唇までもが火照っている。

「おれは……まあまあかな。って、その言い方も曖昧だな。元気……でもなかった。正直、悩んでる」

拓海は手酌で空になったグラスにビールをつぎたすと、二本目のビールを従業員に頼ん

だ。

「遠野……藤香さんのこと？　ほんとは私に遠野さんのことといろいろ聞きたいんじゃないの」

熱くなった体から、強い言葉が出ていくのを、瑠美はとめられなかった。拓海は一瞬意表を突かれたという顔をしたが、すぐにいつもの引き締まった表情に戻り、

「実はそう。あの人にはほんとに弱ってる」

と言った。瑠美の方から遠野の話を持ち出したことにほっとしたのか、拓海はそれから遠野の話ばかりをした。

瑠美と遠野と三人で過ごした十二月の夜以来、遠野と時々会っているのだと拓海は話した。特に瑠美を気遣うふうでもなく、さらりと話す拓海に対して、瑠美も顔色を変えずに相槌を打った。顔色を変えないでおこうと思うあまり、かえって無理な無表情を作ってしまっているのではと瑠美は思ったが、拓海は何も気づいていないのか、やっと話せる相手を得たという感じで、話し続けた。拓海と遠野が二度目に会ったクリスマスの夜は偶然だったが、三度目からは自分の方から連絡を取っているのだと、拓海は言った。

「わからないんだ、ほんとに。好かれているとも思わないけど、嫌われてるって感じでもないし……。会おうって誘えば、応じるし。でも向こうから積極的にって感じはない……ヌイ婆のところには時々顔出してるらしいけどな」

拓海は言いながら何杯目かのビールを飲んだ。瑠美は拓海の言葉が理解できないくらい酔えればいいと思い、飲み慣れないビールをおかわりする。

「あの話……」

拓海が口ごもる。

「あの話？」

「藤香さんの妹の話」

「妹って……オペ中に亡くなったっていう？」

「どう思う？　その話を聞いて、きみはどう思った？」

「どう思うって言われても……。実際に彼女の立場になったわけではないからどうとも言えないけれど、やっぱりそんなに長く恨み続けている必要はないと思う」

「そうなんだ。おれもそう思う。そんなに長く苦しむ必要はないとおれも思う。なんか……彼女見てるとむなしくなってくる。でも彼女はその事実を、裁くことも、許すことも、忘れることもできないんだ。きっと彼女だって、頭では納得し、感情も整理したつもりでいるんだ。だけどその時受けた衝撃だけは突然不意に襲ってきて……それは日常のふとした瞬間に起こるんだ。たとえるなら大波の音みたいな感じで……。彼女を救えたらと思うよ」

好きな人が、自分以外の人を好きになって、その相手の話を聞かされることの辛さを、瑠美は思い知った。逃げ出したい、泣き出したい。でもそれができない自分は、ただ黙って彼の言葉に相槌を打つしかなかった。

瑠美が拓海のことを好きだと知っているのであれば、ずいぶん残酷な人だ。

「きみはどう思う？　彼女のこと」

「どう思うって言われても……」

「彼女がいろんな医者と付き合うのをやめさせたい。そんなことは復讐にも、もちろん浄化にもならない」

拓海は言うと、悲しそうに口を歪めた。その表情を見て、拓海の恋もまたうまくいっていないのだと切なくなった。と同時に彼を切なくさせる遠野藤香という存在に、激しい憎しみをおぼえる。

「ずいぶん好きになったのね」

皮肉な口調で、瑠美は言った。拓海は瑠美の言葉には答えなかったが、目を伏せて少し笑い、瑠美の言葉を肯定する。そんな拓海の疲れた様子を見ていると、瑠美は拓海の心が遠野によってぐちゃぐちゃにされてしまえばいいのにと思った。拓海が傷つくことを本気で願った。


家に戻って、瑠美は机に向かった。どんなに心が乱れて勉強など手につかなくても、明日提出しなくてはならない課題がある。それをせずには、実習は前には進めないし、単位ももらえない。瑠美の気持ちなど、実習には関係ないのだと思うと、仕事というのはあるいはそうしたものかもしれないと、納得する。

学校指定のA4の用紙を机に広げ、看護過程の続きを進めていく。千田の身体の中が今どうなっているのか、今後はどうなっていくのかを予測して書きなさいと、教員の池尻に言われている。患者の病状を知ることで、その時必要な看護が決まるのだと。

大学の図書室で医学書をコピーしたのを思い出し、瑠美は鞄の中を探した。肝臓癌に関する資料がクリアファイルに挟まれていて、その小さな文字を瑠美は丁寧に追っていく。

「おれはもうすぐ死ぬからよ」

千田のしゃがれた声が頭をよぎる。資料を読み進めていくうちに、千田の状態が確実に末期にあることを瑠美は知った。

医療の世界というのは、なんて辛い職場なんだろう。はじめまして、と出会った人が回復の見込みのない病気で、もうすぐこの世から姿を消してしまうなんて……。そんな現場に長くいると、ひとつひとつの出会いや命に対して深く考えられなくなるのは、しかたがないことなのかもしれない。最初はざらざらとあった違和感が、擦れてしだいにつるつると上滑りしていく毎日が、医療の現場にはあるのかもしれない。遠野はそうしたことを理解しながら、それでも妹の死に関わった医師に立ち止まって自分の悲しみを感じてほしいと思っているだけなのかもしれない。

しんとした静かなところで、自分自身と向き合い、自問自答することでしか感じられないことが、この世には存在する。

瑠美は目を閉じて千田のことを思った。千田の病状については、参考書を読んでいけば、何枚ものＡ４の用紙をいっぱいにするくらい詳しく書き込むことができる。でも彼の心については、こうして考えなければ一行も書き込むことができない。毎日つめこみの知識でいっぱいになっていく瑠美に、ひとつだけ心に残る学習があったとすれば、傾聴という言葉だった。人の心に耳を傾ける。そうすれば心の声が聴こえてくるという。

しかし目を閉じてじっとしていると、拓海のことばかりが頭に蘇り、気持ちがずんと落ちていくのだった。

鞄の中からかすかに聞こえてくる電子音に気づき、携帯電話を取り出すと、瞬也からメールがきていた。たわいもない内容だったが、最後の一行に書かれた「頑張って」という言葉が胸に残り、瑠美は彼に初めて返信のメールを書いた。一通りの文面の最後に、数秒ためらった後、

「また話を聞いてください」

と打った。送信ボタンを親指で押すと、切り替わる画面とともに、瑠美の傷ついた気持ちがユラッと吸い込まれていった。

第十一章　古い手紙

実習の最後の週に入ると、千田はもうほとんど一日中ベッドの上で目を閉じたままで、食事をとることもできなくなった。看護師に対して悪態をつくこともなく、点滴のルートにつながれた状態で、息を吸って吐くことだけを丁寧に繰り返していた。瑠美は、たった一ヶ月で人はこんなに弱っていくものだということを知った。病魔が巣くうということは、死臭を帯びるということはこういうことなのだと、千田の身体を拭きながら知った。

「悪いな」

しみだらけの背中をタオルで拭いていると、千田が声を絞り出した。出会った頃に悪態をついていた彼とはまるで別人の、萎れた老人の表情が瑠美の目の前にある。

「何度訊いても覚えられないな……あんたの実習はいつまでだった？」

「今週の金曜日です」

「そうだったな……よかった」

嬉しそうに千田が呟く。

「よかったって？　なにがですか？」

「あんたの実習が途中でつぶれなくて、さ。おれが死んだら、あんたも実習できなくなるだろうが……」

いつもの人を攻撃するような物言いをしようとして声量が足りず、千田の声は優しく耳に届いた。

「そうですね。よかったわ」

瑠美はそう言うと、冷めたタオルをもう一度湯に浸して温め、湿布をするみたいにして千田の頸《くび》から肩にかけて覆った。

温タオルを背に当てると千田が目を瞑《つむ》ったので、

「気持ちいいですか」

と瑠美は訊いた。千田は目を瞑ったままゆっくりと頷く。

本当は、実習をしている期間に担当の患者が亡くなったとしても、そこで実習中止にはならない。また別の患者で実習を続けていくだけの話だった。もちろん患者が代わることで看護過程も書き直さなくてはならないし、新しい患者の病気についても調べなくてはならないので、患者が代わるということは学生にとっては大変なことではあった。心ない学生の中には受け持ちの患者が亡くなったことよりも、新しく看護過程を作らなくてはならないことに過剰に反応する者もいる。

「ひと月もつきっきりで世話させて悪かったな。……ありがとよ」

千田は呟いた。声を出すことも息をすることも苦しそうで、学生の瑠美ですら死がすぐ側にあることがわかる。父から嗅ぎ取っていたうっすらとした死ではなく、千田の内側に在る死はもっと身近で、はっきりとした輪郭と臭いがあった。

「迷惑ついでに……あんたに頼みたいことがあるんだが、聞いてくれるか」

全身の清拭を終え、洗いたての清潔なパジャマに着替えさせていると、千田が言った。

「頼みによりますけど」

瑠美が言うと、

「あんたのその喋り方、おれは好きだった」

とおかしそうに笑う。このごろは自分で病棟の洗濯機を使うこともできないでいる千田に代わって、パジャマや下着の洗濯も瑠美がしている。妻を早くに亡くし、見舞う身内もいない千田は、それまで自分で身の周りのことをしていたのだが、今は起き上がる力も残っていなかった。

「頼みってなんですか？　千田さん、千田さん」

身体を拭いて疲れたのか、千田がベッドに身体を横たえたまま黙ってしまったので、瑠美は不安になって大きな声を出した。千田は長い時間をかけて目を開けると、顎で床頭《しょうとう》台《だい》を示す。これまでの指示するような顎のしゃくり方ではなく、声を出すのも指を動かすのも苦痛だからという感じで、顎を動かす。

「床頭台ですか？」

瑠美の言葉に、千田がかすかに頷く。床頭台の上にはなにもなかったので、

「開けるんですか、引き出しを？」

と瑠美は訊き、千田はさっきより力強く頷いた。

引き出しの中には、ぽつりという感じで茶封筒が入っていた。茶封筒は郵便番号を書き入れる朱色の升目が五つしかない古いタイプのもので、そのよれた感じからずいぶんと昔に書かれた手紙のように思えた。封筒の真ん中にボールペンで「花房チヨさま」と書かれている。

「手紙しかないですけど」

表の宛名が自信なげな幼児のような文字で書かれているのに対して、裏には筆圧の高いしっかりとした字で「千田仙蔵」と書かれているのを見ながら、瑠美は言った。

「その手紙のことだよ、あんたにお願いしたいのは……。それ、渡してくんねぇか」

「渡すって？　誰にですか」

「おれの孫に野木佑太《のぎゆうた》ってのがいるからさ、その子に渡してくれ。そいで奴にそこに書いてある花房《はなふさ》チヨさんを捜して手渡すように言ってくれよ」

自分が危篤になったら佑太は必ず来るだろうから、その時に渡してくれと千田は言った。

佑太は長女の息子で今は遠くに暮らしているが、自分が一番信用している男だ。だからそれ以外の者には渡してくれるなと、千田は強い口調で言った。

「私が……ですか？　そんな大切なこと、引き受けられません」

瑠美は手にしていた手紙を、千田の前に差し出して言った。

「頼む。おれももう……死ぬからさ」

いつものように喧嘩口調で言い返してくると思って身構えていると、千田はいつになく丁寧な言い方をし、瑠美を見つめた。そして、黄疸《おうだん》で濁った目をまっすぐに瑠美に向け、

「あんたにはいろいろ迷惑かけたな」

と呟いた。

その弱々しい態度に瑠美はたじろぎ、居心地が悪くなった。こんなふうにしんみりされるなら、いつものように怒鳴り散らしてくれたほうがまだいいと、定まらない自分の視線を、手の中にある手紙に落とした。

「この……花房チヨさんって？」

千田の命の翳《かげ》りに気がつかないふりをして、瑠美は明るい声を出した。本当は手紙のことなどさほど気にはしていなかった。もし本当に千田が亡くなったら、親族のだれかに佑太とやらに渡してもらうようことづければいいと思っていた。

けれどもいつの間にか、瑠美は来客用の椅子を持ち出し、腰をかけていた。千田の話は

立ったまま聞けるような話ではなかったし、短い時間でさっさとすませてしまえるような話でもなかったからだった。

今から六十年ほど前、千田仙蔵はまだ小さな子供だったという。母親は都内の病院で看護婦をしていて、一人っ子だった仙蔵は、母親が仕事をしている間、いつもひとりきりで家で留守番をしていた。

「家でおとなしく待ってろと言われてたけど、夕方過ぎると不安になって、母親の勤める病院まで迎えに行ったもんだ」

母親のことを思い出しているのか、小さかった自分を懐かしんでいるのか、記憶の焦点を合わせるかのように目を細めて千田は言った。

花房チヨは、母親の同僚だった。だが同僚といっても母親よりはずっと若く、今から思えば二十歳になっていたかどうか……。若いチヨは仙蔵が病院にふらりと訪れても、厳しく咎《とが》めたりは決してしなかったと千田は微笑んだ。

「学生さん、昔の手術ってどんなだか知ってるか。アンプタっていう切開手術ではなあ、看護婦が骨の切り口に蠟を入れて縫い合わせるってな介助をするんだ。その介助は熟練した看護婦にしかできないんだ。おれの母親は手先が器用だったからしょっちゅう手術の介助をやらされてた」

小さな子供が自分の母親を自慢する時のような口調で、千田が言った。

まだ新米のチヨは、ブリキのバケツを両方の手にさげて手術室や病室を温める練炭を運んだり、患者の糞尿を埋めるための穴を院庭に掘る下働きばかりしていた。当時、結核の感染を恐れた農家が便所の汲み取りに来なくなったために、看護婦が自ら患者の糞尿の始末をしなくてはならなかったのだと千田は言った。

「その、穴掘り作業と氷枕を作るための氷砕作業が、冬の夜勤ではもっとも辛い業務だってチヨさんは言ってたな」

冬の寒さで血の気の失せた顔を美しく見せるために、チヨら若い看護婦はマーキュロの入った小瓶に小指を入れて、自らの頰や唇に塗りつけていた。その仕草を、自分は今でも忘れられないと千田は微笑む。

「マーキュロって？」

「赤チン、知らねぇか？」

蒼ざめた肌に浮かぶ赤チンの朱色は、本物の口紅よりずっときれいだったという。母親の仕事が終わるのを詰め所で待っている間、忙しく動く看護婦たちの働く姿を眺めているのが好きだった。

「そのうち戦争が……起こってな。チヨさんと一緒に病棟の窓ガラスにへばりついて、焼夷弾《しょういだん》が空から降るのを見ていたこともあるよ」

窓ガラスからはまだ距離のある空で、次々に落下していく光を指差しながら、「あれは日本軍だろうか、アメリカ軍か……」と眺めていた。光が波を打って照らし出されて、子供だった仙蔵の目には花火みたいに映った。

「チヨさんと最後に会ったのは、あと少しで戦争が終わるはずの春の日だった。母親が病院船に乗り込んで外地に行くことになってな。その見送りにチヨさんも来たんだ」

母親が病院船に乗り込む日、チヨは大きな腹を揺らしながら、仙蔵とともに見送りにやってきた。

「ごめんねっておれに謝りながら、チヨさんは手を振ってた。おれの母親が、顔からはみ出すほどの笑顔を浮かべて船からこっちに手を振ってたんだ、それに答えてチヨさんも、ちぎれるくらいの速さで手を振り返してた。おれは……ずっと俯いたまま、かあちゃんの顔もちゃんと見られないで泣いてたんだ」

本来なら、その病院船に乗るのはチヨのはずだった。だが妊婦を外地に送るわけにはいかないと、母親が任務交代を申し出たのだ。

仙蔵は母親に「行かないでほしい」と懇願した。頼むから行かないでくれと。

「母親がいる時もいない時も毎日泣いたな。男がめそめそするもんじゃないと叱られても、それでも泣いたよ。母親が好きだったんだ。そばにいてほしかった。母親がいなくなれば自分も生きてはいけないと思ってた……」

おまえが行けよ、とチヨに向かって叫んだ。おまえが船に乗っていけよ、チヨちゃんがお母ちゃんの代わりに行ってくれよ、と。

「母親を乗せた病院船が出航する時、海側から強い風が吹いてきてな……涙がこう……後ろに流れたんだ。母親がおれのことを見てるのを痛いほど感じたよ。船体が眩しいくらいにまっ白で、空にかかる雲みたいだった」

そして目の前の雲は、仙蔵の知らないどこか遠くへ行ってしまった。まっ白な船体の真ん中に引かれた青い帯に、赤十字の鮮やかな印に、仙蔵は母親の無事を祈った。母親が無事に帰ってきてくれるのであれば、自分の命はいらないと本気で思ったのだと、千田は言った。

「母親ともチヨさんとも、それが最後の別れだったよ……数ヶ月後に、母親の乗った船が海に沈んだことを疎開先の親戚の家で知ったんだ」

千田は、気管を絞るような咳をしながら言った。

「花房チヨさんとは、その後会わなかったんですか？」

千田の黄色く濁った目を見ながら、瑠美は訊いた。

「会ってない。会いたくなかったんだ……あの人が幸せになっていたら許せないって思ってな。そんなふうに思ってたらあっという間に半世紀過ぎちまったよ」

チヨからは何度か手紙が届いたけれど、それらはすべて読まずに捨てたのだと千田は顔を歪めた。

「頼まれてくれるか？　おれが死んだら手紙を佑太に渡してくれるか」

わざと視線を合わせないようにして話をしていた千田が、体の向きを変え、瑠美の目を見る。

そう言う千田の顔からはいつものふてぶてしい表情は消え落ち、老いを隠さない笑みがあった。

瑠美に長い話をして疲れてしまったのか、千田はそれからずっと、ベッドで眠りっぱなしだった。瑠美はナースステーションに戻り、空いたスペースで千田のカルテや看護日誌を読むことにした。椅子に座り、分厚い名著を読み始める時の真摯《しんし》な気持ちで、千田仙蔵と書かれたカルテを捲った。


五時過ぎに病棟から学校に戻ると、瑠美は疲労でしばらく着替えることもできず、更衣室の端っこにぺたりと座りこんだ。目を閉じるとこめかみの辺りが疼《うず》いているのがわかる。

「お疲れっ」

頭を軽く叩かれ、ゆっくりと顔をあげると目の前に白いストッキングに包まれた逞しい脚があった。

「ずいぶん疲れた様子だね」

頭の上から降り注ぐ千夏の声に、瑠美は無言で笑ってみせた。

「大変だったの、今日？」

千夏は瑠美のすぐ隣に腰を下ろすと、体育座りをして膝を抱えた。ユニホームのフレアスカートが大きなパラソルのように広がる。

「大変……っていうのでもないけど。なんか疲れた」

瑠美が大きく息をつくと、千夏が肩を揉んでくれた。千夏の大きな手が肩の筋肉をつかむたびに瑠美の頭が揺れる。

瑠美は千夏に、千田に頼まれた手紙の話をした。本当は自分の受け持ち患者の情報を、たとえ同じ看護学生にでもしてはならないという規則があるのだけれど、そんなものを守れる学生などほとんどいない。患者という他人と正面から向き合わなくてはならない実習で、学生たちはかけがえのないものを得るが、それと同時にたくさんの苦しみとも出合わなくてはならない。病床にある人と、学生という身分で関わりあっていく難しさというのは、実習を経験した者にしかわからないと、瑠美は思う。自分が資格を持った看護師であれば、患者の力になることもできるけれど、学生という身分では患者からもらうばかりで、自分は何ひとつ返すことができず、それがまた苦しいのだった。

「でもよかったね」

右肘を瑠美の頸の付け根にあてがい指圧しながら千夏が言った。

「よかったって、なにが」

「ほら、瑠美、初めはものすごく嫌ってたじゃん、患者さんのこと。なのに今はすっかり仲良くなっちゃって」

「別に仲良くなんてないけど」

「だってそんなに大切な手紙を瑠美に預けるんでしょう。それってすごいことだよ。信用してるってことだよ、瑠美のことを」

千夏は言うと、今度は左の肘を顎の付け根にあてがう。

「千田さんが私のことをどう思ってるかはわからないけれど、確かに私の気持ちは変わったかも。相変わらず口の悪い人だけれど」

初めて会って挨拶をした日、看護師に悪態をついていた千田の、歪んだ唇を思いだす。彼の態度は今もそう変わらないのだけれど、瑠美は千田のことをそれほど嫌いではなくなっていた。

「ねえ瑠美、人の好き嫌いってなんだと思う？　特別に自分に何かされたわけじゃないのにどこかいけすかない人がいたり、逆に親切にされたわけじゃないのに好きだなと思う人がいたり。そういうのなんでだと思う？」

「好き嫌い、ねえ……」

「あたしはそのことばかり考えてた時期があって、あたしなりの答えがあるんだ。それはね、生きる姿勢なんだと思うんだ。その人の生きる姿勢が好きか嫌いか。それがその人を好きになるか嫌いになるかなんだよ」

千夏は確信めいた口調で言うと、

「千田さんってきっと、しっかりと生きてきた人なんだと思うな。瑠美が親切にしたいと思うくらいだから。……あたしは、瑠美のことが好きだけどね」

と笑った。

「なにそれ。あんたにコクられても意味ないんですけど」

千夏のまっすぐな口調に照れて、茶化すように瑠美は言うと、

「そろそろ着替える、ロッカー閉まっちゃうから」

と言ってゆっくりと立ち上がった。気がつけば騒がしかったロッカー室がずいぶんと静かになっていた。

汗と甘ったるい匂いが混在する部屋で千夏と並んで着替えながら、瑠美は「肩こりが少し楽になった」と呟く。

学校を出ると春の夕暮れが目の前に迫っていた。夕焼けのオレンジ色が雲にうつり、

「オレンジ色のわたがしみたい」と千夏が言った。

二人で空を見上げていると、頸の後ろ側にじんわりと疲労が上がってくる感じがあったけれど、辛いというより今日一日よく働いたという痛みだった。

「千夏、もう帰る？　甘いものでも食べてかない」

明日もまた実習は続き、今夜も課題に追われて眠れないのは承知だけれど、なんとなく別れがたくて、瑠美は千夏を誘った。

「いいよ。久しぶりに神谷町の抹茶カフェにでも行くか」

間髪いれずに千夏が答え、風が背後から吹いてきたのも同時だったので、二人の笑顔がふわりと大気に浮かんだようになった。

学校からその抹茶カフェまでは十五分ほど歩かなくてはならなかったが、何も考えずに歩くその間隔が、瑠美には心地良かった。

「千夏は？　あんたはどうなの、実習」

そういえば千夏自身の話をほとんど聞いていないことに気づき、瑠美は訊いた。

「あたしは、好調だよ。患者さんに恵まれたかも」

「そう」

「瑠美がけっこう大変そうだったから、自分の患者さんのこと言えなくてさ」

千夏はいつもの笑顔を少しだけ湿らせ言った。

「その患者さんを見てるとね、多くの人は心優しく立派に生きて、そして亡くなっていくのかなと思えるんだ。患者さん、もう何もできないんだよ、ベッドの上でただ横になっているだけ。おしっこだって管入ってるし。ドクターは、いつ危篤に陥ってもおかしくない状態だって言ってる。本人もきっとすごく苦しいんだと思うんだけど、それでもあたしに優しいの。身内でもないただの他人なのに、親切なの。そういうのってすごいと思わない？」

死を目前にしながら、人に対して善意的に接することができるということが、自分には奇跡的に思えると千夏は言った。瑠美は本心から、「ほんとね」と答え、自分もまた千田のことを思い出す。「おれが死ぬ瞬間をしっかり見ておけよ」と冗談めかして言いながら、瑠美に患者として何かを示し残してやろうという彼の思いは痛切で、高尚で、本物だった。

「人の死は深いね」

空に話しかけるように、千夏が言った。

「そうね」

瑠美が答える。

「人は、最期までその人らしく生きるんだね」

「……そうね」

千夏の言葉に、いいかげんに流して答えたわけではなく、それ以上の言葉が見つからず、本当にそう思うから打った相槌だということを、千夏はきっとわかってくれるだろう。千夏と同じ方向の空を見ながら瑠美は思った。

桜田通りの緩やかな坂道を、二人で歩いた。春の気候は、休むことなくどこまでも歩いていけるほど穏やかで、心が凪《な》いだ。

突然に千夏の携帯電話が鳴り、「ごめんね」と断ってから千夏が話し始める。嬉しさでしだいに膨らんでいく千夏の表情を見ていると、電話の相手はきっと瞬也だろうと思った。

「うん、今一緒だよ」

そう言う千夏の一瞬の表情の翳りを、瑠美は見逃さなかった。瑠美は千夏の口から出てくるであろう次の言葉を推測して構えた。

「代わろうか」

予想していた通りの言葉を千夏が言い、瑠美はその言葉に対して即座に首を振った。

「瑠美、瞬也なんだけど」

携帯電話を近づけ、千夏がにこやかに言う。もう翳りも迷いも何もないような顔をしている。

「いいわよ。話すこと……ないし」

掌で携帯を押し戻すようにして瑠美は言うと、千夏は素直に自分の耳に携帯を戻し、

「今、路上だから。後で」

と明るい声で言い、電源を切った。

「これから瞬也も来るっていうけど、いいかな」

「来るって、どこに？」

「抹茶カフェ。十五分くらいかかるって言ってた」

屈託のない口調で言うと、千夏はまた力強く歩き始める。

「この辺って森の付く名のビルがたくさんあるけどさ、森さんってどんな人なのかなあ。とてつもないお金持ちなんだろうね、きっと。そんなお金持ちの人とあたしなんて、一生話をすることなんてないんだろうなあ。あっ、でもさ、うちの病院のA棟の二十階にVIP室があるでしょ、一泊ウン十万円とかする。二十階に勤務になったら大金持ちの人のケアとかするのかな。そういうの緊張しちゃうねえ」

歩きながら一方的に話し続ける千夏の横顔を、瑠美は黙って見ていた。何か大切なことを話す時の彼女の癖で、前置きとしてどうでもいいことをとりとめなく話す。

「この前初めて瑠美からメールの返信がきたって、瞬也喜んでたよ」

呼吸を整えるようにして千夏が言った。

「……あれは……」

「ううん、いいのいいの。気にしなくていいんだよ、あたしのことはほんとに。二人のことは、二人の問題だから」

大人びた口調で千夏は言い、ふううと声に出して溜め息をつく。

「そりゃ瞬也の恋愛を応援してる、ってとこまでの気持ちにはならないよ。本音では、瑠美と菱川さんがうまくいけばいいのにと思ってる。でも、瑠美が瞬也とのことを迷ってるんだったら、あたしの存在が二人の関係を変えたりするのは嫌だなあと思う。もっと正直に言えば、瑠美があたしを気遣ったりなんかしたら、あたしはきっと惨《みじ》めになるよ」

はきはきと、選手宣誓でもするかのように、千夏は言葉を繋いだ。

「気遣うなんて……」

「まあ、あたしのことは気にしないでってことだよ」

もう何年も自分は瞬也と同じ距離を保っているのだと彼女は言い、良くも悪くも不動の関係なんだからねとVサインを作った。

「そんな自信満々に言われてもね……」

瑠美はわざと気だるく千夏に言うと、小さく笑う。

ビルの一階に入っている抹茶カフェはいつものようにほぼ満席で、辺りに大使館が多いせいか外国人客で賑わっていた。千夏は抹茶ラテを、瑠美は黒蜜ラテを注文し、空いている席に座った。

瞬也は十五分後きっかりに店にやって来た。入り口で店内を見渡し、瑠美たちを見つけると急いでという感じで近づいて来て、

「こんちは」

と笑った。

ストローでカップの底を吸うずずっという音を合図に、千夏が立ち上がり、

「じゃああたし先に帰るねっ」

と弾んだ声で言った。

「もう帰るのかよ」

という瞬也の言葉に一瞬だけ振り返ると、じゃあと手をあげさっさと店を出ていく。瑠美は何も言えないまま、遠ざかっていく千夏の後ろ姿を、窓ガラス越しに見送った。

「……ここって、お茶しかないんですよね、抹茶カフェだけあって。よく来るの？」

千夏が去ってしまうと、瞬也の声が小さくなった。

「たまに……。学校からゆっくり歩くと十五分くらいかかるけど、落ち着くから」

休講で時間の空いた時に千夏と散歩をしていて、たまたま見つけた店なのだと瑠美は説明した。それだけを言ってしまうと、会話が途切れる。

「あの……、……メールありがとう」

沈黙を破るために無理に言葉にしたのか、それともずっと用意してきてようやく口にしたのか、どちらともわからない口調で瞬也が言った。

「ああ……。私こそ励ましてもらっちゃって」

あの日、拓海のことで苛立っていた瑠美は、瞬也にメールを出したのだ。また話を聞いてください、という思わせぶりな文面で。

「大変なんですか、実習」

「まあ……普通に」

「千夏からたまにメールがきて、毎日の課題が辛いって愚痴ってますよ。あいつの部屋、毎晩朝方まで電気点いてる。それ見てると、毎日大変なんだろうなと」

そこまで言うと、間違いを修正するみたいに瞬也は慌て、見ようとしなくても、自分の部屋から千夏の部屋の窓が見えることを教えてくれた。

「瑠美さんといると千夏の話ばかりっすね」

「まあ共通の話題といえばそれだけだから」

「その……前メールで書いてくれてた、話したいことって、なんです？　おれ、気になっちゃって」

「ああ……あれ」

瑠美は真剣な瞬也の視線を避けるようにして俯くと、ストローでカップの底をかき混ぜた。黒蜜のとろりとした塊が、ストローの先にくっついている。

目の前の瞬也に、今話したいことが特に思いつかなかったので、瑠美は千田の話をした。瞬也の耳と目と心が、自分の言葉に集中しているのを感じながら、瑠美は千田のことをゆっくりと話した。

「捜してみましょうか」

話に区切りがつくと、瞬也は力強い口調で言った。間をもたせるつもりで始めた千田の話だったけれど、話し終えると瑠美の心の中に泡立つものがあった。

「捜すって……」

「その、花房チヨさんって人、自力で捜してみよう」

瞬也の声が力強く響く。

「どうやって捜すの？　手がかりは当時働いていた病院と、花房チヨという名前だけなのに」

安易に捜そうなどと言う瞬也に軽く腹を立てながら、瑠美は言った。花房という名字も、結婚をしていれば変わっている可能性があるし、生きているかすらわからない。

「とにかく、行ってみよう」

勢いよく立ち上がると、瞬也は床に置いていた鞄を、肩にかけた。

さっき千夏と上ってきた桜田通りを、瞬也と並んで戻って行く。どこに向かっているのかと訊ねると、瞬也は日本赤十字社だと言い、視界の先に見える東京タワーの方角を指で示した。

「日本赤十字社？」

「そういう時代の看護婦さんのことだったら、どこかに記録が残ってると思うんだ。だったら日本赤十字社で訊ねてみれば手がかりがあるかも」

自信に満ちた口調で瞬也は言った。剣道をしていると、高齢のＯＢが稽古をつけに来ることがあり、中には戦争の話を必ずする人がいる。戦争を経験した人を中心に作られた戦友会という組織もあり、そうした記録が日本赤十字社に残っているのだと瞬也は言った。

「いろいろ詳しいのね」

と瑠美は言った。すると瞬也は、

「新しいことは何にも知らないけど」

と自嘲気味に笑った。彼といると千夏といる時のような心が休まる感じがあった。

神谷町の駅前を左手に折れ、右側に芝公園を見ながら歩いて行くと、日比谷通りを渡ったところに日本赤十字社はあった。瑠美の通う看護学校からだと歩いて五分程度の距離だった。

「こんなところにあるなんて、全然知らなかった」

交通量の多い通りのすぐ近くに、これほどひっそりとした建物があることに、瑠美は驚いた。建物の前にはたすきがけに荷物を背負う看護婦の銅像があった。

「おれも……来るのは初めて。普段は用事なんてないですよね」

珍しそうに辺りを見回し、瞬也が言う。

「だめだ、閉まってる」

玄関のドアを開けようとして、抵抗を感じたのか、瞬也が残念そうに呟いた。腕時計を見ると、六時前だった。

瑠美が落胆を隠さないまま、

「仕方ないわ。また出直す」

と言うと、瞬也は、

「ごめん」

と謝る。

「なんであなたが謝るの？」

「いや……。おれが話の途中にもっと早く気づいて、ここに連れて来てれば、開いてたかもしれない」

「そんなのいいのよ。手がかりを教えてくれただけでも嬉しい」

瑠美がありがとうと呟くと、瞬也は満面の笑みを浮かべた。自分の言葉ひとつで瞬也の表情が大きく変わるのを見るたびに、瑠美はこの人を好きになれるかと自分の中で問いかける。

「また……来てみるわ。こういうところってたいていい五時まででしょう。実習が早く終わった日に訪ねてみる」

瑠美が言うと、瞬也は自分も付き添いたいけれど、今週は部活があるからと残念そうに言った。瑠美は自分ひとりで来られるから大丈夫だと瞬也に伝えながら、心の中でほっとする。瞬也の目を見ていると息が詰まりそうになることが時々あって、それは拓海を見つめる時に感じる苦しさとは微妙に違い、そしてその両方を比べてしまう自分に嫌気がさすのだった。

瞬也の真面目な眼差しを横顔に感じ、瑠美はまた通りに向かって歩き始めた。

「瑠美さん……」

背後から、瞬也の声に呼び止められる。振り返ると、深刻な顔をした彼が数メートル離れて立っている。

「おれと、つきあってください」

まっすぐな告白が、瑠美を捉えた。

「好きになった。理由とかなく、ほんとまじで」

照れも飾りもなく瞬也は言った。自分だけをまじろぎもせず見つめる彼の姿を見て、瑠美は素直に嬉しかった。誰かにこんなふうに好きだと言われて嬉しくない人などいない。それでも、嬉しいという気持ちは少しずつ、どこから空気が漏れているのかわからない自転車のタイヤみたいに萎んでいく。嬉しいけれど、と否定している自分がいた。この人を好きになれたらと強く思いながら、無意識に拓海への想いと比べてしまう。

言葉を探している間に風が吹き、瑠美の髪を撫でていった。風に乗った葉が瞬也の目の前に揺れ、彼はその葉を片手ですばやく摑んだ。深刻な顔をしながら、手品師のように手を動かす彼の仕草がおかしくて瑠美が微笑むと、瞬也もまた笑った。嬉しそうに笑う彼の顔を見ているとまた、気持ちが揺れた。

「おれ、これまで誰かとつきあったことないんだ。そういうの、面倒だったし。でもおれはきみとつきあいたい。一緒にいると自分自身が変われる気がするんだ。きっときみも、おれといると楽しい。……たぶん」

瑠美に対してこれまで遠慮がちに接してきた瞬也だったが、目の前にいる彼は強引なくらいだった。本来の日野瞬也という人は、きっと真面目で自信に満ちた人なのだろうと瑠美は思った。自己評価が高いといった自信ではなく、自分を信じる能力が高い自信……。

「決めつけた物の言い方をするのね」

「そう……かな。でも決めつけて話をすることをおれは悪いことだとは思わないよ。Aでもいいし、Bという方法もある。あるいはCも間違いではない、なんて言われ方をする方がいやだよ。決めつけるということは、その人が自分なりの真理を持っているということだから。そういう生き方をしている人に触れるのが、おれは好きだよ」

言われたことに納得するか反発するかは本人次第だから、と瞬也が言うので、

「じゃあ私がそういう言い方にはすべて反発する性格だったら」

と瑠美が問うと、彼は一瞬みせた勝気の姿勢をいっぺんに崩し、弱気な笑顔を見せた。

「いま、全力で面を打ちにいったんだけど……。かわされたな」

「面をよけて抜き胴をいれたのよ」

「剣道、知ってるの？」

「少しは。千夏からたまに教えられてる、無理やりね」

張り詰めていた空気が少し緩み、瞬也の全身の力が抜けていくのがはっきりとわかった。

「今すぐにじゃなくてもいいから。初めは友達くらいで……友達にちょっと特別感をくわえたくらいでいいから」

照れたように笑うと、瞬也はシャツの袖で額の汗をぬぐった。

「友達くらいで……いいの？」

「……ほんとはいや、だけど。でも千夏がよく言ってる、すごく好きな人とは友達くらいでいるのが長続きするんだって。なんだそれ、ってこれまであいつの意見には否定的だったけど、今はわかるな。悔しいけど」

眩しそうな顔をして瑠美を見つめると、

「送ってくよ。駅まで」

と瞬也は言った。瞬也の顔を見ていると、拓海のことを思い出した。遠野を見つめていた拓海の目を思い出した。自分のことを真剣に好きだと言ってくれる人がいることを、拓海に伝えたい気持ちになった。

第十二章　託されたバトン

家に帰って倒れこむようにベッドで眠ってしまい、気がつくと時計は夜中の二時を回っていた。夕食も食べず、風呂にも入らず、瑠美は着替えもしないままに七時間近く眠りこけていたのだ。

「起こしてくれたっていいのに」

部屋の襖を開けると、室内の明かりは消え、ひっそりとした寝息が聞こえてくる。父も母も疲れているだろう娘を気遣って声をかけなかったのかもしれないが、もしこのまま朝まで眠ってしまっていたら、課題も明日の準備もできていない瑠美はそれこそおてあげだった。

風呂の湯は抜かれて残っていなかったので、瑠美はシャワーを浴びた。春とはいえ、夜中のシャワーは体を芯まで冷えさせた。それでもいい目覚ましになったと、瑠美は髪の水滴をバスタオルに吸わせる。

体にバスタオルを巻いたままの格好で部屋に戻ると、窓にカーテンも引いてなかったので、電気をつける前に窓に近寄った。カーテンを引きながら窓の外を見ると、いくつかの家の窓ガラスに、明かりが灯っていた。

「こんな時間でも起きてる人、けっこういるのね……」

千夏もきっと今頃明かりをつけて机に向かっているのだろう。千夏のことを考えていると無意識に携帯電話に手が伸び、メールの受信を確認した。

受信メールは一件、瞬也からだった。几帳面な文面で、赤十字社で花房さんが見つかることを祈っているという内容のことが書かれていた。新着メールがないか操作してみたが、それ以上他のメールは受信してなかった。千夏からは用があってもなくてもほとんど毎日メールがくるので、瑠美は気になり、自分からメールを送ろうと思った。

けれど、文面を書いても書いてもどこか不自然で、瞬也のことに触れるとぎこちなくなるし、触れなければ空々しく、結局メールを送ることを諦めた。もしかすると、千夏の方も瑠美と同じように、自然な文章を書くことができなかったのかもしれない。

「課題でもする……か」

瞬也とのこと、千夏とのこと、瑠美には考えたいことがたくさんあったけれど、今は机に向かわなくてはならない。千田に対する看護は、一日一日変わっていく。同じ看護計画を立てていては、彼の病状についてはいけない。明日の千田を予測して、彼がどんな状況になっているかを考えて、看護計画を立てて朝一番に指導看護師に見せなくてはならない。

「明日は髪を洗おう」

ここしばらく発熱が続き、清拭はしても髪を洗っていなかったので、明日は状況が許せば髪を洗ってあげたいと瑠美は思った。「死んだ時、髪が汚れてたんじゃみじめったらしいからよ」と冗談とも本気ともつかない口調で、瑠美に髪を洗ってほしいと言っていたことを思い出す。一人暮らしが長いせいか、千田は身なりを清潔に保つことを身上としているところがあった。年を取ればとるほど、人は格好に気をつけなきゃいけない、洒落なきゃいけない、と。

「紳士……」

そうだ、千田は紳士なのだと瑠美は思った。彼はとても丁寧に物事を考え、生きている人のような気がする。ただし、口の悪いことを除けば。

千田のこれまで生きてきた年月を頭のなかで想像してみる。目を閉じて、若く健康な彼を思い浮かべる。豪快に話し、皮肉たっぷりのユーモアで周囲を苦笑させる。悪態をついて苦々しい顔をしながら、誰よりも真摯に仕事をしている千田を、瑠美は知っているような気がした。授業で、「患者を病人としてだけみてはいけない」というようなことを言っていた教員がいた。病気をする以前の患者の社会的な、あるいは家庭的な役割を知らなくてはいけない、と。そうすることで患者が本当に求めている看護が提供できるのだと、教員は教えた。

実習に出て千田と出会い、その言葉の意味が瑠美にもわかった。何かの拍子で千田の病室のロッカーを開けたことがある。ロッカーの中には薄いこげ茶色の仕立ての良い背広がハンガーに掛けられていた。出会ったときからいつもパジャマ姿の千田だったが、そのスーツを見た時、はっと気づかされた。本当の千田はパジャマ姿でいる彼だけではないのだと。むしろ今目の前にいる彼が、特別なのだと思うと、意地悪く見えた歪んだ口元が、泣くのをこらえる幼児のように映った。

「これほどゆっくりと、一対一で患者さんに向き合えるなんて実習の時だけよ」

と病棟の看護師に言われたことがある。千田のために氷枕に氷をいれていた時、並んで作業していた看護師で、名前も知らない人だったけれど、彼女の疲れた横顔は覚えている。さらりと聞き流してしまったが、とても大切なことを言っていたのかもしれない。

病棟で目にする疲れた看護師たちも、学生の頃はきっと必死で患者に向き合っていた。こうして机の上に白い用紙を広げ、患者の人生を想い、空白に患者についてのことを書き綴《つづ》っていったのだ。だが実際の現場ではそんな悠長なことはしていられない。病院側は患者一人当たりの入院日数を減らすことに躍起になっているし、人手不足で受け持ち患者は増えるばかりだ。理想と希望に満ちた新人ナースは、じきに多忙と重責にひしゃげられ、いつの間にか世の中を知り尽くした女のような表情で、目の前に山積みにされた仕事を処理するといった看護師になっていく。

「誰が悪いのか……。病院の経営者？　看護師不足の現状？　少なくとも患者のせいではない……」

用紙の一番上に書かれた千田のイニシャルの「S」を、シャープペンでぐるぐると囲み、瑠美は呟いた。

翌朝、瑠美はいつもより早く家を出た。徹夜したせいか頭の中が熱くて、体温も上がっている気がした。玄関のドアを開けると霧のような雨が降っていて、その静かな冷たさが心地良かった。

ユニホームに着替えて病棟に向かう間は、エプロンのポケットに入れた花房チヨ宛の手紙に、何度も手をやった。そう簡単にポケットから落ちるわけはないのだけれど、確認せずにはいられない。病棟へ昇るエレベーターの中で、瑠美はポケットに手を入れたり出したり、何度も繰り返していた。

業務用エレベーターの箱いっぱいに詰め込まれた看護学生たちが、実習先の階に停まると、

「いってきまぁす」

と手を振りながら出ていく。エレベーターに残った学生たちが「がんばってね」とか「後で」という言葉で彼女たちを見送っているのを、瑠美は黙って眺めていた。朝のこの

光景が瑠美は嫌いではなかったが、今朝は緊張した思いでそれらのやりとりを見ていた。

千夏は今朝も少しも変わらない様子で、瑠美に接した。きっと、どんなことがあっても、自分の感情で態度を変えたりしない人なのだろう。「おはよう」と屈託のない声を先にかけてきたのは千夏だし、「今日もがんばろうね」と言う表情に瑠美を責めるものは何も無かった。千夏に何か言えば、「瞬也が勝手に好きになったんだから」と返してくれるという確信があったけれど、瑠美は何も言えずにいた。

瑠美たちの実習先である十二階で、エレベーターのドアが開く。目の前のナースステーションに向かって一礼し、荷物を置きにカンファレンス室に行こうとした時、

「ああ、あなた。千田さんの担当の学生さん。急いで」

と瑠美だけ呼び止められた。

「千田さん、危篤よ」

それだけを言うと年配の看護師は、慌てた背中を残して廊下を駆けていく。千夏が何も言わずに手を伸ばし瑠美の腕の中の荷物を取り、背中を押す。

「早く行きなよ」

千夏に言われて、瑠美はよろけた足取りで病室に向かった。

千田さん、千田さん、聞こえますか……。医師が千田の肩を叩きながら大きな声で呼んでいた。ベッドの下が鮮血まみれで、血液を含んだ絨毯は歩くたびにぐしゅぐしゅと嫌な

音を立てた。

「なにやってんの、そんなとこで突っ立ってたら邪魔でしょ」

医師の傍らで処置の介助をしていた看護師が、瑠美の腕を掴んで引っ張った。腕を掴まれた痛みで少し気持ちが戻った瑠美は、

「どうしたんですか」

と看護師に訊いた。自分でもはっきりとわかるくらいに声が震えている。

「食道静脈瘤が破裂したのよ。朝のバイタル測ろうと思って部屋に来たら、千田さんが吐血して……。ホースから水が飛び出すようなまっすぐな太い血流だった……」

その時の様子を思い出したのか、青ざめた表情で看護師は言った。

「よく見ておいて」

看護師は睨みつけるように言うと、瑠美の手首を掴み、千田の手に触れさせた。

「握って。よく覚えておくの」

もう力の残っていない千田のかさかさした手に無理矢理触れさせられ、瑠美は恐怖を感じた。はだけた胸につけられた心電図の、赤や緑色をしたカラフルなコードに目をやりながら、一刻も早くこの場から逃げ去りたいと願った。

「学生、血圧測れるか」

さっきまで大声で千田の名を呼んでいた医師が、落ち着いた声と表情で、瑠美に言った。

心拍低下を告げるモニターのけたたましいアラームが鳴り響く中、瑠美は血圧計を手にする。練習であれほど繰り返しやったはずなのに、実際に千田にも何度も測らせてもらったのに、マンシェットを巻くのに時間がかかる。

「聴こえません……」

聴診器を耳に入れ直して二度、三度測ったけれど脈拍の音を聞き取れず、瑠美は言った。

「すいません、測れません」

自分でも驚くくらい情けない声で看護師を見上げると、看護師は、

「耳で聞こうとしても無理よ、脈に力が無いから。触診でやってみて」

と言った。瑠美は聴診器を外し、千田の手首のかすかな脈を探しながら、再びマンシェットを膨らませる。

「先生、心停止です」

瑠美が送気球を握りマンシェットを膨らます側で、看護師が冷静な口調で告げた。プシュップシュッ、空気の動く音が病室に響く。医師がペンライトを手に、千田の瞳孔を確認している。プシュップシュッ、すべての力を失った千田の身体の中で、マンシェットを巻かれた部分だけが、空気の動きに合わせてかすかに揺れる。プシュップシュッ、プシュップシュッ……瑠美は必死で脈拍を探し続けた。脈拍を探し出すことができれば、千田の生が戻ってくるような気がした。臨終を告げる医師の声が頭から落ちてきても、瑠美は千田

の手を離すことができなかった。

「もういいわよ。脈はもうとれないから」

看護師が瑠美の肩を強く摑んでいるのに、瑠美は千田の傍らでひざまずいたまま、立ち上がることができない。

「もうやめなさい。死後の処置するから、準備手伝って」

医師はいつの間にか病室を出ていた。千田に取り付けられていたモニターも片付けられ、騒々しかった病室は、あっけないほどに静かだった。

瑠美は折っていた膝を伸ばし、ゆっくりと立ち上がる。立ち上がると千田の顔がよく見えた。怒っているような顔だった。しゃがみこんでいたせいで、エプロンの裾に血液が付いていた。白いシューズにも真っ赤な血が染みこんでいる。

「エプロン、外してきなさい」

看護師に言われ、汚物処理室で瑠美はエプロンを外し、シューズの汚れをアルコール綿でぬぐった。エプロンを外す時に、ポケットから手紙が零《こぼ》れ落ちた。手紙に血がついたら大変だと思い、瑠美は慌てて拾った。紙の感触が、さっきまで握っていた千田のかさついた皮膚の感触と重なり、急に涙が溢れた。これが看護師の仕事かと思うと、本当に嫌になった。久しぶりに学校をやめたいと思い、狭くてアンモニア臭たちこめる薄暗い汚物室の中で、瑠美は固く目を閉じ嗚咽《おえつ》しそうになるのをこらえた。

息を引き取った千田の身体を拭いていると、

「もう入ってもいいでしょう」

という男の声がドアの外で聞こえ、親族らしき人たちが入ってきた。

瑠美は咄嗟にその中から千田の孫であり彼が手紙を渡したがっていた青年を探したが、それらしき人はいなかった。親族はベッドに横たわる千田との対面もそこそこに、荷物を片付け始める。片付けるというよりも、千田が最後に病室に持ち込んだ荷物を点検しているような様子だった。無造作に床頭台の引き出しを開けたり、ボストンバッグをえぐるような手つきでかき回していた。

「すいません。千田さんのお孫さんで野木佑太さんという人をご存知ですか」

一心不乱に作業するように荷物を片付け始める親族に向かって、瑠美は声をかけた。すると、中年の太った女が動きを止めて、

「佑太は……遠縁の者ですが」

と振り返った。

「佑太さんは来ておられます？」

女は瑠美の問いかけに、眉をひそめた。

「来てませんわよ。それがなにか？」

女の不機嫌な口調にたじろぎ、白衣のポケットに入れていた手紙を出すか出さないか迷

っていると、

「入れ歯はそちらで処分してくださいね」

と女が瑠美の背後にいた看護師に言いつけた。

「でも入れ歯は棺の中に入れて……」

と瑠美が言いかけるのを遮って、

「処分、してください」

と女は言った。薄い唇を歪め、文節を区切るようにしてそう言われ、瑠美は思わず、手紙を隠すようにポケットを上から押さえた。


佑太に会うことができたのは、千田が亡くなってひと月近くも経ってからだった。それより前に花房チヨの手がかりを求めて日本赤十字社を訪れたが、やはり彼女は亡くなっていた。

佑太と連絡を取るために、瑠美はカルテから写し取った番号に電話をかけた。カルテの電話番号は千田の長男のもので、電話をかけると長男の娘らしき女がでた。瑠美が自分は千田の入院していた病院の看護学生であることを名乗り、佑太の連絡先を聞くと、娘はあっさりと教えてくれ、連絡がとれたのだった。

瑠美は、福岡から上京した佑太と、病院の前で待ち合わせた。

「祖父がお世話になりました」

待ち合わせの場所で会うと、瑠美とそう年齢の変わらないだろう青年が、東京タワーを背景に立っていた。本当は千田の見舞いに来なくてはいけなかったのにと、佑太は詫びた。

「私に謝ることではないですよ」

と瑠美が言うと、寂しそうに笑い、また頭を下げた。

佑太の母親は千田の末娘だったが、母親は何年か前に亡くなっており、それからは千田とも母方の親戚とも疎遠になっているのだと彼は話した。

「僕は……ちっちゃい時、すごくじいちゃんに可愛がってもらってたから」

佑太は掌を太腿あたりにもっていき、幼かった自分の背丈をなぞった。

瑠美は佑太とのやりとりの中で、千田が妻を亡くしてからの十数年間、心を閉ざして生きてきたことを知った。千田は佑太の母親以外に二人の息子がいたが、年を経るにつれて彼らとそりが合わなくなり、その嫁たちにも疎まれるようになったこと、息子たちは家業の材木屋を継ぐのを嫌がり家を出たが、財産としての材木や家や土地をめぐって兄弟の仲たがいが始まっていたこと、千田の死期が迫り、そのわずかな遺産の行方を案じた親族たちが躍起になって遺書を書くように迫っていたことなどを佑太は話した。

「詳しくは僕もあまり知らないんだけど……。でも自分の親戚だけど、なんかぞっとしちゃいますね、大人のああいう姿は……。ぼくも年を取ったらそうなるのかなぁ」

話をしながら佑太は苦く笑った。

瑠美は佑太に、千田から聴いた花房チヨの話をした。初めて聴く話のようで、佑太は何も言わず緊張した表情で静かに聴いていたが、ふと気がついたように、

「ぼくはその時代に生きていたじいちゃんを見たことがあります」

と言った。

「記憶があやふやで、季節が秋だったことくらいしか他には覚えてないんですが、その日、ぼくは一人暮らしをしているじいちゃんの家に遊びに行こうと思いつき、バスに乗ってました」

夕暮れの窓の外の景色をぼんやりと眺めていると、小さな公園でひとり歩いている千田の姿が目に入った。バスがちょうど赤信号で停まったから、ゆっくりと祖父の姿を見ることができた。千田はいつもの作業着のまま、変な歩き方をしながら、ベンチの他には遊具もなんにもない小さな公園をぐるぐると歩き回っていた。腕をまっすぐに伸ばし足を高くあげ、彼にしか見えていない前の人の背中にぴたりとついて行進していた。

「こわかったです。その時のじいちゃんの顔が全然知らない人のようで、狂っているのかと」

でも千田の歩き方が軍人のそれだと気がついて、なぜだか涙がこみあげてきたのだと佑太は言った。

子供だった自分はその時なぜ泣きたくなったのかしばらくずっとわからなかった……。

「それからかな……。ぼくにとってじいちゃんは特別な人になったんだと思います」

親や親戚たちが千田のことを自分勝手だ頑固だと非難しても、自分はそうは思わなかった。辛いことを辛いと言わず、悲しいことを悲しいと言わず、そのぶん憎まれ口をたたいて、そうやって必死に生きてきたんだといつしか思うようになった。千田の暮らす古い家のガラス窓には幾筋ものひび割れがあって、そのひびに合わせて手術の痕《あと》みたいにビニールテープが細かく貼られている。自分はその修繕の跡を見るたびに、祖父は自分の内にある傷痕も、そうやって人知れず直してきたのだろうと感じてきたのだと佑太は言った。

「あなたが千田さんのこと、いちばんよくわかっていたのね」

瑠美が言うと、佑太は両方の口端を下げて泣き出しそうな表情で、

「でもぼく、本当はじいちゃんのこと忘れてたんだ……じいちゃんが死んでしまうまで、忘れてたんだ」

と唇を歪めた。今までしゃんとしていた佑太の背中が、背景に気圧《けお》されるかのように萎れていた。

「手紙、渡せてよかった。花房チヨさんはもう亡くなっていたけれど、この手紙、千田さん本当はあなたに読んでもらいたかったんじゃないかな」

瑠美は鞄から手紙を取り出すと、何かを摑むように、あるいは手放すかのように開かれ

た彼の掌に封筒をあてた。リレーのバトンを渡すように力を込めて手紙を渡すと、紙が肌を打つ音が小さく鳴った。

第十三章　家族のかたち

　今から佐伯の家に行くので付き合ってほしい、というメールが千夏から来たのは、五月半ばの日曜の朝だった。突然のメールだったけれど、その突然な感じが思い詰めた千夏の深刻さのようで瑠美は断れず、待ち合わせの品川駅に向かった。本当は自分ひとりで行くつもりでいた千夏は品川駅から瑠美にメールを打ったので、千夏が一時間近く瑠美を待つような形の待ち合わせになった。

「お疲れ。ごめんね忙しい時に」

　京浜東北線のホームのベンチに千夏は座っていて、瑠美を見つけるとすまなさそうに言った。

「どうしたの？　何かあったの」

　瑠美は状況がつかめず訊いた。

　瑠美たちは2クール目の実習に入っていて、今はグループが二つに分かれ、瑠美と遠野が産婦人科へ行き、千夏と佐伯が脳外科へ行っていた。実習先が違うと何日も顔を合わせないこともあり、お互いのことがあまりわからない。

「うん。佐伯さんがね、休んでるんだ。ずっと」

「休んでるって実習を」

「そう。ゴールデンウィーク明けから来てない。連絡も取れないんだ」

千夏は小さな声で言うと、ホームに停まった電車に乗り込むために腰を上げた。車内は今からどこかへ出かけようという家族連れが何組も乗っていて、子供たちのわくわくした感じが日曜日らしかった。

「先生も何も言わないし、気になって」

ふたりは乗降口の前に立ち、並んで窓の外を眺めながら話した。千夏が言うには出席日数が足りないので、佐伯が今回の実習を落とすのは確実だとのことだった。

「佐伯さんらしくないわね」

「うん。ほんとは一人で訪ねていくつもりだったんだけどちょっと不安で。もし佐伯さんが悩んでいたりしたら、あたしなんかじゃ心に響くようなこと言ってあげられないし……瑠美がいたらと思って。瑠美だって実習の準備で忙しいのにね。ごめんね。ほんとに今日用事無かった？」

千夏がじっと目を見て謝るので、瑠美は車窓を眺めるように視線を逸らし、

「無かったわよ。別に」

と言った。本当は昼から瞬也と出かける約束をしていた。

「で、どう？　母性。瑠美と赤ちゃんって似合わない気がするけど」

屈託のない口調で千夏が訊いてきた。産婦人科実習は正式には母性看護学実習といわれている。

「得意、得意。赤ちゃんも私に抱かれると泣きやむし」

「それって、泣く子も黙るなんちゃらって感じなんじゃないのかな。遠野さんは？　遠野さんも赤ちゃん抱いてるところ想像つかないんだよね」

産婦人科実習では妊婦を受け持ち、期間中に一度は必ず分娩に付き添わなくてはならない。瑠美の受け持つ妊婦は出産はまだ先だったが、遠野は実習初日に分娩があり、生まれたての赤ん坊を腕に抱いていた。さすがの彼女も、小さな赤ん坊に触れる時は顔がひきつっていたことを話すと、千夏は楽しそうに笑った。

「遠野さんが焦ってるとことか、見たいよぉ」

千夏が言った。

「あの人は焦ったりしないわよ」

瑠美が言うと、千夏は「そうだね」と俯いた。

窓の向こうで景色が飛ぶように流れていく。緩やかな振動が足裏から伝わってきた。

「この頃……」

言いかけた千夏の声が、車内のざわめきでかき消されたので聞き返すと、

「この頃瑠美に会ってもらえるんだって言ってた。嬉しそうに。瞬也」

と歯切れ良く、元気いっぱいという感じで千夏が言う。

「ちょっと瑠美、やめてやめて。困惑顔にならないで。そんなつもりで言ったんじゃないんだよ。瞬也の単純さを笑おうと思って言ってるだけだよ」

「ごめん……」

「なになに、謝らないでね、ほんと。それとこれとは別なんだって。あたしと瑠美との関係と、瞬也との関係は別だよ。うまく言えないけど、あたしの中では別なんだ」

自分の顔の前で何度も手を振ると、千夏は頷き、

「あたしと瑠美が友達だってことと、瞬也が瑠美を好きだってことはまったく別の話なんだよ。気を遣われるとかえって困っちゃうよ」

と言った。「でもあいつの鈍感さには感心するね。あたしが自分のことを好きだなんてこれっぽっちも思っちゃいないよ。まあ男なんて、自分の気づきたいことしか気づかない生き物だからなあ」

温めていたエンジンが徐々に回りだすように饒舌になっていく千夏の言葉を、瑠美はぼんやりしながら聞いていた。

窓の外に目をやりながら、瞬也がどこまで千夏に話したのだろうかと考えていた。

この前瞬也に会ったのは、ゴールデンウィークのちょうど真ん中の頃だった。電話がかかってきて、時間があったら、今からどこかへ出かけないかと誘われた。もしその誘いがメールの文面だったら、きっと断ったと思う。でも折り目正しい潑剌とした話し方と、言葉と言葉の隙間にのぞく緊張と戸惑いを耳で感じると、会いたくなった。

瑠美が出かける意志を伝えると、瞬也は弾んだ声で待ち合わせの場所だけを告げた。瑠美はそれから慌てて化粧をし、着替えてほとんど三十分以内に待ち合わせた場所に着いたのだが、瞬也はすでに待っていて、電話の声と同じ快活な笑顔で瑠美に向かって手を上げたのだった。

「私、電話をもらってから三十分で来たのよ。なんであなたがもういるの？」

腕時計を見ながら瑠美は言い、首を傾げた。

「おれ、実はもうこっちまで出てたから。まさか埼玉からこんなに早くは来られないよ。瑠美さんにもし断られても、ひとりで行くつもりだったし」

白いポロシャツにジーンズという前と同じ服装をしている瞬也は、体操服を来た運動部の男子というイメージだった。

「ほんといい？　まぐろ食いに行くってことで」

「いいわよ。まぐろ、好きだし」

瑠美が言うと瞬也は嬉しそうに笑い、「はいこれ」と切符を渡した。瑠美を待つ間手に握り締めていたのか、切符は汗と熱でよれていた。

「三浦海岸までけっこう距離あると思うよ」

連休なのに電車の中はけっこう空《す》いていて、二人はゆったりと並んで腰掛けることができた。ゴールデンウィークや盆、正月はみんなどこかへ行ってしまうので、東京は案外人が少ない。そんな快適な時期に都外に出掛ける必要なんかないじゃないかと、瑠美の母などは言う。

「知らない所へ行くのは嫌いじゃないから」

瞬也からの電話がなければ、瑠美は連休中ずっと、家で実習の課題をしていただろう。一日くらい患者のこと、病気のことを考えない休日があってもいいんじゃないだろうか。

「うまいらしい。その店」

ジーンズの尻ポケットから紙の切れ端を取り出すと、瞬也は瑠美に見せるように広げた。紙には「三崎亭」という文字と落書きのような地図が描かれている。

「友達に聞いたんだ。めちゃうまいって言うからいつか必ず行こうと思って、地図描《か》いてもらっといた。やっと実行できるよ」

電車の揺れが二人の間にあった緊張を少しずつほぐし、話したり笑ったり自然な会話が重なっていく。

「実習、大変？」

「まあ……大変かしらね。病棟ではずっと動きっぱなしだし、家に帰ったら帰ったで、看護過程っていうとんでもない量の課題があるの。患者一人あたり、そうね……B４の用紙三十枚くらいは書くかな」

受け持ち患者がなんらかの理由で変更した時、たとえば退院したり転科したり亡くなったりした時は、また新しい受け持ちの看護過程を作り直さなくてはならない。そのことを説明すると瞬也は感心したように溜め息をついた。

「すごいね。実習が始まってからずっとやってるんだろ、そういうの」

「三年の冬まで実習は続くから、だいたい二年間くらいはやることになるのかな」

「集中力と持続力と忍耐力の勝負だな。ほとんど訓練だな」

「訓練よ。専門学校だし」

「それにくらべるとおれら文系大学生はユルい日々を送ってるわ。申し訳ない。お詫びにまぐろ奢るから」

冗談とも本気ともつかない真面目な表情で瞬也は瑠美の顔を見た。瑠美がくすりと笑うと、瞬也も嬉しそうに笑う。

電車が駅に到着し、すっかり馴染んだシートから立ち上がった時には、二人は緩やかでほころんだ空気を身につけていた。

駅から少し歩き始めると、真正面から海風が吹きつけてきて、潮を含んだ湿った空気が瑠美の顔にはりつく。

「海だなぁ」

大きな声で言うと、瞬也は嬉しそうに目を閉じた。

「潮の香りって嫌いじゃないわ」

「ほんと？　おれも。なんかちょっと懐かしいよな。なんでかな、おれ別に海辺に暮らしてきたわけでもないのに」

漁港に人の姿はなく、静かだった。さざ波に漂う漁船と、猫たちの鳴き声が、静かな景色を揺らす。

「三崎亭」を探しながら、二人で民家の間の細い道を歩いた。細い砂利道は、角を曲がればまったく違う景色が見えた。海が見えるときもあれば、突如現れた花畑に遭遇することもあって歩いているだけで楽しかった。猫の多い町で、そこら中に、まるで見張りを置いているみたいに座っていて、時々じっと瑠美の顔を睨みつけたりした。

「漁港だから猫が多いんだな」

「そっか。漁のおこぼれを食べるのね」

「なんでもない景色だけど、なんかいいな。おれきっとずっと覚えてるわ、この景色とか道の感触。隣にきみがいてもいなくても、忘れない」

瞬也が瑠美の手に触れ、そのまま握って歩いた。

「次で降りるんだよね」という千夏の声で、瑠美は自分が長い時間ぼんやりとしていたことに気がついた。

「え……っと、そうだっけ」

「瑠美ってば、目開けながら寝てたでしょ、今」

千夏が笑う。「まあ疲れてるとこ急に呼び出したのあたしだけど」

「そうね。ぼんやりしてた。次の駅ってどこだっけ」

さっきまで向かい側の席に座っていた家族連れがいつの間にかいなくなっていて、代わりにまだ中学生かと思うような若いカップルがくっついて座っている。

「ごめんね」

路線図を見ようと席を立った千夏を見上げ、瑠美は言った。

「なに謝ってんの？　瑠美ってば意味不明」

千夏はおかしそうに口をあけて笑った。


駅からは、一年前に訪れた時の記憶と、住所表示を辿って佐伯の家まで向かった。閑静な住宅街なので、目印になるような店舗や看板がなく、電柱に貼られたプレートにある番地だけが頼りだった。

「佐伯さんの家がある筋の角に、動物病院があったのよね、たしか」

敷地の広い家屋を見上げ、瑠美は言った。

「ええっ、そんなのあったっけ。よく覚えてんね。さすがだね。あたしなんてさっきから初めて来た場所を歩いてるフレッシュ感でいっぱいだよ」

千夏は言い、

「それにしてもどんな仕事をすればこんなでかい家に住めるんだろうね」

と溜め息をついた。

「看護師になって必死に夜勤して、何十年も身を粉《こ》にして働いてもきっと住めないんだろうな。こういう家を買うにはきっとコツがいるんだと思うよ」

「コツ？」

「うん。パソコンのキーボードを叩くだけでなんかすごいことできちゃう、みたいな。そういう類《たぐい》の能力が大金を稼ぐんだよ、きっと。時間と肉体的な労力をかけずに、さらりと」

「つまり頭脳で仕事するってことでしょ。珍しいじゃない、千夏にしては。そんなこと言うなんて」

「あたしだって深刻に考える時はあるんだよ、ほんと。眠る時間削って、身体が軋むほど働いて、それなのにお給料の少ない人生はやり切れないだろうな、とか。なんでそんな不公平が生まれるんだろうか、とか」

「それは不公平でもなんでもないわよ。人生は二十歳からスタートするわけではないのよ。当たり前だけど生まれた時から始まってるの。小さな頃からなんでもいいけれど人より努力してこつこつ積み重ねてきた人が、いい暮らしをするのは当然じゃない。勉強でもスポーツでもなんでも」

自分は大学受験に失敗した時点で、就ける職業の選択肢は減ったけれど、それは自分のせいなのだ。十八歳の自分が、合格した他の十八歳にその時点で劣っていたからなのだと瑠美は言った。

「瑠美は劣ってなんていないよ」

「あんたがなにむきになってるのよ。その時点で、って言ったでしょ。挽回のチャンスはいつでもあるわよ」

「えっ。……玉の輿に乗るとか？」

「あんたばかじゃないの。そんな他力本願なことじゃなくて。人生はうまくいけば八十年近くあるのよ。私たちはまだ二十歳なのよ。大学に行きたくなったらお金ためてまた受験すればいいし、看護師になって主任になって師長になって部長になってさらには病院の幹部になるっていう道だってあるかもしれない。地道に努力すればって話だけれど」

自分の背丈よりも高い塀の向こう側に建つ、どれも豪奢な家々を見上げ瑠美は言った。

「驚き。瑠美にしては前向きな話だね。じゃあつまり一にも二にもまず体力勝負ってことだよね」

「……どうしてそこなの。なんで勝負どころが体力なのよ」

「ほら、挽回するには長生きしないといけないからだよ」

千夏は意気揚々と言うと、両目一・五の自慢の視力で、遠くにある緑の看板を指して、

「動物病院って書いてあるよ」

と叫んだ。

千夏の言うとおり看板には「ともさか動物病院」と書かれていて、ここまで来るとあとは瑠美の記憶の中にある風景だった。

「こうして改めて見ると佐伯さんのお家も立派だねぇ」

家まで辿り着いた嬉しさで顔を綻《ほころ》ばせ、千夏が言った。朝から何度か電話やメールをしていたが佐伯とは繫がらなかったので留守という危惧《きぐ》もあったが、駐車場には車があった。窓のカーテンも開いている。

「ブザー押してみるね」

インターホンについているカメラのレンズの中の世界を窺うようにして千夏が、指に力を入れる。

何度かインターホンを鳴らし、やはりなんの応答もないので、二人は顔を見合わせて頷

くと、落胆の息を同時に漏らした。

「しょうがないね。だってなんの連絡もなしに来たんだもん」

気持ちを立て直すように明るい声で言うと、千夏はにっこり笑った。その時、玄関のドアが開き、

「ごめんねっ」

と叫ぶ声がした。

「千夏ちゃん、瑠美さん、ごめん。来てくれたのねぇ。私、納戸にいたから全然聞こえてなくって」

エプロンとマスクをつけた佐伯が、すまなさそうな顔をして二人を見つめる。

「ああよかったぁ。佐伯さん、いたんだぁ。会えた会えた」

千夏が「よかった」を連発し、心底嬉しそうな顔で瑠美と佐伯を交互に見た。瑠美も、ほっとした笑顔で佐伯を見ると、いつもの変わらない微笑で佐伯が頷く。

「どうぞ。入って。すごく散らかってるけど」

佐伯は玄関の扉を全開にし、中へ入るように手招きする。

家の中が前に来たのとはまったく違う雰囲気なのは、部屋の片隅に積み上げられた段ボールの箱のせいだろうか。瑠美は目を見張って部屋中を見回した。

「びっくりしたでしょう、あんまり散らかってるものだから」

「模様替え？　にしてはすごい数の段ボール箱だね。引越しでもする感じ」

テーブルやソファなど家具はそのまま前の位置にあったが、その他のこまごまとした雑貨がなくなり、室内はモデルルームのような無機質な感じになっている。

「そう……なの。引越しをするのよ。といっても、私と子供たちだけがこの家を出るの」

言いにくそうに、佐伯が言った。言葉の意図を読み取ろうと佐伯の顔を見たが、彼女は複雑な表情で唇を固く結んでいる。

「佐伯さんたちだけが家を出るって？　旦那さんが単身赴任とか？　あれ、だとしたら旦那さんだけが引越しだよね……」

千夏が不思議そうに言い、答えを彼女なりに探していると、

「離婚するの。私、夫と」

きっぱりと佐伯が言い放ち、自分で確認するような言い方で、

「そう。離婚することを決めたのよ」

と続けた。

「離婚って……ええっ、離婚するの、佐伯さんっ」

リビングに離婚という言葉が何度も響くので、瑠美が子供たちのことが気になり辺りを見回すと、

「大丈夫よ、瑠美さん。子供たちは私の実家に行ってるの、先に。私ね、とりあえず実家

に戻ることにしたの。それからどうするかはまたゆっくり考えるつもり」

と佐伯がいつもの穏やかさを取り戻し、目だけで微笑んだ。

もうずっと前から、夫と別れることを考えていたのだと、佐伯は話した。

「看護学校へ行ったのもね、昔の夢の実現だとか社会参加だとか、そんな悠長な理由ではないのよ。ただただ稼げる免許が欲しかったの」

結婚をして子供を授かり、数年間は迷わず子育てをしてきたのだと佐伯は言った。

多くのことを考えず、子供の食事を作り、遊ばせ、風呂に入れて眠らせて……そうこうしているうちにあっという間に一日が終わった。そんな生活を続けていて、ある時ふと、自分と子供の生活に夫がまったく加わっていないことに気がついた。もちろん、月々の決まった生活費は通帳に振り込まれてくる。でもそれだけだった。

「世の中には生活費も渡してくれない夫だっているのだから、それ以上を望む自分は贅沢なんだと思ったわ。彼だって仕事をすることで育児に参加してくれているんだからって。子供たちと過ごす時間はやっぱり幸せだったし……」

だが、もともと出掛けることが好きな夫は、暇を見つけては一人でどこかへ行ってしまい、佐伯と子供たちは休みの日も三人で過ごした。夫から話し掛けてくることはめったになく、そのうち佐伯も自分から話しかける気持ちを失くしたので、夫婦の会話もいつしか途絶えた。

「夫にとったら、私と話をしても得るものがない、と思っているのかもしれない。だって話すことすべて家の中で起こる些細《ささい》なことだし……」

「でも会話って些細なもんじゃないかな、普通」

千夏が言った。

「そうよね。自分の得になるかならないか、興味があるかないかというだけで、大体些細なものよねぇ」

千夏の相槌に嬉しそうに頷き、佐伯は続けた。

「仕事をしている人はその中で小さな喜びがあって、その繰り返しが生きていく上での楽しさでもあり幸せでもあるでしょ。それは育児や家事においても同じなのよ。嬉しいことがあったら聞いて欲しいし、そんな自分の喜びを知って欲しいの。自分に関心を払ってもらいたいとは言わないけれど、せめて子供たちには本気で目を向けて欲しいと思ってた」

佐伯はふうっと息を吐き、首を傾げ、諦めたように笑った。

家具はすべておいていくけれど、子供たちや自分の物は持っていかなくてはならないので、結構な荷物になった。子供を育てるというのはきれいごとではないので、養育費の問題はきちんと話し合うつもりだと佐伯は言った。

「きっかけって……、あったんですか」

瑠美は訊いた。以前訪れた時にくらべて家の中が暗いのは、積み上げられた段ボールのせいではなく、子供たちの物がすべてなくなっているからだということに気づいた。リビングの壁に貼られていた子供の描いた絵、テーブルの上に散らばるクレヨン、テレビ台の下のアニメのビデオ……そうした色鮮やかなものたちがなくなっている。なにより、そこにいるだけで光を放つ存在である子供たちがいない。

「きっかけ……。そういうものがあれば、もっと早く決断できていたのかもしれないわねぇ。暴力をふるわれるとか、浮気されたとか。そういう決定的なものは……ないの。しいていえば止まった時計かな……」

「二時を指したまま、止まった時計？」

瑠美は言いながら、壁に据えつけられた時計を見上げた。時計は前に来た時と同じ、二時を指したまま止まっている。

「瑠美さん、よく気がついてたわねぇ。そうそう、あの時計。ずっと止まったままなのよ」

新婚旅行先のイタリアで購入したヴェネチアングラスの置時計。家を建てる時、設計中の夫に頼んで壁を抜いて棚を作り、はめこんでもらった。

電池が切れたのか故障したのか、ある日時計が動かなくなった。

「椅子に乗っても手が届かないから、夫に見てくれるように頼んだの。そうしたら彼、自分は別にいいからって。家の時計を見なくても腕時計や携帯電話の時刻が合っていればいいからって、言ったのよ。その時、この人には家で流れる時間なんて関係ないのだということがわかったの。もう一緒にいる意味も必要もない、と冷たい決意が生まれたわ。聞けばつまらないことでしょ。でもその言葉が私にとってはきっかけ……だったんだと思う」

お茶菓子が何もないけれどと言いながら、佐伯は紅茶を煎《い》れてくれた。

「あたしだったら……あたしだったら旦那さんに文句いっぱい言っちゃうけどな。当たり散らすっていうか。佐伯さんは腹が立って怒鳴ったりしないの？」

千夏が訊いた。佐伯は千夏の言葉にいったん微笑んだ後、

「言ったわよぉ、そりゃ何度も何度も。それでも通じない人には通じないものよ」

と言った。夫との交際期間は決して短いものではなかったけれど、彼の本当の姿を知るまでにはいかなかった。恋愛は生活の一部だけれど、結婚生活は生活そのものだから。生活というのは、その人すべてが露わになり、だからこそより深く愛せたり、嫌悪がつのったりする。

「大変だったね、佐伯さん。学校では先生にやられちゃうし」

千夏が同情を顔いっぱいに広げて言うと、佐伯は苦笑し、

「ほんとほんと。掃除機をかけながらね、人に聞かせられないようなこと叫んでた。だって不条理なこと、思いやりのかけらもないことがこの世にはいっぱいあるもの」

とおどけた口調で言った。口元は笑っていたけれど、丸く見開いた目はかすかに潤んで

いるように、瑠美には見えた。

子供たちを傷つけてしまったという思いは、今でも強く残っている。子供にとったら両親が揃っていた方がいいに決まっているのだ。でもいつか、子供たちに自分の気持ちを話そうと思っている。理解してもらえるかはわからないけれど、おかあさんはそうとしかできなかったのだと打ち明けよう。自分は必死で子供たちを育てる、働く。あと二十年、自分のすべての時間を子供たちにあげてもいいと佐伯は言った。

「すごいよ佐伯さん。偉いよ。あっ、でももう佐伯さんじゃなくなるんだよね離婚したら。旧姓はなんというの?」

千夏の問いに、佐伯は、

「須賀《すが》よ。長年やってきた須賀典子で出直しますわ」

とにこやかに答えた。旧姓を名乗ると、彼女が本当に別人のように瑠美には思え、きっとしっかり生きていくに違いない強さをその姿から感じとった。

「ありがとう。わざわざ来てくれて、本当に……」

本当は車で送ってあげたいのだけれど、今はもう夫の名義の車に乗ることはしないのだと佐伯は言い、駅まで見送ってくれた。

「こんな形で学校を去ることになってごめんね。……看護学校、大変だったけど、千夏ちゃんや瑠美さんみたいな若い友人ができてよかった。いっぱい助けてくれてありがとうね」

涙の浮かんだ笑顔で佐伯は言うと、深々と頭を下げた。この人は本当に大人なのだ、悲しみも苦しみも我慢も、たくさん知った大きな人なのだと瑠美は胸が詰まった。

「二人は、頑張ってね。卒業してね。それから、遠野さんにもよろしく伝えておいてください」

顔を上げ張りのある声で言うと、佐伯はいつもの笑顔を見せた。瑠美たちも笑顔で頷くと佐伯が購入してくれた切符を、改札機に通す。改札機が二人と佐伯の間を隔てると、瑠美の中でもう会うことはないのかもしれないという思いが、こみあげてきた。いつか再会したとしても、同じユニホームを着て実習するなんてことは二度とないのだと思うと、さよならと振り上げた手に力がこもった。隣にいる千夏は、今にも泣き出しそうな顔をして、でも笑っていた。佐伯の背後にあるスーパーマーケットが、白い光を浮かび上がらせている。いつの間にか日が暮れようとしていることに瑠美は気づいた。

「ねぇ瑠美。人って……わからないね」

帰りの車内は空《す》いていて、二人は長椅子の隅に並んで腰かけ、墨を重ね塗るように少しずつ暗くなっていく窓の外を眺めていた。

「なに、佐伯さんのこと？」

「佐伯さんっていつもにこにこしているから、すごく幸せなんだと思ってたよ。そんな……家庭のことでいろいろ悩んでるふうには見えなかったなあ」

向かい側の席には行楽帰りらしい家族連れが四人、父親と母親が子供二人を挟むように座っている。

「そんなものなんじゃないの。千夏だって人から見れば悩み事など皆無のように思えるわよ」

「そお？　まああたしは皆無だけどさ。勉強のことをのぞけば」

指の甘皮で下唇をなぞりながら、千夏が笑う。

「瑠美も、いろいろあるのかな。……他人には見せてない面が」

「私？　それなりにあるんじゃない。自分を百パーセントさらけ出すことなんて不可能よ。肉親にも親友にも恋人にも夫にも、すべては見せられないわよ。だって自分自身でもわからない自分の感情や本質ってあるものでしょう」

瑠美が言うと、千夏は頷き「そうだね」と、いつもとは違う大人びた表情で呟いた。

「でもあたしは知りたいと思うんだ。好きになった人のこと……あっ恋愛とかだけじゃなくて、好きになった人のことのいろいろを知りたいと思うよ」

「千夏らしい」

「うん、でもそういうのって相手の人は迷惑なんだよね。だから気をつけなきゃとは思うよ」

「そうかな……いいんじゃない。だって誰もが距離を置いて人と接していたら、そこから何も始まらないじゃない。踏み込んでいく人がいるから、距離も縮まるし関係が動くでしょう。剣道の間合い……ってそんな感じなんじゃないの？　詳しくは知らないけど」

竹刀《しない》の切っ先と切っ先を突き合わせ、間合いを保ちながら、相手と向き合う。自分がしかけるか、相手が動くか。息を詰め、気持ちだけで闘う時間があるのだと瞬也に聞いたことがある。

「瑠美から剣道用語がでるとは」

と千夏は目を伏せて言い、唇を結ぶように笑顔を作った。

しばらくすると向かい側の席に座っていた家族連れが、降り支度を始めた。父親が網棚に載せていた大きな鞄を下ろし、折り畳んで席の横に立てかけておいたバギーを開き、小さい方の子供を座らせる。子供たちは二人ともいつしか眠りこんでいて、駅に着くと父親は大きい方の子供を背負い片手に荷物を持ち、母親がバギーを押した。電車とホームの間にできた隙間を越える時、父親が片手でバギーを持ち上げるのを見て、

「すごく働くお父さんだね」

と千夏が耳元で囁く。瑠美が黙って頷くと、

「家族を守っている男の人は、軸がぶれないね。なんか折れない感じがするね」

と言葉を繋げた。

「優しい両親がいるのだから、あの子供たちはきっと、幸せになれるね」

千夏が言った。

外はすっかり暗くなり、窓の向こうでビルの窓明かりが揺れている。電車が駅に停車し、ドアが開くたびに、夜の冷たい空気が流れ込んでくるのを瑠美は感じた。

「人に愛されるのって……努力ではどうにもならない、奇跡に近い類のものだと思うよ」

自分は子供の頃、とてつもなく母親に愛されたのだと千夏は話した。自分がとてもさもしい人間のように思え、惨めで情けなくて、それでも意地悪な気持ちが止まらない時、ふと愛された記憶が蘇る。とても大切にされた記憶。自分をすごく価値のある人間に思えた時の記憶。そうした過去の時間に助けられて、自分は何度も再生してきた。ずれた輪郭を正してきた。愛された記憶はかけがえのないもので、人にとっては不可欠なものなのだけれど、必ずしも努力で手に入るものではないのだと千夏は言った。

「子供時代の大切さは……大人になった人にしかわからないんだよ」

大人びた口調で呟いた後、千夏は大きな欠伸をした。そんな彼女を見つめ、瑠美は千夏こそ人に見せていない部分がたくさんあるのだろうと思った。自分の知らない千夏を、きっと瞬也は知っているのだろう。そしてまた瞬也の知らない千夏を、自分はたくさん知っている。

千夏ともっと話をしたいと思ったが、何を話せばいいかわからず頭の中でぐるぐると考えているうちに、瑠美の降りる駅に着いた。千夏が「今日はありがとう」と言ったので、瑠美は自分の方こそ誘ってもらえてよかったと伝えた。いつの間にかいなくなってしまったというような佐伯との別れにならなくて、本当によかった。

「人の心の中に踏み込んでいける千夏が親友で、よかったわ」

冗談っぽく言うと、千夏は本当に嬉しそうに笑った。遠ざかっていく電車の中から、こちらに向かって小さくVサインをしている千夏を瑠美はホームで見送った。千夏と知り合ってから何度もこうして別れているなと瑠美は思った。何度も別れ、そしてまた何度も顔を合わせる。いつか顔を合わせなくなる時が来ても、こうして彼女に笑顔を向けられた記憶は残るだろう。千夏がさっき言ったように自分を支える大切な記憶として、自分の心に残り続けるだろうと瑠美は思った。


仕事帰りのビジネスマンで混雑する品川の駅を歩いていると、鞄の中の携帯電話が鳴った。瑠美の周りにいる何人かの人が自分かと思い慌ててそれぞれの電話を確認している。瑠美も急いで携帯を手にして電話に出ると、

「今どこにいるの」

という女の声がした。

一瞬千夏が何か用事でも思い出したのかと思ったが、彼女の声ならわかるし、千夏から電話がかかってきた時は着信音が違う。瑠美が怪訝に思って電話の声に答えずにいると、

「遠野です。今すぐ来てくれない、悪いけど」

と早口の声が耳に届いた。

「無理です」

瑠美ははっきりとした声で言った。前を歩く人が振り返るくらいだから、結構大きな声だったのだろう。すると電話口の遠野は、

「今どこなの？」

と苛立った声で繰り返した。

「品川。でも無理。行くことはできません」

瑠美が電話を切ろうとすると、

「とにかく御成門まで来て。品川からなら京浜急行に乗って三田で三田線に乗り換え。あとはわかるでしょ。御成門についたら学校の裏の愛宕《あたご》ヒルズの高層マンションの2113号室。オートロックだから玄関で番号を押して。覚えたわね？」

遠野がそれだけを言って電話を切ろうとしたので、瑠美は慌てて、

「行かないからっ」

と電話の向こうに向かって叫んだ。

携帯の向こう側で数秒沈黙があり、耳を澄ませて返事を待っていると、

「……助けて」

という遠野の、静かな声が耳を埋めた。

なんで私が……と頭の中で繰り返し呟きながら、京浜急行の乗り場を探し歩いた。自然と駆け足になっているのは、最後に聞いた遠野のひと声のせいだ。どうして私が、どうして私がという呟きがしだいに足を前に踏み出すリズムになってくる。

御成門の駅を降りて地上に出ると、雨が降っていた。春の雨はまだ冷たい。濡れることに一瞬ひるんだが、瑠美は暗い空を睨みながら一歩を踏み出す。さっき遠野からかかってきた番号に電話をかけてみたが、誰もでない。

夜にそびえる東京タワーを左手に見ながら緩やかな坂を上っていく。夜の景色は昼間とは違いどこか作り物のようで、瑠美は歩きながら自分の知らない所へ向かっているような錯覚を覚えた。

「愛宕ヒルズの高層マンションって……」

遠野はきっと看護学校の裏にある新しい建物のことを言っているのだろうが、正式な名称を瑠美は知らない。でも学生たちはみんな並外れて高層の円柱型マンションのことをそう呼んでいる。一ヶ月の家賃は五十万だったか百万だったか……。とにかく瑠美には縁の無い場所だった。

高級ホテルのロビーのように洗練されたエントランスに、部屋番号を押すためのインターホンが備え付けられている。

「2、1、1、3……」

ゆっくりと部屋番号を押し、チャイムが鳴るのを確認して返答を待っていた。返答を待つ間、傍らにある花に手を触れてみる。瑠美の身体ふたつぶんくらいの大きさの壺に花が生けてあり、さりげなく花に触ってみると造花ではなく生きたものだった。

あまりにも返答が遅いのでもう一度インターホンを鳴らしてみようと指を伸ばした時、ようやく声が聞こえてきた。

「入って。エレベーターで二十一階よ」

遠野の声がしたので、瑠美は小さく溜め息をつく。身の危険でもあったのかとそれなりに心配していたので、落ち着いた彼女の声に安堵と腹立ちが入り混じる。エレベーターに乗り込むと、静寂が急に迫ってきて、機械が振動する音が耳に響いた。

知り合いの娘さんの話なんだけどね……。数日前に母親が喋っていたことを思い出す。その娘さん、音大生で一人暮らしをしていてね、ある日の夜、部屋のインターホンが鳴ったんですって。通りがかりの者だけれど、お腹が痛いので救急車を呼んでもらえませんかって。ちょっと電話を貸してくださいませんかって。丁寧な言葉遣いだったんだけど、男の人の声だったし、夜だったし、やっぱり気持ち悪いってことで断ったんだって、申し訳ないって思いながら。……そうしたらね、あくる日の朝、娘さんのお隣に住む人、殺されてたそうよぉ。ほんとの話よ。瑠美も気をつけなさいね。

十五階、十六階……と階数が点灯するのを凝視しながら、瑠美はそんな話を思い出していた。都会で恐いのは幽霊なんかより人そのものだと、母親はいつも言っている。人が恐い。知らない人はもちろん、知っている人も恐いわよ、気をつけないと……と。

しだいに縮んでいく気持ちを膨らませるために、窓から外を眺める。高所恐怖症の人なら足がすくむだろうガラス張りは、夜だから地上は見えず、窓の明かりで全体が光るようにそびえ建つ大学病院と、ライトに照らし出された東京タワーが見えた。

絨毯が敷き詰められた廊下を歩き、２１１３号室を探す。急ぎたいのと後戻りしたいのとで、歩く速度は自然といつもどおりの歩みになった。

「こんばんは。木崎です」

ドアの前のインターホンのボタンを押して、瑠美は言った。自分でも情けないくらいか細い声しか出ない。

ドアが開いて、遠野が顔を出す。化粧気の無い顔で微笑むと、「入って」と瑠美の背中を抱くようにして中に引き込む。

「でも……」

「いいのよ。とにかくあがって。事情はすぐにわかるから」

なんか不自然な感じがすると思ったら、遠野はキャミソール姿で、薄着というよりむしろ下着という格好だった。剥き出しの肌にぎざぎざの楕円型をした跡がいくつもあり、瑠美が凝視していると、

「歯型よ」

と遠野はおかしそうに笑う。

「看護学校の親友が迎えに来てくれたのよ。もういいでしょ、帰るから」

廊下の突き当たりに部屋があるようで、廊下を進みながら遠野は中に向かって声を上げた。

「はいもう冗談はこれでおしまい。先生、返してくださいよ、私の服と携帯電話」

廊下の突き当たりの擦りガラスの扉を開けると、ソファとテレビだけしか家具のない二十畳ほどの広い部屋があった。

「友達がわざわざ迎えに来てくれたのよ。先生のことも全部話してる、私の親友」

ソファの真ん中に怒りを露わにした男が座っている。瑠美の父親くらいか、あるいはもっと歳を取った恰幅《かっぷく》のいい男が、唇をきつく結んだまま上目遣いで瑠美を見た。瑠美はひるまないように、男の目を見据えたまま小さく会釈する。

「もう先生との話は終わりましたから。私は帰ります」

さっきから同じやりとりを何度もしていたのだろう、遠野の横顔から疲労が滲んでいた。

それでも相手を責め立てることのない、どこか相手の逃げ場を残すような口調で、遠野は繰り返した。

「きみは別れられるのか？　そんなにきっぱり」

男が言った。自信に満ちた張りのある声だった。

「だってしかたないですもの、奥さんに知られてしまっては……。寂しいけれど受け入れるしかないわ」

瑠美には遠野の声が芝居がかって聞こえたが、男はそうは取らなかったようで、悲しそうに目尻を下げる。

「妻のことは別にいい、とこれほど言ってるのに……」

「私の中ではそうはいきません。人を傷つけてまで、自分が幸せになろうとは思わないから……」

胸の前で両手を交差して、自分の細い肩を抱きしめるようにして遠野が言った。「もう終わりにしましょう。私の服と携帯電話を出してください」

伏せていた顔を上げ男を見つめると、遠野は微笑んだ。瑠美まで切なくなるくらいの、可憐な微笑みだった。

男は憮然とした表情で立ち上がると、ゆったりとした動作で部屋を横切り、部屋の奥にあるドアを開けて出ていった。マンションの一室でありながら全貌がわからないほど広い間取りだった。

「すぐわかった？」

男が部屋を出て行くと、遠野がいつもの淡々とした口調で言った。

「わかったけど」

「悪かったわね。後で何か奢るわ」

「そんなのはいいけれど……なによ、これ」

二人でひそひそと話しているところに、男が戻ってくる。遠野の服らしいものが男の手の中にあった。

「何回も携帯、鳴ってたぞ。電話もメールもきてる」

「そうですか……。今日バイトだったから。店長からかしら」

「メールの内容はそんな感じじゃなかった。今から会えないか、どこにいるのかと何度も寄こしてきてる」

「先生、見たの？　私の携帯」

「当然のことだろう。藤香が勝手なことを言い出すから……。男だろう。誰だか言いなさい。番号は〇九〇三四五……」

憮然とした表情で男は言うと、新しい怒りを露わにし始めた。

「それ……私の携帯の番号です。ずっと藤香さんにメール送ったり電話したりしてましたから」

瑠美は言った。「すいません、返事がなかったもんですからしつこくて」

冷静な口調で瑠美が言うと、男は疑うような眼差しのまま遠野に携帯電話を渡した。

「いい。もう帰るから」

マンションを出ると遠野が何か食べていかないかと言ってきたので、瑠美は冷たい口調で断った。

「助かったわ」

雨はさっきより小降りになっていたが、気温はぐっと下がり、足の先が冷たい。

「助けるつもりなんてなかった」

「あなたに頼んでよかった。あの人、逆上するところだったの。別れ話している時に他の男からメールや電話かかってきてたんじゃ、うまくいくものもいかないじゃない。あなた機転が利くわね」

瑠美は無言で、御成門の駅に向かって歩いた。さっきの電話番号が拓海のものであることは遠野も気づいているはずだった。

「遠野さんは……なんでこんなことばかりするの？」

「こんなこと？」

「不毛な恋愛の繰り返し。好きでもない人とつきあって別れて、何が得られるの？」

「不毛かどうかは、私しかわからないでしょう。それに、それなりに得てるわよ」

「なにを？」

「お金。それに他にもいろいろね。……私しかわからないわ」

遠野を振り切る気持ちで瑠美は思い切り早歩きをしていたが、歩幅の大きい遠野はゆったりとした歩調でついてきた。遠野から漂ってくる香水の甘い香りが雨の湿った匂いと混じる。

「さっきの人、医者でしょ」

「そうよ。うちの病院ではないけれど、外科部長やってるみたいよ、ああ見えて」

服や携帯を隠されて一日半も軟禁状態だったのだと、遠野は言った。興奮すると肩やふくらはぎ、時には尻の肉を嚙むような人なので、逆上したら何をされるかわからず、瑠美に助けを求めたのだと遠野は苦笑まじりに言った。

「まったく知らないあなたが来たら、さすがに取り繕うと思ったのよ。よかった、思った通りで」

「別れ話してたの？」

「そう。奥さんに関係を知らせたから。そうなると普通はたいていあっさり別れられるもんなんだけれど、彼の場合はちょっと違ったのね。妻の方も別にいいみたいね、夫が外で何をしていても。あのマンションも別宅だし。世の中にはごまんといるのよ、自分と子供の上等な生活さえ維持できれば、夫が他所《よそ》で何をしていても平気な妻が。不思議よね、それで家族だなんて……」

食事は無しでも、コーヒー一杯くらいはつきあいなさいよと遠野がしつこく言うので、駅前のコーヒー専門店に入った。コーヒーが飲みたかったわけではなかったが、いつもより饒舌な遠野の話を、瑠美はもう少し聞こうと思った。今日なら、遠野のことを少しわかるような気がした。

「警告を……与えてるのよ」

三杯目のビールを飲み干し、遠野は笑った。ブレンドを注文する瑠美の傍らで、遠野はメニューにあったビールを頼んだ。二階のオープンカフェには客がひとりも無く、雨を避けるために屋根のある席を選び、並んで座った。

「世の家庭の妻に警笛を鳴らしているの。あなたの夫は地位も名誉もお金もあるかもしれないけれど、あっさりと家族を裏切る人なんですよ、という」

酔っているようには見えないが、いつもより明るく遠野が話す。

「経験上、世の妻で、夫を信じている人と疑っている人は半々ね。私は信じている妻たちに言ってあげてるの。もっと目を見開いて世の中を見なさいって。私との関係を知るとたしかに彼女たちは傷つくけれど、でもそれでひとつ賢くなれるの。夫を違う角度で見るということができるようになる」

「家庭崩壊するじゃない」

「表面化するだけであって、すでに家庭は崩壊しているのよ。その種の男は私でなくてもきっと、他のやり方で家族を裏切るものよ」

どんなに長くても半年以上、ひとりの人と付き合うことはないのだと遠野は言う。ある程度の時点で、関係を妻に知らせるのだと。

「性悪」

瑠美が言うと、

「そうかしら。世直しよ」

と遠野が笑った。

「安心して。私、きれいな心を持つ独身者には興味ないから。たとえ医者の卵でも」

笑い顔をつと引き締めて、遠野が言う。瑠美を思いやるような真面目な表情だった。やっぱり遠野は気づいている。さっきから何度も彼女の携帯電話にメールを送っているのが、拓海であることを。そして拓海のことを庇って、瑠美があの男に「自分が何度も遠野に連絡していた」と言ったことも。

「そういえば……遠野さん、私の電話番号よく知っていたわね」

「実習グループの名簿にあるでしょ。電話の番号とメールのアドレス」

「でもよく憶えてたわね」

「憶えるつもりなくても一度見れば暗記しちゃうのよ。ほら私、記憶力いいから」

四杯目のビールを半分まで飲むと、遠野が立ち上がり、

「タクシー呼んでくるわね」

と携帯電話を手にテラスから店内に入っていった。

瑠美は座ったまま夜の雨を見つめていた。風が吹くと霧のような水滴が、頬にかかった。吸いかけのまま灰皿に置いてある煙草から、細い煙が上がっていくのをぼんやりと見つめながら、今日は本当に疲れたと思った。遠野や佐伯と話していると自分には理解できないことが多く、歳を取ることが恐くなっていく。でもその一方で多くのことを知りたいと思っている自分に気づく。二人を見ていると、女として生きていくのは大変なことなのだと思う。友達と笑ってはしゃいで恋をして……その先にある長い人生は、どんなものなのだろうか。

テラスに細長いプランターが並んでいた。プランターには季節のやや遅いチューリップが咲いている。咲ききったチューリップの花びらが、何枚も落ちて雨に濡れていた。土の上の花びらは、蝶の死骸に見えた。

第十四章　レジェンド・オブ・タワー

　灰皿の中の煙草が燃えきっても、遠野はまだ戻ってこなかった。時間はわからないけれど、もうずいぶん経ったのではないかと、瑠美は不安になる。あの人のことだから、自分だけタクシーをつかまえてさっさと帰ってしまったのではないかと思い、彼女の荷物を探してみたが持って行った様子だった。

「私も、帰ろ」

　ばからしくなってそう呟き、立ち上がった時に、階下から大きな足音が近づいてくるのに気がつき、階段のある方を振り返った。

「あっ」

　思わず声が漏れる。目の前に拓海が立っていた。雨の中を走ってきたのか、髪にもシャツにも水滴が光っている。

「あれ……」

　拓海は瑠美と一瞬だけ目を合わせると、慌てた様子で店内を見回した。誰かを探している様子に、今湧き上がった熱いような喜びが、瞬時にして冷めていくのを感じる。

「あの……」

二階の左端から右端へ、オープンテラスへとくまなく視線を向けた後、拓海はもう一度瑠美の顔を見つめた。

「遠野さんなら帰ったわよ」

自分でも驚くくらい冷たくきつい声だった。

「帰った……」

「そう。もう三十分ほど前に」

瑠美がそう言うと、拓海は首筋を搔きながら、

「そっか」

と呟き、

「迎えに来てくれって言われたんだけどなぁ。着くの、遅かったかな」

と痛みをこらえるような笑顔を見せた。

二人で並んで店を出ると、雨はさっきよりも激しく降っていた。拓海は背負っていたリュックから折り畳み傘を出すと、

「入りなよ」

と瑠美にさし掛けた。

「いい。すぐそこ、駅だから」

瑠美は胸の前に伸びた拓海の手を押し戻し言うと、シャワーを浴びる気持ちで雨を受けた。

「いつもこんなこと……やってるの」

瑠美が先を歩いて、拓海がその後をついてくるような形で二人は歩いた。「いらない」といったのに、拓海は背後から瑠美の頭上に傘を掲げ、二人とも中途半端に濡れている。

「こんなことって？」

「遠野さんの使いっぱしりみたいなこと」

「はは。きついな。いいや、してないよ。こんなふうに呼び出されたのは今日が初めて。だから張り切って飛んで来たんだけどな。いつもはメールの返信すらくれないよ」

「悪かったわね。雨の中飛んで来たのに、私しかいなくて」

「いやいや。理解できた。彼女が迎えに来てほしかったのは、自分じゃなくてきみのことだったんだ。きみを自宅まで送ってほしかったんだよ」

屈託なく言うと、拓海は優しい表情で瑠美を見つめた。そんな顔をされると、嬉しくなってしまうからやめてと瑠美は思う。もう最初から答えはわかっているのに、表情や言葉や些細な仕草から、どうにか望みを探そうとしてしまう。望みなんてないとわかっているのに……。

「上ってみる？　せっかくだし」

御成門駅の地下に続く出入り口の前までくると、拓海は思いついたように弾んだ声を出した。

「上るって……」

「東京タワー。前に上りたいって言ってなかったか」

もう決めたという口調で、拓海は歩き出した。瑠美はその背中をしばらく見ていたが、

無視して階段を下りることができず、後を追う。

「上るっていっても、営業してないんじゃないの。もう……八時過ぎてるわよ」

携帯電話のディスプレーに表示された時刻を確認すると、瑠美は言った。

「大丈夫。夜は十時までやってる……と思う、たぶん。というか、つきあってくれよ。俺

が上りたいんだ」

そう言うと、拓海は瑠美に傘を手渡し空を見上げ、気持ち良さそうに雨を受けた。

闇の中で白く浮かぶ鉄塔は、近くで見てもやっぱり幻想的で、上っていったなら自分を

どこか違う場所に運んでいってくれるような気がする。

「きれいねぇ」

思わず瑠美が呟くと、

「毎日見てるんだけどな。でもきれいだ。昼間もきれいだけど、夜のこいつもいい」

普段は病院の窓から見るばかりで、やっと手に届いたよと拓海は笑う。

チケットを買い、高速エレベーターに乗っている間拓海は何も話さず、目を閉じていた。

瑠美は目を閉じている拓海を、見ていた。

「おぉ……」

エレベーターが大展望台の一階で停まり扉が開くと同時に拓海は目を開けて、ガラス窓に歩み寄った。

「やっぱりすごい。美しすぎる」

拓海は満足げに呟くと、

「どう？」

と瑠美に訊いた。

「きれいね、ほんと。でもなんで一番上まで行かないの？　まだ大展望台二階もあるし、そのさらに上の特別展望台もあるのに」

瑠美は、窓の向こうの光が放つエネルギーを肌で感じた。体が熱くなるような、力が漲《みなぎ》るような、不思議な感覚だった。

「いや。あまり高くまでいくと光が離れるだろ。地上との距離がこれくらいなのが、いいんだ」

「相変わらず理屈っぽいのね。普通はいちばん上まで上るでしょ、まず」

「そうか」

「そうよ」

瑠美は嬉しくてしかたがない自分を感じていた。

「ねえさっきなんで目を閉じてたの？」

「さっきって？」

「エレベーターの中で。変だったわよ」

「ああ、あれ。目をな、暗闇に慣らしてたんだ。ああして目を瞑っていると、目を開けた時に暗闇の中で物が良く見える、らしい。本で読んだことがあるんだ。武士が暗闇で敵と闘う時には、ああやって斬《き》り合う寸前まで目を閉じてるんだ。それを試してたんだよ。夜景をより素晴らしいものとして見るために」

「ふうん」

「って、ばかにしたな」

「うん。ばかみたい。武士の真似なんて」

拓海と一緒にいると嬉しい。悲しくて切なくてたまらない時もあるけれど、嬉しかった。瞬也といると楽しいけれど、楽しいと嬉しいは微妙に違う。

自分の足下に、これほど光が散らばっていることが不思議だった。長く横に延びる道路は光が流れる川のようだったし、街全体が眩《まばゆ》くきらめいて見えた。

「実習は順調か？」

「まあ……可もなく不可もなくね」

「きみらしい言い方だな。きっときみはどんなにうまくいってても、泣きたいくらい駄目だったとしても、そう答えるんだろうな」

久々の瑠美節だ、と拓海は笑った。

「あなたは？」

「おれはまあうまくいってるさ。このままいけば卒業もできるだろうし、国家試験も受かる」

「じゃなくて、遠野さんとのこと」

光から目を離さないまま、瑠美は言った。瞬きを我慢していたら、目が乾いて痛くなった。

「……ああ、そっか。彼女のことはてんでだめかも。難しいなあ。好かれてないんだよな、おれ」

「そう……。私は……。私は、彼ができたわよ。同じ年の大学生。体育会系で剣道やってるの。背なんかこんなに高くって、強そうよ」

瑠美はわざとはにかむような笑顔を作って言った。拓海の目にうつる自分が、幸せな恋をしているように、精一杯の笑顔。

「誰かときちんとつき合うのって初めてだから楽しいわ。いろんなこと初めてで、そういう初めてを重ねていけるのが楽しい。夏休みには遠出しようって言ってるの、沖縄とか北海道とか」

「そうっか。いいですなあ、幸せそうで。羨ましい」

拓海はおどけた口調で言うと、瑠美の髪をくしゃりと撫でた。拓海が触れた部分だけが熱くなるような感覚を覚えながら、瑠美は心の中で瞬也に詫びる。瞬也の話を拓海にすればするほど、彼を侮辱している気持ちになり、そしてまた、愛《いと》おしさもこみあげるのだった。

「病棟実習はいつまで？」

「もうずっとよ。今年はこの後、訪問看護ステーションに一週間、特別養護老人ホームに一週間、それから保育園に一週間でしょ。聾《ろう》学校やハンセン病の専門病院にも一日だけど行くし、まあとにかくずっと」

「休みなくだな」

「休みなく、よ」

「彼女は……ちゃんとやってるの」

「遠野さん……？　もともと頭の良い人だからね。要領もいいし。美人だから患者受けも

……ドクター受けもいいし」

「ドクター受けなんてあるの」

「彼女の場合だけ、あるみたい」

拓海を傷つけることなんて簡単だと、瑠美は思った。遠野のことを、彼の知らない遠野のことを話せばいい。

「辛いなあ」

大きな声で拓海は言った。雨降りのせいか平日の夜だからか周りに他の客はおらず、拓海の声が暗闇に響く。

「もうすがるしかないな。レジェンド・オブ・タワーに」

「なにそれ」

「午前零時に東京タワーの灯りは消えるんだけど、その瞬間を一緒に見たカップルは一生幸せでいられるそうだ。でも必ずしも毎日午前零時に消えるかどうかはわからないんだってさ。おれももう何年もここにいるけど、そういえば消える瞬間って見たことないんだよな」

「ふうん」

「ふうんって、冷めてるな、相変わらず。その剣道部の彼と一緒に見に来たら」

「迷信よ」

「そう迷信。でもそれにでもすがらないとどうしようもないな、おれの場合」

「あの人……遠野さん。きっと一生まともに恋愛なんかしないわよ」

「そうだろうか」

「……でも好きなのね」

「そう……だな」

展望台に、営業終了を告げるアナウンスと音楽が流れた。もしかすると客はもう瑠美と拓海しか残っていないかもしれなかった。

「もう行きましょう」

傍らにいる拓海の横顔に、瑠美は声をかけた。だが拓海は指先で下唇を摘《つま》んだまま、深く考え込むような目をして光の景色を見つめ続けた。瑠美は拓海の手を握り、強い力で引き寄せた。我に返った拓海が、驚くような顔をして瑠美についてくる。瑠美はエレベーターのボタンを押した。エレベーターを待つ間も乗ってからもずっと、瑠美は拓海の手を繋いだままだった。大きいけれど皮膚の薄い骨の細い繊細な掌だった。このまま彼を引き止めて、一緒に東京タワーの消灯を眺めたとしたら……。

「なに笑ってるの」

拓海が訊いてくる。

「失笑ってやつよ。失笑」

受付のスタッフに頭を下げられ出口を出ると、瑠美は拓海の手を離した。そして、

「好きなの。あなたのことが、とても」

と告げた。まっすぐ、矢で射るように言葉をぶつける。

拓海はしばらく何を言われているかわからないという顔をして夜空を見上げたり足下を見たりした後、

「ごめん……」

と言った。ぼそりという呟きだったけれど、彼の声は瑠美の胸の真ん中に響いた。

「いいの。言ってみただけ」

思考が止まったまま、体も動かせないというふうに立ち尽くす拓海を置いて、瑠美はまっすぐに駅に向かって歩いた。雨はいつの間にかやんでいたが、振り返ると白い光に包まれた東京タワーが濡れそぼっているのが見えた。

第十五章　明日への離陸

気がつけばユニホームにナースキャップ、白いエプロンという姿で瑠美たち学生は今日も病棟に向かった。夏休みが終わり、永遠に続くかと怯えたとてつもなく暑い夏が遠ざかり、そしてまた実習が始まった。

夏休みの余韻もなく、掲示板に張り出されたそれぞれの実習先と担当教員、実習メンバーを知ると、学生たちはまた新しい試練に向けて歩きだす。

「どこにもなかったね、佐伯さんの名前」

看護学校と大学病院を結ぶ渡り廊下を二人は並んで歩いた。今回も千夏とは実習先が離れ、千夏は婦人科へ、瑠美は腎臓内科へ行くことになった。

「まあ当然といえば当然でしょ。佐伯さん、退学したんだから」

例によって佐伯の退学に関する説明は、いっさいなかった。佐伯がいないことに気がついた二、三人のクラスメイトが瑠美たちのところに佐伯の行方を聞きにきたが、それ以外は彼女の名を出す者はなかった。二年生の半ばともなれば退学する者など珍しくもなく、他人に気を配っている暇もないというのが本音だ。

「いた人がいなくなるのってすごく寂しいことだと思わない？　たとえその人とそう親しくなかったとしても、もう二度と会えないのかもしれないと思うだけでしんみりするもんじゃないかな。みんな冷たいね。佐伯さんのこと、最初からいなかった人みたいに……」

「しかたがないわよ。実習、実習で正直きついわよ。やめてった人のこと気にしてたらこのスピードについていけないでしょ」

実習中の学生たちの関心は、看護過程を仕上げることだけだった。たとえどんなに患者と良い関係が築けても、適切で感謝されるような看護ができたとしても、書類にまとめ、提出できなければ白紙と同じだった。レポート作成能力が、看護の本質より勝るというのが、瑠美の実感だ。

「みんな、心が……荒《すさ》んでいってるね」

千夏が寂しそうに呟く。

入学当初、まだ高校を出たばかりで柔らかく幼い顔をしていた同級生が、今は目を吊り上げて必死で実習についていこうとしている。その険しい表情を、一生懸命勉強している結果だと評価することもあるいはできるかもしれない。でも瑠美はそうは思えないでいた。厳しすぎる実習で、失うものもたくさんある。十代から二十代に成長しようという過程の中で、同級生たちは柔らかい感性をどこかに埋め置き、要領という能力を手に入れるために必死になっているような気がした。

実習グループごとに業務用のエレベーターに乗り込むと、定員オーバーのブザーが鳴った。最後に乗った学生が苦笑いをして降りると、同じグループのメンバーたちも一緒に降りてやる。これから実習だという緊迫した雰囲気が一瞬だけ和み、だが扉が閉まるとまた想いのこもった沈黙が小さな空間に漂った。

「ドナドナの心境だね……」

小声で囁いたつもりの千夏の声がエレベーターの中で響いた。

「売られていく子牛かぁ」

千夏の言葉を受けて学生の誰かが溜め息をつく。実習先でまた看護師たちの意地悪な視線を浴びるのかと思うとみんな、身の縮む思いだった。

だれかが鼻歌でドナドナを歌い出し、いつの間にか鼻歌の合唱になった。

チンというエレベーターが指定の階に停まる音がすると、一グループが出ていく。「いってらっしゃい」「いってきます」の声が小さく行き交う。いつか誰かが、このエレベーターの「チン」が、仏壇の「チン」に聞こえると言っていたのを瑠美は思い出した。

十三階、腎臓内科病棟に着くと、瑠美はエレベーターを降りた。千夏と目だけで合図を交わす。同じグループには、また遠野の姿があった。

「木崎さん」

カンファレンス室に荷物を置きにいこうとした時、すでに病棟に来ていた担当教員の矢《や》部《べ》に呼び止められた。

「ちょっと」

硬い表情で呼ばれ、瑠美は何か注意を受けるのだということはわかったが、それが何なのかは思い当たらない。遠野を含めたほかのグループメンバーが同情の含まれた目でこちらを見ていた。

「あなた今日から実習停止。学校に戻りなさい」

冷たい声で矢部が言う。

「実習停止？　なんでですか」

思わず強い口調になり瑠美は訊いた。

「理由は学校で話すわ。戻ったら教員室に行きなさい。そこで説明するから」

この場にふさわしくない作り笑顔で矢部が言った。人の悪さが笑顔に滲んでいる。

瑠美は今上がってきたばかりのエレベーターに乗り込み、今度はたったひとりで一階に降《くだ》っていった。不安がないといえば嘘になる。でも不安とか動揺よりもまず、怒りが湧いた。理不尽だという怒り。怒りを静めるために、瞬也に教えてもらった呼吸法を実践してみる。一、二、三、四拍でゆっくり息を吸い、八拍で吐ききる。何度かやっているうちに、本当に落ち着いてきた。

実習停止なんてよほどのことをやらかさない限り、言い渡されたりしない。自分が何をやったのか、瑠美は考えてみる。大きなミスはないし、患者とのトラブルだって皆無だった。ケアや記録物に関してもどちらかと言えば高得点の方だと思う。病棟の看護師には好かれてないとは思うが、そんな理由で実習停止にはなり得ないだろう。過去に実習停止を受けた学生は、新生児をケア室に裸のまま置き去りにして昼休みに入ったり、注射針を普通の燃えるゴミに出したり、致命的なミスをした人ばかりだ。そうした類のミスを犯した覚えはまったくなかった。

気持ちを静めてきたはずだったが、教員室まで来ると、瑠美の胸に腹立たしさが湧き上がる。

「失礼します。木崎瑠美ですが」

教員のほとんどが実習指導のために病棟に出払っていて、部屋には学年主任と池尻教員の二人だけしかいなかった。

「ああ木崎さん。ちょっとそこで待ってなさい」

池尻は言うと、学年主任に耳打ちをしてから、こそこそという感じで近づいてきた。

「誰もいないから個室に行く必要もないわね。簡潔に話します。あなたと、前回の実習で受け持った千田仙蔵さんのことです。あなた、あの患者から手紙を預かって、その手紙を親戚の人に渡したそうね。それもカルテに書いてあった電話番号に直接電話をして。その行為について、非難の声が病棟のナースからあがっているのよ。まず、聞くわ。本当にそんなことをしたの？」

「はい。しました」

「なんで？　そういうことは実習生のやっていいことの範疇《はんちゅう》を超えていることはわかるわね。手紙を預かったなら、そのことを指導看護師に伝えて判断を仰ぐのが普通ではないのかしら」

池尻は珍しく声高に言うと、腕組みをしてやりとりを見ている学年主任の顔をちらりと見た。

「黙ってないで、何か言ったら？」

「どうしてわかったんですか。私が電話をかけたって」

「あなたが手紙を渡した人の親戚から病院にクレームが来たのよ。看護学生が患者の家族関係に立ち入る権利があるのかって」

池尻は早口で言うと、「実習停止承諾書」と文頭に刷られた用紙を机の上に置き、サインをするように言った。

瑠美はその用紙を見つめ、千田のことを思い出していた。千田に頼まれ自分がやったことを思い出そうとした。

（まあ、いいか）

瑠美は心の中で呟いた。失敗した時や落ち込んだ時はこう呟けと、千夏から教えられた。

(まあいいや)

確かに、言ってみると楽になる。実習停止ならそれでいい。言い訳をしたり、意見を言ったりしたところで覆されることでもない。そういえばクラスの誰かが言っていた、カンゴガッコウはカンゴクガッコウだと。逆らえばさらに厳しい罰が下る。

ふってわいた休日だと思い、しばらくゆっくりするのもいいかもしれない。瑠美は背筋が丸くなっていることに気づき、胸を張り目線を高く保つ。

私がやったことは悪いことではない。

心の中で何度も言いながら、承諾書にサインを書き込んだ。佑太の涙顔を思い出す。千田の「ありがとうよ」という声が聞きたかった。

机の前には座っているが、いっこうに作業がはかどらず、瑠美は今日何度目かの溜め息をついた。実習停止中にやっておけと言われた課題に、朝から向かっているのだけれど、まだ一ページも進んでいない。課題はナイチンゲールが何百年も前に記した著書を書き写すことだった。一冊全部書き写すようにと、しかもパソコンで打つのではなく手書きだと担任から言われ、瑠美は担任の前髪にかかるくらいの深い溜め息をついた。

「あたしはこれからお昼だよ。写経ははかどってますか」

千夏からメールがきた。瑠美を励ますためなのか、一日に数回は短いメールを送ってくる。

瑠美は「はかどるわけない」と打ち込み、最後に怒りマークをつけて返信する。返信のボタンを押す瞬間、千夏と繋がっているような気がした。

今回の実習停止の件で、遠野が教員たちと揉めたと、電話で千夏に聞いた。「揉めたってほどじゃあないけどね。ちょっとした言い争いって感じかな」と千夏は言っていた。瑠美が驚いてどういうことなのか訊くと、自分はその場にいたわけじゃないからと言い、「でもね、周りにいた子によると、結構な剣幕だったみたいだよ。患者が、木崎さんを選んだってことじゃないですか。他のどの看護師より木崎さんを信用したってことじゃないですかってほとんど怒鳴る口調だったって」

と教えてくれた。「そんなふうに声を荒らげる遠野さんなんて見たこともないもんだから、みんなびっくりだったよ。瑠美と遠野さんって仲良かったっけ、って」

自分も正直驚いたと千夏は言った。むしろ瑠美と遠野は仲が悪いと思っていたと。似ているから、という言葉を千夏は使った。瑠美と遠野さんはどこか似ているから、きっとお互いが受け入れられないんだ……。

千夏からその話を聞いた後、瑠美は遠野が声を荒らげている姿を何度も想像してみた。だが人のために、ましてや瑠美のために意見しているなど想像できなかった。学生たちがみんな、教員に嫌われないように必死でごまをすっている時に他人を庇ってたてつくなんて、遠野らしくもない。教員のお気に入りの遠野のままでいけば、首席で卒業できるだろうに。今までなんとも感じていなかったはずの実習停止が、瑠美の胸に迫ってくる。

携帯からまたメール受信の音が聞こえたが、今度は千夏からではなく佐伯からだった。佐伯とはしばらく連絡を取っておらず、実習停止になったことも報告してはいなかった。いつものように用件の題に「佐伯です」と書かれたメールを、瑠美はすぐに開いた。

「実習頑張っていますか。今日いよいよ東京を去ります。いろんなことすべて終わらせて、すっきりした気分。近所の馴染みの店で横浜生活最後のランチをした後、三時過ぎの飛行機に乗ります。木崎さん、本当にありがとう。感謝しています」

時計を見ると、一時を過ぎたところだった。今頃ひとりで昼食をとりながら、佐伯はどんなことを考えているのだろうと思った。看護学校を半ばでやめたことを残念に思っているだろうか。離婚したことを後悔しているだろうか、それともせいせいしているのか。これからの人生に不安を感じてはいないか。でも佐伯のことだから前向きに強い気持ちでいるのだろうなと思うと、瑠美は無性に会いたくなった。

「見送りに行きます。羽田空港ですね。今から家を出ますが、何時に着くか見当つきません、間に合わないかもしれません。でもとにかく行きます」

メールにそう書いて、送信した。パジャマに近い部屋着を脱ぎジーンズと綿シャツに着替えると、財布と携帯だけをバッグに入れて家を出る。玄関の鉄扉が大きな音でガチャンと閉じた音を合図に、瑠美はタクシーの止められる大通りまで駆け出した。

タクシーの運転手に「羽田空港まで」と言いたいところだったが、財布の中を見て、京急空港線が停まる一番近い駅まで、飛ばしてもらった。電車に乗っている途中で佐伯から「二階出発ロビーのチェックインカウンターの近くで待っている」との返信があった。「南ウイング時計台の三番ベンチにとにかくぎりぎりまで座っています」と書いてあるが、空港に行ったことのない瑠美には、さっぱりイメージがつかめず、とにかく空港に着いたら人に訊いてみようとだけ思って走った。

空港は思っていた通り、異空間の迷路のようで、眩い照明と塵一つない清潔さに目が眩《くら》みそうだった。「南ウイング」という掲示板を見つけ、その看板に向かって駆けていると、優雅にスーツケースを引いて歩く旅行客が好奇の視線を向けてきた。何度も人に訊きながら、ようやく時計台らしきものを見つけた時、

「瑠美さんっ」

という声が降るように聞こえた。

「あ……間に合った」

立ち止まって瑠美は思わず呟いた。

佐伯が驚きの表情で口を開けたまま目の前に立っていた。

「ありがとう、来てくれて」

佐伯が泣き出しそうな笑顔で近づいてくる。瑠美の背中をさするように掌を当てると、

「こんなに走って。瑠美さんらしくない……」

と小さく笑った。

「間に、合わないかと……思いました。久しぶりに全力で……走りました」

呼吸を整えながら瑠美は言い、急に恥ずかしい気持ちがこみあげてくるのを感じた。

「まだ一時間ほど時間あるから、どこかで座って話しましょ」

佐伯が言った。彼女の後ろに何機ものジェット機が見え、瑠美はその大きさに驚いた。

「飛行機が飛ぶところ、見たいんです。飛行機に乗ったことないから……。そんな場所、ありますか」

瑠美は言った。

佐伯は笑顔で頷くと、「それなら屋上があるわ」と瑠美の腕を引っ張って歩き出した。

すぐ目の前を、何機もの飛行機が飛び立っていく姿を、瑠美は立ったまま見ていた。風が髪を絡ませているのも気にせず、夢中で眺めていた。

「ごめんなさい。……なんかこれじゃあ佐伯さんを見送りに来たんだか、飛行機を見に来

たんだかわかりませんね」

佐伯も瑠美と並んで柵に寄りかかり、同じように飛行機を眺めている。

「ううん、いいのよ。こうしていると気持ちいいわね」

佐伯はゆったりとした笑顔を瑠美に向け、大きく息を吐いた。もともと佐伯も瑠美もそう口数が多いほうではなく、いつもはこの間に千夏がいたから、二人だと静かに時間が流れる。

「それにしても、どうしたの、実習停止って。びっくりしちゃった、メールの返信がすぐくるから。瑠美さんと千夏ちゃん、今頃実習中だろうなって思いながら二人にメール送ったのよ」

佐伯が気遣う口調で訊いた。

瑠美は千田とのことを佐伯に話した。言葉を探しながら話していると長くなり、話している間に数機の飛行機が飛び立ったが、佐伯は最後まで黙って聞いてくれた。

「そうかぁ、そうくるか」

佐伯は真顔で言うと、

「先生や病棟の看護師さんが言うこともわかるけど、実習停止は辛いね」

と首を傾げた。

「まあ……確かにやりすぎたとは思ってます。実習生の範疇を超えていたと」

「そうねえ。なにか問題が起きた時に責任を取れないものね。……瑠美さんの気持ちもわかるけど」

組織と個人ではいろいろ違うから、と佐伯は呟いた。

「やめないでね」

「えっ……」

「瑠美さんは学校やめないでね」

「それは……どうなるかわからないですよ。正直気持ちも切れてくるし、学校側からやめろと言ってくるかもしれないし。私、嫌われてますから、先生たちに」

「でもやめないで」

佐伯は瑠美の目を見て、きっぱりと言った。

「私は瑠美さんみたいな人が、看護師になってほしいと思うから」

「私みたいって……」

「感じた疑問を口にして、きちんと答えを求めるような人よ。おかしいことをおかしいと言える人。常識というのはその場にいる人間で作られるの。だから常識が正しいことだとは、限らない。その場の常識だとか雰囲気に流されないでいられる人は、とても貴重だと思う」

佐伯は言うと、「風当たりは強いけどね」と舌を出した。

「強いですよ。もうびゅんびゅん」

瑠美は前方から吹きつける風を、掌で叩き返す仕草をしながら言った。

「瑠美さんにたくさん助けてもらったわ。ありがとう。それなのに、私は自分の保身に必死で、先生からあなたが攻撃されてるのを見ても何ひとつ庇ってあげることをしなかった。三十七にもなって弱くて……ほんとごめんなさい」

言いながら下を向く佐伯の声は、掠れていた。

「そんなことないですよ。権力に背いちゃうのは私の性分ですから。佐伯さんにはたくさん守るものがあるじゃないですか。どうしても欲しかった看護師免許でしょう？　子供たちのために、自立していくために必死で頑張っていた佐伯さんの姿勢に学ぶこと多かったです。ほんとです」

滑走路を滑る白い機体の美しさに目を向けたまま、瑠美は言った。

「結局……取れなかったけどね、資格。でも私にとって看護師免許というのは、目に見える勇気だったのかも。前に進むための勇気が欲しかっただけなのかもしれない。今はとにかく前に進もうと思ってる。これでも結婚するまではきちんと勤めていたんだし、気持ちさえあれば仕事はきっと見つかると思うの。学校に通っているうちに、一人きりで子供たちを育てていく力がついたのね、きっと」

「佐伯さんもやめちゃうんだし、私もやめよっかな……」

呟くと、本気でそういう気持ちになった。もうこれを区切りにしてもいい。

「最後まで……最後まで瑠美さんは頑張ってみて。看護師として働いても働かなくても、それはどちらでもいいの。でもね、一度入学したなら、卒業してみるものよ。良いも悪いも、全部やり遂げた人にしか語る権利はないんだから。今途中で投げ出してしまったら、一生、あの先生たちや病棟の看護師さんと対等には話せなくなるわよ」

「いいですよ別に。話せなくても。話したくもないし」

瑠美は苦々しい口調で言った。

「負い目ができるわ」

「そんなのできませんよ。もう一生会わなくてすむならせいせいです」

「一時はせいせいしても自分の中に、何か残るわ。途中で降りてしまったという敗北感、その先は何があったんだろうかという後悔、そういうものを二十歳そこそこで持つ必要はないわよ」

やめさせられるまで、やめてはいけないと佐伯は強い口調で言った。

「そんなだから佐伯さん、離婚が遅くなったんですよ。我慢のし過ぎは心身のストレスですよ」

佐伯の言葉に素直に頷くことができず、瑠美は下唇を尖らせる。佐伯は強かった目の光をふっと緩ませ、

「そうかもね」

と声を出して笑った。

空が近かった。空にいとも簡単に浮かび上がる飛行機が、近かった。飛行機が空に吸い込まれて消えていくたびに、自分の心のきつく縛られた部分が解《ほど》けていくような感じがする。黙って空を見ているだけで、気持ちが膨らんでくる。

「たとえばあの飛行機を見ているとね、瑠美さんや千夏ちゃんのことのように思えてくる」

佐伯は、自分の出番を待つ鳥のように滑走路に佇む白い機体を指差した。

「これから大きな所へ飛び立っていくんだなって思うの」

轟音《ごうおん》が、二人の頭上を覆ったので、佐伯の声はほとんど叫び声だった。

「どこにも飛び立つ場所なんてないですよ」

瑠美も叫び声に近い大声を出す。

「あるのよ。二十代ってそういう時期よ」

「佐伯さんは？　佐伯さんこそこれから自立して飛び立つんでしょう」

「私？　私は目的地に向かって墜落しないように飛ぶだけよ。墜落しないように、それだけが目標よ」

叫びながら、佐伯は楽しそうに笑っていた。瑠美は周りに人がいないか辺りを見回した

けれど、誰も二人のことを気に留めてないことがわかると、

「がんばって飛んでくださいね」

と今まで以上に大きな声で叫んだ。大声が轟音でかき消されていくのが心地良かった。

「瑠美さんもね。目的地がまだわからなくても必死で滑走してね。しっかり走ったぶんだけ遠くに高く飛べるから」

教室ではいつも静かだった二人が、とんでもない大声で会話している。それだけで瑠美は愉快でしかたなく、瑠美が笑うとつられて佐伯も笑うのだった。

瑠美は、佐伯が搭乗した飛行機が飛び立つのも、屋上で見ていた。滑走路を猛スピードでまっすぐに走り、上空に向かって斜め一直線に飛び立っていく飛行機が、佐伯の姿と重なる。帰省に飛行機を選んだのは、東京という街を空から見下ろしたかったからだと言っていた。だいぶ日が暮れてきたが、ちゃんと窓から見下ろせているだろうか。空から見ると、東京はどんなふうに見えるのだろうか。夕焼けの空に佐伯の乗った飛行機が吸い込まれ見えなくなり、屋上にある小さな遊園場の遊具に係員がカバーをかけ始めても、瑠美はしばらくその場に佇んでいた。

第十六章　冬の匂い

二年生の半ばで佐伯が学校を去ってからも時は慌しく流れ、瑠美たちはいつしか最終学年に進級していた。三年生になるとさらに難易度の高い患者を受け持ち、看護の質も求められる。これまで以上に立ち止まる暇はなく、後ろを振り返る余裕のない日々を越え、瑠美はいよいよ三年生の冬を迎える。

学生生活最後の実習が始まった日の朝、東京に初雪が降った。まだ十一月の半ばなのに雪は早いなと、出勤前の父が呟き、母が最近よくある異常気象よと笑った。

「いってきます」

瑠美が玄関を出るときに振り返り言うと、

「いってらっしゃい」

と揃って言われる。最終実習は通常の実習より一時間早く開始するので、いつもより早く出ていく瑠美を、両親が見送る形になった。

「傘もってけよ」

後ろから聞こえてくる父の声に、瑠美は振り向くことなく頷いた。

気がつくとここまできていた、というのが正直な気持ちだった。戴帽式で一本線のナースキャップをもらった日から今日でおよそ二年。帽子の青線は三本に増えていた。

これから一ヶ月半に及ぶ最終実習を終えたら、もうあとは国家試験を待つだけで、そんなところまでこられたことが、瑠美は不思議でならなかった。

雪のぱらつく駅までの道を歩きながら、瑠美は息を思い切り吸い込み、胸を冷たい空気で満たした。ようやくここまできたという思いと、さあこれから最後の頑張りだという思いが、瑠美の足取りを強いものにした。

歩きながら、これまでに受け持った患者の名前を全部記憶しているか、自分に問いかけてみる。一ヶ月という実習期間の中で、とてつもない濃度で関わりあった人たちの顔を思い浮かべてみる。私はちゃんと、患者たちのことを覚えているか。死の間近にいながら、瑠美に何かを与えようとしていた人たちのことを、決して忘れてはいけないと思う。

「千田仙蔵さん、柴木裕三さん、三木ささ江さん……」

歩くリズムに合わせて、次々に名前と顔が浮かぶ。母なんかは最近、人の名前と顔がすぐに思い出せないと言っているが、自分は全然そんなことはない。私はまだ若いんだと、瑠美は思った。二十代でやったことが、そのまま人生の礎になると、佐伯が言っていた。まだ若い自分は、たくさんのことを記憶できる。記憶できるということは、吸収できる、自分の内に取り込めるということだろう。そして取り込んだものはやがて、自分を創る素《もと》となる。実習が始まってからの二年間で、自分の内にいろいろな人の想いが取り込まれたのを瑠美は実感していた。

「おはようっ」

学校の玄関口に続く階段を上っていると、後ろから背を叩かれた。

「痛い」

寒さのせいで頬紅をさしたように火照った顔で千夏が笑っている。

「いよいよ最終実習だね。きたねえ、ここまで。おっナイチンゲールさまの銅像が、今日は優しげに見えるよっ」

傍らで立つ銅像を、瑠美もちらりと見た。燭台《しょくだい》を手にした、いつもは冷淡なくらいの無表情が、たしかに微笑んで見えた。

「最後の実習が瑠美と同じグループだなんて、先生も粋なはからいするよね」

「はからいも何もないでしょう。ただ組み合わせが一巡して振り出しに戻っただけなんじゃないの」

最終実習のグループ分けは一週間ほど前に発表されていて、初実習と同じメンバーで再び回ることになっている。「粋なはからい」ではないにしても、同じスタートラインに立っていた同級生が、二年間の実習を経てどう成長したかを互いに確認する、といった意味は込められているのかもしれない。

「佐伯さんもいればよかったのにね……」

千夏がぽつりと言った。一年も二年もまだ登校する時刻ではないので、学校はひっそりとしている。ただロッカー室だけは、興奮気味の三年たちで熱気に満ちていた。

「しかたないじゃない。佐伯さんも納得してやめていったんだし」

千夏には、自分が空港まで見送りに行ったことは話していない。きっと自分も行きたかったとふくれるだろうし、それよりも瑠美が駆けつけたということをからかいそうだからだ。

「たくさん、やめてったね」

千夏は新品の白ストッキングを袋から取り出し、穿く前に手で伸ばしている。

「そうね。ほんと、最初に聞いていたとおり。六割くらいしか卒業できないって」

百人程いた同級生は、今では六十数名に減っていた。でも誰がいつやめてしまったかは、瑠美にはわからない。

「まあ奇跡的に残ったけどね。私も千夏も」

「うん。ミラクル」

「遠野さんも……」

瑠美の実習停止の件で教員に意見したという彼女だったが、その後も特に言葉を交わしたわけではなかった。向こうが何も言ってこないので、瑠美も話しかけることはない。本当は、「庇ってくれた」と聞いた時の自分の気持ちを伝えたかったけれど、話すきっかけがなかった。

「さあ行くかあ」

両方の掌で頬をパンパンと打ち、千夏が気合を入れる。

「相撲取りみたい」

そんな彼女を横目で見、瑠美も大きく息を吸い込んだ。

小児病棟のある五階でエレベーターが開いたと同時に、大きなテディベアが目に入った。

「かわいい」

千夏が思わず口にする。ナースステーションのカウンターや壁、窓ガラスなどにカラフルな飾りがあり、保育園に来たのかと思うくらいだった。

「うちの小児病棟は重症患児ばかりだから。それを心得ておいて」

しかし主任の耳の奥を突くような冷たい口調を聞くと、ここが保育園ではなく病院であることを実感する。笑顔の欠片《かけら》も無い冷淡な横顔を瑠美はじっと見つめる。この無表情が仕事の責任感からくる深刻さなのか、それとも毎日忙殺されていることで笑う力もないのか、ただたんに愛想のない人なのか判明するのは、数日後のことだろう。

瑠美が受け持ったのは、八歳の女の子だった。受け持ちの挨拶をしにいくと、少女は屈託のない笑顔をこちらに向けた。

八木友香《やぎゆか》という名の患児は、実際の年齢よりもずっと幼く、小学生というより幼稚園という方がしっくりくる感じだった。はきはきと話す友香は、一見重い病気を患っているようには思えず、パジャマを着替えて衣服になれば見舞いにでもきた子かと見間違いそうだった。

「これからはお姉さんが毎日来てくれるのね」

幼い外見とは違い、しっかりとした口調で言うと、集めているというシールを瑠美にくれた。光る素材でできたハート型で、ハートの中にはビーズが何個か入っているという豪華なシールだった。

「あ……」

瑠美の顔をまっすぐに見つめる友香の視線にたじろぎ、言葉に詰まる。こうした子供の、やたらにじろじろと眺めてくる視線が、苦手なのだ。

「友香と遊んでくれるの？」

「遊ぶっていうか……。まあ一緒にいるから遊ぶこともあるかしら」

瑠美はひきつった表情のままで言った。

「うれしい」

友香は言った。

実習初日は患者の情報収集に時間を費やすため、瑠美がナースステーションに戻ると、千夏や遠野もすでに戻ってきてカルテや看護日誌を読み込んでいた。患者の病状や心身の状態を早いうちに把握しなければ、適切な看護ができないし、看護過程も書き上げることができない。最終実習ともなると瑠美もその要領は得ているので、友香のカルテを手に取り開いた。

「脳腫瘍……」

今さっき目にした友香の姿を思い出す。カルテには出生後、四度の手術歴があることが記されていた。地方の病院から今年の春に転院してきている。家族は両親と、妹二人。母親が一週間に一度、上京して友香に会いにくる……。看護日誌に書かれた情報から、友香がどのような精神状態であるかを、瑠美は想像してみる。長い闘病生活をこれまでも送ってきて、今は親元を離れてひとりで病院のベッドにいる。母親が週に一度は会いにくるけれど、それまではずっとひとりでいなくてはならない八歳の少女の気持ちを、瑠美は静かに胸の中に呼び起こした。

小児実習は辛いと、既に小児実習を終えた学生が言っていたことがある。その時はぴんとこなかったけれど、こうして自分が一人の患児の人生と関わり合うことで、その辛さがわかるような気がした。これまでも何度か過酷な状況に身を置く患者たちと接してきたが、彼らはみな瑠美より長く生きてきた人たちばかりであり、自分の置かれた状況に納得とは言えないまでもどこか受容する姿勢があった。今の自分の状態を儚《はかな》み憂うことはするけれど、これまで残してきたことへの満足感も併せもっていた。それがまだ生まれて数年しか生きていない子供になると……。瑠美にはこの小児実習がこれまでで一番きつい実習になるような予感があった。

「瑠美の受け持ち、どんな子？　あたし、赤ちゃんなんだ。しかもまだ十ヶ月だって」

千夏が近寄ってきて肘で瑠美の肩を小突いた。

「私は八歳の女の子。でも子供ってなんか苦手」

「って言っても意志の疎通はできるでしょ。こっちはさっぱりだよ」

千夏は溜め息をつくと、

「佐伯さんなんかだったら、得意なんだろうな、小児。いろいろ教えてもらえたのに」

「いない人のことを言っても、しょうがないでしょ」

遠野がカルテを繰る姿を目で追いながら、瑠美は言った。

そうこうしているうちに、千夏が、患児の沐浴をするからと担当看護師に呼ばれていった。最終実習ということもあって、これまでは見学だけだったケアに積極的に立ち入っていくようにと教員に言われている。それに小児科は一般の科に比べると看護師が介入するケアが多くて、ただでさえ人手不足の病棟でも一、二を争う忙しさだと聞いている。看護学生も立派な戦力なのだろう。

子供に人気のある千夏でも、さすがに十ヶ月の赤ん坊は大変なのか、浴室から赤ん坊の泣き声が漏れ聞こえてきた。

コーヒーから立ちのぼる湯気越しに、瑠美と千夏は空から降る雪を眺めていた。

実習の初日が終わり、いつも以上の疲労を感じたので、どちらからともなく、コーヒーでも飲んで帰ろうということになった。学校近くのコーヒー専門店は、同じことを考えてやってきた看護学校の三年生たちで賑わっていた。

「パン粉みたいだね、雪」

千夏が独り言のように呟く。

まだ六時前だというのに、辺りはすっかり冷たい夜の風情をしている。

「パン粉って……。もっと甘美な言い方しなさいよ」

「甘美といえば……。冬のあいつも憎らしいほど素敵だね」

「あいつって？」

瑠美は千夏の指差す方角に目をやりながら訊いた。指の先にはすでに電灯の灯った東京タワーがある。

「夜は金色に見えるんだよね。でもこうして夜のあいつを見るのもこの実習で最後かも」

風が吹くと、テラスにいる二人に、雪が吸い寄せられるように降り込んできた。千夏は手袋をしたままコーヒーを飲んでいて、時々掌に雪の結晶を載せてはふうっと吹き飛ばしている。

「最後？　なんで。入職したら見えるじゃない、病院から」

「あたし、長野の病院に就職決めたんだ。結局」

申し訳なさそうな顔で、千夏が言った。

「そうなの？　いつ決めたの」

「最近……なんだ」

瑠美から視線を逸らすようにして、千夏は俯いた。この店に入る時、千夏はこの話をしようと決めていたのだろうなと瑠美は思った。

「ふうん」

「ごめんね」

「なんで謝るの」

「だって……同じ病院で働こうってあたしが誘ってたのに」

「そんなのいいのよ。それに千夏がうちの大学病院と地方の病院、どっちにしようか迷ってるのは聞いていたし。それに私だって入職しても何ヶ月もつかわからないわよ」

「大丈夫だよ。瑠美は」

「でも……」

「うん？」

「なんでもないわ」

「ああ、長野の病院に決めたわけ？　それは前にも少し話したけど、あたしやっぱホスピスに興味があってね。先生は大学病院で高度医療の現場を学んでから行きなさいって言ってたけど、あたしは今の若いうちに行っておきたいと思って。もう少し年を取っちゃったら、そんな遠くに飛んじゃうパワーなくなるんじゃないかなと」

千夏はもっともらしい理由を、身振り手振りで熱意を込めて話した。でも瑠美にはなんとなく、その心の中には瞬也とのことがあるような気がしてならず、彼女の説明に素直に頷くことができない。

「あああ、だめだぁ。瑠美のその目からは逃れられないよ」

突然千夏が大きな声を出して、テーブルの上に突っ伏した。泣きだしたのかと驚いたが、顔をあげると笑っていて、瑠美は呆然と首を傾げた。

「その通り。瑠美さんが推測している通りです。あたし、瞬也から遠く離れたいと思ってる。瑠美のことを話す瞬也の近くには、もういられない」

手品の種明かしをしたマジシャンのように、手の内を見せた後悔や、秘密を解き放した清々しさの入り混じる表情で千夏が言った。

「辛いんだ、ほんとは」

指の先で首筋をがりがりと掻き、千夏ははにかむように笑った。

「雪が降るとね、あたし、思い出すシーンがあるの」

長い長い梯子《はしご》を上っているのだと、千夏は言った。部活の合宿で、高地トレーニングをするために、崖のような所に梯子をかけ、ひたすら上っている。梯子は風に吹かれるとカタカタ揺れるような不安定なやつで、今にも倒れそうだ。梯子の頂上に、これから部活をするトレーニング場があるらしく、自分はただひたすら必死で梯子を上っていた。

「視界は降り落ちてくる雪で白くくもっていてね、よく見えないの。下を見たら絶対に足がすくむから見られないし、もうどうしようもない状態よ。部員みんなで上っているから自分だけ足を止めて列を乱すわけにもいかないし」

でもたまらなく恐いのだ。瑠美も想像してみろと千夏は言った。とてつもない高さの崖に梯子をひょいとかけて上る気持ちを。

「でさあ、もうだめだと思って下を見ちゃうんだよね。見たら絶対に気を失うのに、そういう時ってわかってて見ちゃうんだよ。それであたし振り返って下を見たんだ。そうしたらそこに瞬也の顔があって、がんばれ下見るな、って大声で怒鳴るの。でもそうやって瞬也の顔を見たらあたしまた上に向かって足を動かせるんだ。もし手が滑って落ちても、後ろには瞬也がいるからって。瞬也の顔があるから奈落の底をのぞくこともなくって」

雪が降ると必ず思い出す場面なのだと千夏が繰り返した。

「夢なんだけどね」

「夢？」

「そう。あたしが見た夢の話。でもね、この夢ってわかりやすいでしょ。あたしにとって瞬也はそういう存在だったんだ、ずっと。でもね、そろそろ一人で梯子上るかと思って」

千夏は今目の前に現物があるかのように、想像の梯子に手をかけ、空を見上げた。

「あたしが落っこちても、もう受け止めてくれやしないってこと、そろそろ受容しなきゃだよ」

ふてくされた顔を作って千夏は言った。自分が千夏を傷つけてきたことを、瑠美は改めて思う。

「なんか……良い夢ね」

瑠美は言った。瞬也だったらきっと、どんな状況でも最後まで受け止めようとしてくれるだろう。

「そうだよ。乙女っぽい夢だよ」

恥ずかしそうに微笑んだ後、千夏は大きな口を開けて笑った。

このところ、瞬也と瑠美の関係については、千夏は何も訊いてはこない。あるいはもう、いろんなことを彼の口から聞かされているのかもしれなかったが、彼女はそのことについては話さない。だが瞬也のことをまったく口にしないわけでもなく、できるだけ自然に振舞おうとしているのがなんとなくわかった。

部屋の勉強机だと眠ってしまうので、瑠美は参考資料と看護過程を持って、食卓のテーブルで勉強をしていた。朝の五時を過ぎた頃だったが、まだ外は真夜中のように暗い。家に戻って夕食を食べてから仮眠をとって、夜中の十二時くらいからずっと勉強しているのだが、まだ八木友香の病状はつかめないままだった。

「脳は……難しいわ」

立ち上がり、冷蔵庫に入っているアイスコーヒーのペットボトルを取り出す。もう四杯目でそろそろ胃が痛くなってきた。

脳腫瘍という病気そのものは複雑なものではないけれど、病気の進行に応じて友香の病状がどうなっていくかを予測するのが、瑠美には難しかった。これまでの臨地実習で、きついといわれる脳外科病棟を免れてきたのはよかったが、まさか小児実習で受け持つとは思わなかった。勉強してこなかったぶん、基礎的なことから調べなくてはならず、いくら時間があっても足りないという感覚を久しぶりに味わう。

脳……。知れば知るほど、複雑な場所だ。人間のまさに中枢。生きるということの詰まった場所。

「脳が人生を決める……ってね」

脳模型のカラー写真を見つめながら、思考も感情も五感もなにもかもすべてを司《つかさど》る不思議なうねりに感動していた。

夜が明け始める頃、一夜漬けではあるけれど脳の機能をひととおり調べ、友香の今の状態がうっすらと頭に入ってくる。腫瘍のある位置から予測される今後の病状は、決して楽観的なものではなかった。

白紙だった看護過程の用紙が、鉛筆の文字で埋まっていく。初めの頃はいまどき手書きで課題をさせるなんてと反発していたが、字を書くのにかかる時間が、思考を整理するのにちょうどよく、心も落ち着く感じがする。

「まだやってんの……頑張ってるね」

突然襖が開いて起き抜けの母が顔を出す。

「何、びっくりさせないでよ」

「風邪ひかないようにね。膝になんかかけなさいよ、暖房ももっと強くして」

母は言いながら羽織っていたフリースを脱ぐと、瑠美の膝にかけた。

「徹夜したの？」

テーブルの上に広がるレポート用紙をのぞきこむようにして、母が言った。

「ほぼね」

瑠美がこたえると、母はテーブルの向い側の椅子に座った。

「すごい量のレポート……。あんたはほんと、勉強が好きね」

母はそう言うとポットからお茶を注ぎ、温かそうな湯気が上がる。

「好きとか、そういうんじゃないのよ。やらざるを得ないっていうか……。学生といえど患者さんには責任あるし」

「自分のためじゃなくて、患者さんのため、か」

感心したように母が言うので、瑠美は、

「そんな偉そうなことではないけれど」

と、呟く。

「そういえば最近、お父さんもそんなこと言ってるわ。家族のために頑張りたいって。あんなに仕事人間だった人が……」

父が体調を崩した原因が、仕事での失敗だったことを母は話し始めた。会社に損失を与えたため配置転換となり、父にとってはそれまでの数十年間を無にされたような衝撃だったのだろうと。

「営業成績を上げること。とにかく仕事、仕事ってやってきた人だったから、そうなると脆《もろ》くてねぇ。あとはあんたも知ってる通りよ」

母は湯気を吹くようにため息をつくと、小さく笑った。

「でも、立ち直った」

瑠美は言った。

「そう。立ち直ったのね、お父さん。まだきっと完全ではないのかもしれないけれど、しっかりごはん食べて、眠って笑えるくらいに回復したわ。家族のために、って鼓舞してるけどね」

この頃は勤め先の焼き肉屋でも楽しくやっているらしい、と母は言った。「大将」と若いアルバイトたちに呼ばれ、慕われ、色々と教えているのだと。

「何か変わったわ。瑠美もお父さんも」

母がまた感心したように呟くので、ほめられることに慣れない瑠美は「そう」と気のない相槌を打ちながら、自分も父もこの数年でたしかに変わったのだろうと思った。変わったというよりも、新しい力が備わったのかもしれない。

「今、何時」

と母が訊いた。

「六時過ぎよ」

「そう。お母さん今日遅番だからまだ寝てるわ。弁当なくてもいい？」

「いいわよ。コンビニでパン買うから」

母はトイレに行くといって瑠美の座っている後ろを通っていった。

最近の母は、仕事に対しても生活に対しても文句を言わなくなった。ただ瑠美が忙しくて母の愚痴を聞いている時間がないだけで、父には言っているのかもしれなかったが、少なくとも自分の前では口にしない。父も、笑っている顔が増えたような気がする。瑠美が今、まっすぐに目の前のことに向かえていることが、両親にも伝わっているのだろうか。子を持つ大人にとって、子の存在は人生そのものにもなり得ることを、瑠美は実習を通して知った。病に伏す高齢の患者が思うことは家族と過ごしたこれまでの日々、自分がいなくなってからの家族の幸せ。人はこれほどまでに家族を想っているのか、親は子を愛しているのか、支えられているのかと、瑠美は何度も思い知らされた。そしてまた逆に、独りきりで病と闘う辛さ、亡くなっていく哀しさ……。人はとてつもなく強く、そして弱いものだということを、自分は患者たちに教えてもらった。

免許を手にして働きだすと、学生の間に感じたことを、日々忙殺される中で少しずつ剝がされていくのだろうか。剝がされて削られていくうちに、つるつるの何も感じない心の部分ができてくる。

「そうして心の無いナースのできあがり……」

自分だって長い間仕事に追われて身体を酷使していると、いつかつるつるの心を持つのかもしれない。どんなこともひっかからないつるつるの心……。感情のこもらない目で患者を眺める医療者に、自分もいつかなるのだろうか。

「おはよう、瑠美ちゃん。きょうはなにしよっか」

朝ベッドサイドにいくと、まず友香はこうやって話しかけてきた。実習が始まって一週間もすれば、彼女の体調の良し悪しが、この一言にこもる力具合でわかるようになった。

「なにしようか」

病室に来る前に看護日誌とカルテに目を通すのだが、昨晩、友香に呼吸苦があったと書かれていた。血液内の酸素飽和濃度を示すサチュレーションの値が九十パーセントまで落ちていた。正常の人はほぼ百パーセントを示すので、良くない傾向だった。

「息苦しくない？」

酸素マスクをはめたままの友香の耳元で、瑠美は囁く。昨夜からはずっと微量の酸素を口元に流す処置がされている。

友香は目を閉じたまま頷くと、

「きょうはなにする？」

と繰り返した。

「本の続きを読もうかしら」

鞄から本を取り出して、瑠美は友香が見えるように掲げた。ゆっくりと目を開けた友香は眩しそうな顔をして、唇だけで微笑む。

「その前にお熱とか測らせて」

友香の脇に体温計を挟み、手首で脈を取る。相変わらず棒切れのように細い手首に、規則正しい脈が触れる。

測定終了の電子音が鳴り、体温計を見ると七度四分を示していたが、友香にとっては通常の体温だった。

「じゃあ血圧ね」

小児用の血圧計は腕に巻きつける部分のマンシェットの幅が狭く、年齢に合わせて何種類かあるのだが、腕の細い友香は学童用ではなく幼児用を使用している。これまで鉄棒も跳び箱も外遊びをほとんどしたことがないという彼女は、首も腕も腰も足もすべてにおいて華奢にできている。

「どう？　悪くなってない？」

血圧を測り終えた空気を抜くプシューという音を聞くと、友香は心配そうに訊いてきた。

「百十と六十八。大丈夫。いい感じよ」

「よかった。心臓動いてるんだね」

嬉しそうに友香が微笑む。治るとも治らないとも聞かされていない彼女にとっては、毎日測定されるこうした小さな検査結果が支えにもなっている。

呼吸数をカウントするために友香の胸郭の上下を目で追っていると、

「きょう何曜日だっけ？」

と訊いてきた。

「火曜日だけど」

「そっか。まだ火曜日かぁ……」

昨日は「まだ月曜日か」と嘆いていたことを思い出し、瑠美は笑いながら、

「まあ落ち着きなさいよ」

と言う。日曜日には母親が面会にくることになっていて、友香は一週間ずっと楽しみにしている。

「瑠美ちゃん、今日お風呂無理だよね」

「そうねぇ。無理かも」

「頭、めっちゃ痒いんだけど。後で入ったらだめか先生か看護師さんに訊いてみて」

入浴は体力がいるので、呼吸苦のある状態では許可はでないだろうと思ったが、

「訊いてみるわ」

と瑠美は答えた。実際に看護師に入浴の許可を求めたら「あなたには患児の状態がわからないの」と目の色を変えて叱られるだろうが、友香のささやかな要求をこの場ですぐに拒絶することはできない。サチュレーションで再測定し酸素飽和濃度が戻っていて、酸素マスクが外せれば、夕方には許可がでるかもしれないし……。

「ねえ瑠美ちゃんもう終わったの？　終わったんだったら本の続き読んで。ベッド少しあ

げてよ。マスクも外したい……」

早口で次々に要求を出して、不機嫌な表情を浮かべる時は彼女の体調が悪い時だということも、瑠美は気づいている。体調の悪い時、人がとる態度は本当にその人それぞれで、静かになる人、当たり散らす人、気弱になる人や必死で力を振り絞ろうと努める人……いろんな患者に出会ってきた。友香はまだ子供なので、体調がそのまま表情や仕草に出る。

『はるかな国の兄弟』というこの物語を、友香は気に入っていた。弟を庇って火事で焼け死んだ兄が、弟の空想の中の国で生き続け活躍するという話。まだ小さいのに思いやりと優しさに満ちた兄は、瑠美も好きだった。

昨夜あまり睡眠を取れていないせいか、友香は三ページに入ったところで眠ってしまった。顔をのぞきこむと苦しそうな眠りではなかったので、瑠美は安心して布団をかけ直し、病室を出る。友香の病室は六人部屋で、彼女は廊下側だったので物音が激しく、じきに目を覚ますだろうとは思ったが、できるだけ休めるといいのにと願いながら瑠美は部屋を出る。ナースステーションに向かって歩いていると、重症患者が入る観察室に医師や看護師が足早に出入りしているのが見えた。

「気楽でいいわねぇ」

友香が眠っている間にカルテの新しい情報を読み込もうと椅子に座ると、後ろから声がした。夜勤明けらしい看護師が、看護日誌を書きながら呟いていた。周りを見回すと自分しかいないので、瑠美は自分に向かって言われているのだと気がつく。

「何がですか」

瑠美は訊いた。夜勤明けの看護師には話しかけるなというのが、学生の間では鉄則だった。夜勤明けのナースは手負いの虎《とら》より恐ろしい……。本当は聞き流そうかと思ったが、「越野《こしの》」と書かれた胸の名札と、昨夜の友香の看護日誌の「越野」というサインが同じだった。

「あなた八木友香ちゃんの担当よね。ちゃんとわかってんの、彼女の状態？　ただなつかれてればいいってもんじゃないのよ。あなたのやってることって保育士みたいなことじゃないの」

思いやりのある忠告なのか、苛々をぶつける言葉なのかは、話す人の目を見ればわかるものだ。瑠美は越野という看護師の目をじっと見つめた。眼鏡の奥の充血した目は、疲労で苛立った色をしている。夜勤業務は朝の八時までだが、彼女の机の上にはまだ看護日誌が四冊も積まれていた。

「夜勤おつかれさまです。昨夜はいろいろあったみたいで……もう十時ですね。私なんかでよければ何かお手伝いできることありますか」

瑠美はできる限り愛想の良い声で、虎の攻撃をはぐらかす。さすがに最終実習で、こんな挑発に乗るのもばからしい。

「昨夜は二人も急変あったのよ。八木さんもだけれど個室の十ヶ月の乳児がね……。今も観察室で危篤の状態」

目頭を揉むようにして看護師が言った。一晩中働いているのだ、彼女の険のある表情や口調もしかたないのかもしれない。

「危篤、ですか」

「そうよ。もう両親がパニックでね、その対応だけでもへとへとよぉ。特に母親がね」

三度の流産、死産を越えてようやくできた子供は、心臓に重大な欠陥を抱えて生まれてきたのだと越野は言った。生後三ヶ月で入院してきて、自分たちも昼夜必死の看護を続けてきた。泣くことで心臓に負担がかかるので、泣かさないように、一日中看護師のだれかが抱いていたこともある。

「赤ん坊は泣くもんでしょ。泣かさないようにするなんて、とうてい無理なことなのよ」

それでもなんとか半年が過ぎ、面会にくる母親にも笑顔が見られるようになり、自分たちも喜んでいた頃の急変だったのだと越野は言った。看護日誌を書く手がとまり、帰宅時間がどんどん遅くなるのではと瑠美は思ったが、彼女は誰かに話したくてたまらないようだった。

「こっちだって必死でやってたのよ。いつだって定員割れの少ない人数で、休憩もろくにとらず看《み》てきたのよ。小児は通常以上に手がかかるのに、他の科と一緒で夜勤は看護師二人で看るの。一人が仮眠していたら一人の時だってあるの。背中にぐずる赤ん坊をおんぶして、膝に夜泣きした子供を抱えて片手で看護日誌書く夜なんてしょっちゅうよ。なのに、患児の親にあなたたちがちゃんと看てないからこんなことになったのよって言われてみ。腹が立つの通り越して涙がでるわよ」

越野は言いながら、本当に涙を目に浮かべた。さすがに学生の前で泣くのはいけないと思ったのか、途中で鼻をすすると、まだ残っている看護日誌の記載に向かう。

「おつかれさまです」

愛想ではなく、本心で瑠美は言った。自分とおそらく二、三歳しか年齢の変わらない越野が、恥ずかしそうに俯いた。

「八木友香ちゃん、難しいよね。この先オペするかどうかもわからないし、もちろんこのままにしておいて治ることもないでしょう。正直なところ医師も経過を見て、看護師も見守りの看護というのが現状なのよ」

「それって、次に急変した時は悪化した時ってことですか」

瑠美が言うと、越野は俯いたまま「そうなるね……」と呟いた。

そのまま越野が看護日誌に目を落としたので、瑠美は口をつぐんだ。

手の施しようがないという意味での、経過観察……。本人も、周りで彼女を支えている人たちにも厳しい状態だが、だからといって瑠美ができることなど何もない。現代の医療ならなんでも治るような気がしていたのは、看護学校に入学する前の自分で、今の自分は医療ができることには限界があるのだと知っている。どんなに高度な医療をもってしても治らない病気は世に溢れていて、そうした病を前には、医師も最新の医療機器も薬剤もただ無力な存在になるしかないのだった。

でも、何もできないわけではないんだと、瑠美は思う。治らない病を抱えた人に対しては、看護師が最も力を発するのだと教えてくれたのはどの教員だったか。たった三年間しかない看護学校の授業はどれもみな慌しく素通りしていき、頭に残ってはいても胸に留まるものなどほとんどないのだが、その言葉だけはいつまでも記憶にある。病棟ではしばしば余命という言い方をするが、瑠美はその言葉が嫌いだった。まるで死に向かって生きているような、弱気な感じがするからだ。精一杯生き抜いた先に、誰にも公平な死があるのだと瑠美は思う。死ぬことは恐いけれど、だからといっていつか来るその日に怯えて自分らしく生きられないことはもっと不幸なことだ。そう教えてくれたのは千田仙蔵だったか……。

友香は経過を観察されるためだけに生きているのではない。自分が彼女にできることは何だろうかと、瑠美は思う。

「ぼうっとしていたら邪魔じゃないっ」

険のある甲高い声がしたと同時に、何かが背中にぶつかってきた。大柄な看護師が眉間に皺を寄せて、ナースステーションの引き出しを次々に開けていた。

「何探してるんですか？」

とまだ看護日誌を書き続けていた越野が声をかけると、

「あれどこだっけ。ほら、死亡診断書」

と早口で言った。

「亡くなったんですか」

越野が訊いた。

大柄な看護師は答える時間も惜しいというふうに「そう」と面倒そうに言うと、駆け足でナースステーションを出ていった。

看護師と入れ替わるようにして、千夏がやってきた。肩をすぼませ、俯き、頭に載せられた三本線のナースキャップはピンが取れたのか頭からずり落ちそうだった。千夏が何度か指で目をこすっているのを見て、今亡くなった患児というのが彼女の受け持ちの赤ちゃんであることを知る。

「キャップ落ちるわよ。白ピンなくなったの？　貸そうか」

瑠美は彼女の側に寄ると耳元で囁いた。多めに留めていた自分の髪の白ピンを外し、千夏のキャップを直してやる。

「ちょっとしゃがみなさいよ」

と瑠美が言うと、千夏は無言で両脚を折り曲げた。

「行かなきゃ……」

涙を止めにきただけだと言うと、千夏はまた病室に戻ろうとした。看護学生は病棟で泣いてはいけないときつく言い聞かされているので、涙は飲み込むしかない。

「大丈夫？」

千夏の背中に向かって言うと、彼女は振り返り小さく頷いた。死後の処置に入るために、ユニホームの上から使い捨ての薄手の白いガウンを羽織っている。瑠美の知っているかぎり、彼女が受け持ちの患者を亡くすのは初めてだった。受け持ち患者の死を、ただアンラッキーだと軽く受け止める学生も大勢いる。新しい患者を受け持ったなら、看護過程を書き直さなくてはならないからだ。でも傷つき、しばらくは実習にならない繊細な学生も少数だけれど何人かはいて、おそらく千夏は後者だろうと瑠美は思う。

「あんなに必死でやっていたのに……」

思わず呟くと、耳に入ったのか越野が、

「無力感との闘いよ、この仕事」

と言った。はっとして彼女を見たが、相変わらず看護日誌に筆を走らせたままで、こっちを見てはくれなかった。

最終実習も残すところあと一週間となり、瑠美は複雑な気持ちで毎日を送っていた。通常実習より一時間早い実習開始で、学生たちは疲れきっていた。瑠美も同じで、まだ暗い朝の道を、眠すぎて目を閉じながら歩くこともあった。それでもなんとか崩れず壊れず一日を更新していけたのは、最後だという気持ちと、友香への想いだろう。

このところ友香の体調の変動が大きく、毎朝病室に向かうのが辛かった。調子の悪い時は一日の大半を眠っている。良い時はベッドに座って休むことなく話し続けているか、書き物をしているかだった。

「おはよう、友香ちゃん」

瑠美が顔を出すと、朝食の途中だった友香が手を止めて笑顔になった。

「瑠美ちゃん、電気つけてくれない？」

牛乳のストローをくわえたまま、友香が微笑む。

「電気？」

外よりも明るいくらいに照らされた病室を見回し、瑠美は首を傾げた。

「暗くてよく見えないんだけど……。雨、降ってるの？」

口をすぼめ目を丸くして牛乳をすする友香の顔を、瑠美はまじまじと見つめる。昨日と何も変わっていない、顔色も悪くない……。

「今日、私以外の看護師さんと話した？」

瑠美が訊くと、友香は「ううん。瑠美ちゃんが初めて」と言う。瑠美は「ちょっと待っててね」と言い残し、彼女の視力が落ちていることを友香を担当する看護師に報告しにいった。

瑠美からの報告が看護師から医師に伝わり、すぐさま頭部のCT検査をすることになったが、そのことを友香に告げると頑なに「行きたくない」と言う。

「どうして？　CT検査は痛くないのよ」

「いや」

「ひょっとして間違えているんじゃないの、MRの検査と。違うわよ、変な音のする検査でもないのよ」

磁気を利用して行うMR検査はCT検査とよく似ているが、キーンキーンという工事中のような金属音が絶えず耳元で鳴り、それを嫌がる人も多い。

「CT知ってる。ベッドに寝たまま、なんか穴みたいなとこに入っていくんでしょ」

「痛くないでしょ」

「でもいや」

これほど友香がぐずる姿を初めて見た。なだめすかすという技は瑠美には苦手な分野だったが、それでも猫なで声を出してみる。

「すぐ終わるのよ。数分の検査よ」

友香を車椅子に乗せて今すぐに連れていくように言われていたが、時間だけがどんどん経っていく。

「困ったなぁ……どうしよっか」

少し間を置こうかと思い、車椅子に自分が座り、小さく溜め息をつくと、

「瑠美ちゃんが……困る？」

とだんまりを決め込んでいた友香が訊いてきた。

「まあ困るといえば困るけれど。でも友香ちゃんが嫌ならしかたないというか……。人にはどうしても嫌だってことあるものね」

「じゃあ、ここでCT検査する」

「ここで？」

「うん。この部屋でならいい」

一般的なX線撮影であれば、レントゲン技師がポータブルの器械を病室まで持ち込み、患者のベッド上で撮影することがあるが、友香はそのことを言っているのだろうか。

「CTは特別な部屋でないとできないのよ。レントゲンならここまで機械を運んでもらえるけどね」

瑠美は友香に説明しているうちに、友香が小児病棟を出ることを拒絶しているのだと気がついた。

「もしかして友香ちゃん、移動するのが嫌なの」

「……うん」

「どうして？」

「外来病棟だと普通の人がいっぱい来てて、子供もいたりして、友香のことじろじろ見るのが嫌」

「そういうこと前にもあったの？」

「検査で行くと……いつもそういう感じ。……恐いの」

「恐い？」

「うん。普通の人に会うのが恐いの……」

友香は泣き出す直前の赤ん坊のように顔を歪めて訴えた。瑠美は、以前千夏が言っていた言葉を思い出す。恥ずかしい気持ちが強く強く、強く膨れあがると恐怖になる。

「じゃあさ、友香ちゃんもさ、みんなみたいに洋服でいく？　パジャマ着替えて。スリッパもやめて靴にして。ロッカーに着替え、置いてある？」

瑠美が言うと、探し物が見つかった時のように、友香の表情が変わる。

「いいの、そんなことして。退院じゃないのに着替えたりして」

「いいのよ。そんなこと、自由よ」

瑠美は自信を持って答えると、ベッドの横にある長細いロッカーを開けた。ロッカーの中にはちゃんと、友香のための私服がハンガーにかかっている。手に取っただけで新品とわかる硬い感じと、布の素材の香りがした。

「可愛いじゃない」

着替えのために仕切りのカーテンを引きながら瑠美が言うと、友香は嬉しそうな顔をして、

「お母さんが買ってくれたの。エンジェルブルーのなの。何かの本で見て、私が欲しいっていったら買ってきてくれたの」

「今流行《はや》りなんだ、これ。たしかに可愛い」

パジャマの上着を自分で脱いだ後、友香は暗闇に手を伸ばすようにした。その動作で瑠美は彼女の目が見えていないことを思い出し、慌てて着替えを手伝う。

「いいじゃない。モデルさんみたいよ」

トレーナー地のパーカーは菜の花の柔らかな黄色をしていて色白の彼女によく似合っていた。ズボンも脱ぎ、ジーンズの三段フレアスカートに穿き替えると、今どきのおしゃまな小学生が完成する。濃い緑色の靴下も、赤い運動靴も、すべて友香のサイズに合った新品だった。

「グッドルッキング」

瑠美が言うと、友香はこれまでのどの笑顔とも違う顔で笑った。小さな子供がピアノの

発表会かなんかの後でお辞儀とともに見せるような誇らしそうな笑顔、背伸びする笑顔だった。

「似合ってる?」

「似合ってるわよ」

「鏡で見たいけど……私、目が見えてないみたい」

人の歩く足音や赤ん坊や子供たちの泣き声はもう朝のものなのに、自分だけ目の前が暗いのはおかしいから、と友香は言った。

「前にもこんなことあったんだ」

「目が、見えなくなったの?」

「そう。でもまたしばらくして見えるようになった」

瑠美は少しほっとしたが、複雑な彼女の病状を思った。

それでも、私服に着替えた友香の顔は見違えるように明るい。車椅子に座り、剝きだしになった両方の膝小僧をぴたりとくっつけている。いつもはパジャマの長ズボンに包まれっぱなしのつるつるの膝小僧だった。

「じゃあ行きましょうか」

瑠美は車椅子のグリップを握り、声をかける。私服を着ているだけで友香は潑剌として見え、「うん」と頷く声も同じように元気があった。

エレベーターに乗り込む時、ナースステーションを横切らなくてはならず、その際に何人かの看護師がこっちを見ていることに瑠美は気がついていた。瑠美が検査に連れて行くことは許可されていたので、おそらく、友香が私服に着替えていることに注目していたのだろう。後で叱られるかもしれない。学生が何かをする時には必ず報告と許可が必要だからだ。

検査室のある外来棟一階までの道のりは結構長く、瑠美と友香は本当に散歩をしているような気持ちになった。小児科のある病棟から外来棟に行くには、いったん外に出て渡り廊下を通らなくてはならず、冬風の冷たさが心配だったが、友香は思いのほか楽しそうにしていた。冷たい冷たい、気持ちいいとはしゃぐ姿に、瑠美は車椅子を押す力を緩める。知らない人が見れば、普段着を着た友香のことを元気で可愛い小学生だとしか思わないだろう。車椅子に乗っている以外は、外を自由に行き来する少女たちと変わりはない。なのに、病室で横たわっている時の友香は、外界から隔絶された子供になる。普通ではない子供になる。友香に限らず、病室にいる患者すべてが入院をした時点で外とは別の人になってしまうように瑠美は感じる。

「ちょっと止まって、瑠美ちゃん」

廊下を渡りきる手前で、友香が言った。

「気持ちいい。冬ってこんなだったんだよね、忘れてた。冬の匂いがする。鼻の穴が冷たい……」

ユニホームは半袖だったので、瑠美は寒くてたまらなかったが、しばらく二人で冬の寒さを感じていた。時々ひゅううと音を立てて風が吹き抜けていったが、友香は愉快そうだった。小さくて細い友香は、すぐにでも凍ってしまいそうだったが、

「まだまだもうちょっと」

と弾んだ声を出していた。

「ありがとう。すごくすごく気持ちよかった。風がぶんって友香の頭を持っていこうとしてたよ」

外来棟に入ると、むんとした熱気がする。外界の空気に触れた後だと、不自然な感じのするぬくもりだった。

友香は聞き分けよくCT検査を受けた。検査室の中には看護師がいるので、瑠美は外の廊下で待っているように言われた。車椅子を畳み、壁にもたれながら、瑠美は考えていた。季節のない毎日を過ごすことがどういうことなのか、考えていた。

第十七章　きみと歩いた道

千夏が実習を休んだのは、初めてのことだった。もともと身体が丈夫な上に、強靭な忍耐力を持つ彼女は、風邪なんかで休むことはなかったし、発熱くらいは汗をかいて治すような人だった。だから瑠美は実習開始時間になっても現れない千夏を、事故にでも遭ったのかと気が気でなかった。

「休むって連絡あったらしいわよ」

と遠野に言われた時は、文字通り絶句した。

「ほんとに？　なにかあったの」

「知らないわよ。さっき教員が看護師に伝言していたの聞こえただけだから」

さして興味もなさそうに言うと、遠野は考え事をするように、薬を数える手を止めた。

最終実習も残すところあと三日となり、今日一日休んだところで千夏の出席日数に問題はないだろうが、ここまで来て休むような人ではないはずだった。

「もしかして……担当の患児が亡くなったから……」

はっとして瑠美は言った。でもだからといって実習に来なくなるような千夏ではない。

「そうなの？」

かすかに眉間に皺を寄せて遠野が訊いてくる。ほとんど表情は変わっていないけれど、瑠美には遠野が気にしていることがわかる。

「ええ、そうみたい」

昨日は友香の結果が出るのを待っていて、病棟から学校に戻るのが定刻の一時間半近く遅れたので、ロッカー室には誰もいなかった。千夏とも会っていない。

「そう……」

遠野はまたいつもの冷静な表情に戻って呟き、さっさと受け持ち患児の病室に消えていった。

千夏は次の日も現れず、連絡も取れないままに実習は最終日になった。実習最終日、この日だけを夢見て学生たちはやってきた。看護学生にとって実習より大切なものはなく、また実習より辛いこともない。上級生たちが、この実習最終日にロッカー室で歓喜の声をあげている姿を、二度も見てきた。千夏は「あたしたちも絶対、あの雄たけびやろうね。ナースキャップも高々と放り投げちゃおう」と最終日を心待ちにしていたのだ。

「どうしたの、瑠美ちゃん。ぼうっとしちゃって」

友香に言われて、瑠美は我に返る。髪を二つに結った友香が微笑んでいる。

「だめじゃん、いっぱい喋ってくれないと。だって今日で終わりなんでしょ」

切ない表情を隠さずに、友香が責めるような泣き言を言うような口調になる。

「そうね。でも実習は最後だけれどお見舞いには来るわ」

「うそだよ。今までの実習生で来てくれた人なんていないもん。みんなまた来るねって言ってくれるけど、来たことないもん」

「そうなの？　でも私は来るわよ」

瑠美が言うと、友香はにっこりと微笑みを返す。友香の視力は明るさは取り戻したが、今は物が二重に見えるらしく、目を細めたり瞬きを繰り返した。

「なにかあったの」

友香が瑠美の方を見て訊いた。瑠美の表情を捉えようと、目に力を入れている。

「友達がね、実習休んでるの。今日で三日目。メールしても電話かけてもでないし、ほんとどうしちゃったのか」

明らかに自分を避けるように連絡を絶っている千夏のことを瑠美は思った。

「喧嘩したの？　瑠美ちゃんとお友達」

「いいえ、してないわ。……たぶん」

そういえば千夏とは喧嘩をしたことがない。もう三年近く一緒にいるのに、対立したり衝突したり無視したりされたり、そういうことは一度もなかった。感情の起伏の激しい瑠美にくらべて、彼女の安定した包容力が、二人の関係を柔らかなものにしていることを、瑠美は知っている。

「ほんとに？　怒らせちゃったんじゃないの、瑠美ちゃん。だって瑠美ちゃんってハニキヌキセナイ性格だから」

使い慣れない言葉に舌を嚙み、友香は笑う。

「うるさいよ」

瑠美が言うと、何がおかしいのか友香はもっと笑った。

「お家まで行ってみればいいのに。今日で実習終わりなんでしょ」

「そうね」

友香に言われ、瑠美は今日の帰りに家まで寄ってみようと決めた。もしかすると家を離れられないような用事があるのかもしれないし、携帯電話が故障しているという可能性もある。

「うん。だから今は友香とお話しして」

「ごめんごめん。あなたに集中するわ」

「最後なんだから」

「最後じゃないわよ」

「ううん。絶対最後。看護師さんになったら瑠美ちゃんもっと忙しくなるから友香のところには来られない」

歌うように言うと、友香はタオルを鼻につけ匂いを嗅ぐような仕草をした。クマの刺《し》繍《しゅう》がついたタオルは友香のお守りのような存在で、いつも傍らにあり、母親が帰る時や辛い処置の時に、そうやって鼻に当てて悲しみが漏れ出さないようにする。

「知ってた、友香ちゃん。私って友達が少ないの。少ないというより、今話した子一人しかいないのよ。だから友香ちゃんに会いにくる時間はたっぷりあるの」

瑠美が言うと、友香は嬉しそうに、

「友香も友達いないから同じだよ」

と慰めの口調で言った。

「退院するまで、来てくれる」

タオルを鼻で吸いながら友香が訊く。

「友香が退院する時まで遊びに来てくれる」

野球の投手が尻ポケットに入れたロージンに手をやるような自然な仕草で、何度もタオルを鼻に当て、友香は訊いてくる。瑠美は友香の目にはっきりと映るように、大きく頷いて、

「本当に来るわよ。私、子供は得意じゃないけどあなたは大好きよ」

とハニキヌキセナイ口調で言った。

「山手線で有楽町駅、そこから東京メトロ有楽町線に乗り換え……」

瑠美は瞬也から送ってもらったメールを口に出して読み上げ確認する。千夏とはほとんど毎日学校で顔を合わせていたが、家に行くのは出会ってから二度目。一年生の初めにいきなり家に呼ばれた時以来、二度目だった。

記憶があやふやだったので、瞬也にメールを送り、千夏の家までの道順を教えてもらったのはほんの数分前のことだ。

最終実習の千秋楽を迎え、本当なら他の同級生たちのように達成感と満足感で満ち溢れた表情でいつまでもロッカー室ではしゃいでいたかった。抱き合って涙を流したい気もした。千夏が言っていたように三本線のナースキャップを天井めがけて思い切り放り上げたかった。でも瑠美は歓喜で沸く同級生たちの間をすり抜けるようにして学校を出て千夏の家に向かう。自分が手を握って「お疲れさま」と言い合いたい相手はひとりしかいない。

「おつかれさま」

瑠美が病室を出る時、大人びた口調で友香は送り出してくれた。長い入院生活の中で、友香は諦めや寂しさやどうにもならない悲しみを静かな口調に変える術を覚えたのだろう。友香の「おつかれさま」は耳に残り、心に沁みた。

瑠美が去った病室で、友香は明日も明後日も、また同じ日常を送るのだと思うとやりきれない気持ちになった。

「ありがとう。またね」

ベッドサイドで挨拶すると、友香は泣き顔で瑠美を見上げ、いやいやと二度頭を左右に振った。けれど最後は、

「瑠美ちゃんありがとう。たのしかった。さようなら」

と笑顔を見せた。こんなに小さな子供でも、相手を悲しませないように笑顔を作るのだと思うと、瑠美は喉の奥が熱くなった。これまで受け持った患者がみなそうであったように、瑠美の未来を祝福し、健康な場所に戻っていくことを応援してくれる。

友香に背を向けたくないと思い、後ろ向きに歩きながら病室を出ると一瞬後ろにこけそうになって口がぱっくり開き、それを見た彼女が大きく笑った。そしてそれが別れの顔になった。

千夏に会ったら、そのことを話そうと思いながら、瑠美は電車に揺られた。

和光市駅で降りると、たしかに以前訪れたことのある景色が目の前に広がる。そういえばこのスーパーあったなと思い、記憶を辿りながら歩いていく。「わからなかったら道行く人に和光官舎はどこですかと訊ねれば教えてくれる」と瞬也のメールにはあったが、記憶は意外に鮮明だった。

「さすが私ね。頭いいわ」

呟きながら、瑠美は歩く。彼女が通っていたという保育園は前と同じようにひっそりとしていて、二年八ヶ月前と同じようにひとつの窓からだけ、灯りが漏れていた。

瑠美は歩きながら、まさか自分がこんな形で千夏を訪ねるなんてと思った。学校に来なくなった自分を千夏が訪ねて来ることは想像できても、その逆があるなんて……。見上げると冬の空に白い星が揺らめいている。

陸上自衛隊の朝霞駐屯地が見えてきた。駐屯地を挟むように、和光市側に和光官舎、朝霞市側に朝霞官舎が建っていると瞬也のメールにあり、千夏の家は和光官舎の五棟だった。千夏に連れられて来た時はまだ外も明るく、彼女が高野豆腐と呼んだ官舎がはっきりと見えたが、今は暗くてどこに五棟があるのかわからなかった。

同じような建物の前で、瑠美は立ち止まり携帯を取り出す。千夏の番号をかけてみるが、やはり電源が切ってあるというアナウンスが流れるだけだった。窓灯りはあるが、団地の硬さや冷たさが、張り切ってここまでやってきた瑠美を少しだけ縮こまらせた。

暗闇の中で五棟を探していると、遠くで足音が聞こえてきた。音の無い暗闇も怖いけれど、足音がするというのも恐ろしいものがあった。誰かがいる。誰かが瑠美がいる方に向かって近づいてくる。そしてその足音はしだいにスピードを増し、いつしか駆け足のように聞こえてきた。

「ひいっ」

大きな黒い影が視界に入り、瑠美の目の前に立ちはだかった。瑠美が逃げようと体を翻したその時、手首を掴まれた。

「きゃああ」

無意識に大声で叫んでいた。なにがなんだか混乱して頭を抱えるようにしてその場にしゃがみこむと、

「瑠美ちゃん」

と頭の上から声が聞こえてきた。

「……瞬也くん」

「どうしたの、そんなにびっくりして」

助け起こすように瑠美を抱えると、瞬也は子供に言うみたいな優しい声を出した。瞬也の手も羽織っているジャンパーも、硬く冷たい。

「そろそろ着いたかと思って探してたんだ。わかりにくいだろ、ここ団地だから。五棟は特に探しづらいんだ」

「ずっと……待ってたの？　さっきからずっと」

「まあそんな長くじゃないよ。時間読んで、適当に」

「冷たい……」

無意識に瑠美は瞬也の頬に手を当てた。彼の頬はかさかさして冷たかった。

二人並んで、千夏の家のある五棟までの道のりを歩いた。側にいるのは瞬也なのに、ふと拓海の顔が浮かぶ。千夏が前にしていた夢の話をふと思い出す。自分が梯子を上り続けていくとしたら、下で励ましてくれる顔は拓海であってほしいと思った。拓海が側にいるというだけで安心できる。一緒にいると安心できるという理由だけで、女の恋心は成立するのかもしれない。

「ここだよ。ここの三階。階段上って右の方のドアだよ」

「ありがとう」

「おれのうち、すぐ近くだから。千夏との話が終わったら、メールくれる？　駅まで送ってく。危ないし」

瑠美は曖昧に頷くと、階段を上った。振り返ると瞬也が後ろでこっちを見ていた。

「ごめんなさい……。やっぱりメールはしない」

瑠美はひとつの決意を持って、瞬也に言った。彼と会うのはもうこれきりにしよう。心から好きではない人といることは、誰をも幸せにしない。

「私、あなたを……瞬也くんを友達としてしか好きにはなれない」

突然の瑠美の言葉に瞬也は顔を曇らせたけれど、覚悟していたというふうに頷き、

「わかってた」

と呟く。

「これ以上一緒にいると、あなたをいいように使ってしまうわ」

「おれは別にかまわない。いいように使われたって」

「私が……嫌なの。私が迷い、惑うの」

「そっ……か。ありがとう。はっきり言ってくれて」

「……ごめんなさい」

「いいんだ。おれは大丈夫。……気をつけて帰りなよ」

いつもと同じ笑顔を見せて瞬也は言った。後ずさり、背を向けて、闇の中に消えていく彼の姿を見ていると言葉を繋ぎたい思いになったが、瑠美は言葉を飲み込んだ。


ドアの横についているチャイムを押すと、中から「はあい」という女の声が聞こえた。無用心だと思えるくらいに勢いよくドアが開き、中から少女が顔をのぞかせた。ひとめ見てすぐ千夏の妹だということがわかったが、前に聞いたはずの名前は忘れてしまった。

「瑠美……」

妹が呼びにいくと、上下グレーのスウェットを着た千夏が惚《ほう》けた顔で現れた。

「なによ。どうして携帯の電源切ってるのよ。最終実習なのになに三日も休んでるのよ。どうして私に黙ってこんな……」

たった三日会っていないだけなのに、目の前の千夏が懐かしくてたまらない。

「千夏」

と呼びかけ、上目遣いに睨みつけると、彼女は涙をぽろぽろ零して、そのうちしゃくりあげるような嗚咽を漏らし始めた。

「もう……どうしたらいいかわからなくて……でも瑠美と話したら、あたし、自分の決めたこと曲げてしまいそうで……でも、でも……」

玄関口で向かい合い、泣きながら話し始めた千夏を見て、

「お姉ちゃん、中入ってもらったら」

と妹が冷静な声で呟いた。

「……看護記録をね、訂正しろって先生に言われたの……」

実習で何があったのかと瑠美が問うと、千夏は長い間沈黙し、そして話し始めた。

「看護記録の訂正？」

「そう。あたしの受け持っていた赤ちゃん亡くなったの、瑠美も知ってるでしょ？　あの子、心臓が悪かったんだ。いつ亡くなってもおかしくない状態で生まれてきて、それでも十ヶ月まで成長して。来年の春には一歳になるし、手術にも耐えられるんじゃないかって言われてて」

患児のことを思い出したのか、千夏の目からまた涙が零れる。

「でもここ一週間、ウイルスに感染したのか発熱が続いててね、時々呼吸困難に陥って呼

吸が数秒止まることもあったんだ」

　千夏は看護記録に、「呼吸が数秒停止」と書いたのだ、と言った。重大なことだし、記録には書いておかなくてはならないことだと、千夏は判断したのだという。

「でもね、先生と担当の看護師は呼吸が停止したというのはよくない、って言うの。患児の両親が万が一読んだら大事になりかねないって」

　すぐに消しなさい、と教員に言われたのだと千夏は言う。でも千夏は訂正することを頑なに拒んだ。患児の両親の目に触れても触れなくても、自分の看護記録は事実を記載したいからと。

「訂正しなかったら、実習放棄とみなすって言われたよ」

「実習放棄？」

「そう。実習停止なら、まだ再実習させてもらえるけれど、実習放棄の場合は自主退学するしか道がないんだ。で、あたし、自主退学しようかと思ってる。でも瑠美に会ったりしたらその決意が揺らぎそうで……」

　千夏は暗い表情で俯いた。千夏の声と退学という言葉があまりにそぐわず、瑠美は言葉を失った。どんなことがあっても、千夏という人は絶対に学校をやめたりしないと思っていた。

「なに……言ってるの。ここまできて……冗談でしょ」

「冗談じゃないんだ。本気なんだよ、瑠美」

「いいじゃない。訂正すればいいことなんでしょ。修正液で白く塗ってしまえばいいことでしょ。実際に裁判が起こっていて、千夏の看護記録を証拠として提出する、っていうわけでもないんだから」

「だめなんだよ瑠美。やっぱり自分が正しいと思ったことは曲げたらいけないんだよ。患者に不利になるようなことは、どうしてもしてはいけないんだよ。一度やったら二度目もやるよ。二度やったら三度……そしてだんだん罪悪感なんてなくなってしまうんだ。あたしそういうの、やなんだ」

千夏はさっきの気弱な感じではなく、大きな声で、宣誓するように言った。

「でもだめ……やっぱ瑠美の顔見ると決心揺らぐよぉ。一緒に卒業したくなる……だから会いたくなかったのに」

「この人、ばかでしょ」

部屋の襖が開いて、両手でトレイを持った妹が言った。

「要領悪いんだよね、昔っから。そんなバカなことすんなって、あたしも父も説得したんですけどね。だめなんです、頑固で。父はもう諦めちゃってますけどね」

妹は学習机の上にティーカップの載ったトレイを置き、瑠美の隣に腰を下ろした。

「あんたなに座ってんのよ。出ていきなよ。それに、あたしもう決めたんだ。だから瑠美、あたしの気持ちをわかって」

人が聞いたら、千夏のやっていることは、なにもわかっていない、まだ世の中が見えていない無力な学生のひとりよがりだと鼻で笑うかもしれない。でも瑠美は笑えなかった。記録を塗りつぶすことは間違っていると、今の千夏がそう考えるなら、最後までその考えを貫いてもいいのではないか。そうしたところで彼女が何ひとつ得をしなかったとしても、後で振り返ると自分は正しいことをしたのだと納得できる日が来るかもしれない。

「千夏が決めたならそれでいいと思うわよ」

「えっ。瑠美さん、そんなあっさり。お姉ちゃんを説得しに来てくれたんじゃないんですか。困るんですよ、うち来年私が大学受験なんだから、お姉ちゃんには卒業してもらわないと」

「うるさい、あんたは黙ってなさいよ。学校やめても家でだらだらなんてしないよ。ちゃんと働くし、働きながら次のこと考える」

千夏は妹を睨みつけ、言った。

「嫌なのよ、千夏は。教員や看護師に言われるままに自分の書いた記録を塗りつぶすのが。間違ってもいないのに、正しいことをありのままに書いただけなのに、それを隠すみたいにすることが嫌なのよね。私は、わかる気がするわ。もし同じ状況だったら私も……反発すると思う」

学生が一人、自分の主張を曲げずに退学したところで教員たちも看護師も、なんとも思わないだろう。頑固な、扱いにくい、むしろ将来的な危険分子を排除できたとぐらいに思うだけだろう。あの子は看護師には向かなかったのよ、というきめ台詞で締めくくられるだけだろう。千夏のこれまでの努力も想いも、未来の可能性も、見ようとしないのがあの人たちなのだから。目の前にある課題を、従順にやり過ごせる学生だけが価値がある、と。

「えええっ、なんなんですか瑠美さん。引き止めに来てくれたんじゃないんですかぁ。お姉ちゃんの背中押してどうすんですかっ」

「ウルサイ。あんたが出てかないんだったらお姉ちゃんと瑠美が外で話すわ。外行こう、瑠美」

千夏はさっと立ち上がると、スウェットのズボンをジーンズに穿き替え、上にコートを羽織った。瑠美は妹に向かってにこやかに微笑み、

「ごめんね。私役に立たないかも。受験、頑張ってね」

と手を振った。父親は夜勤だから今日は姉妹二人だけなのだと妹は言い、千夏に早く帰ってきてねと告げた。

「寒いね。悪かったね、連絡しないで。……わざわざ会いにこさせて」

外に出ると今まで中にいたぶん、空気が冷たく感じる。千夏はこの数日間ずっと家の中に閉じこもっていたらしく、久しぶりの外気だと笑った。

「いいのよ。ひとりで考えたい時もあるわよ」

前に来た時は鯉のぼりの吹流しが団地のベランダからそよそよと流れていたけれど、今はクリスマスを前に色とりどりのイルミネーションを飾っているところが多い。

「すごく悩んだんだよ。本当に。こんなことで卒業も免許も棒にふるのってばかみたいって」

「うん」

「もし瑠美が同じようなことで学校やめるって言ったなら、あたし止めたと思うよ」

「うん」

「でもね、どうしても嫌だったんだ。先生や看護師の口調や目つきを見てると、絶対言いなりになってやるもんかって思えてきて」

「わかるわよ」

「修正液で記録を消すなんて些細なことだよ。一秒ですむことだよ。でもそれができない。どうしちゃったんだろうね、あたし」

じっとしていると寒いので、団地の中の道を歩きながら話した。規則正しく並ぶ窓には灯りがついていて、時おり子供の泣く声やテレビの音が漏れ聞こえてくる。

「間違ってないからじゃない。少なくとも千夏は、自分が間違っていると思わないから、教員たちの言う通りにできないんじゃないの。いいじゃない、それで」

千夏は素直な性格だから、自分の非はすぐに認める人だった。だから今回は特別なのだと瑠美は思う。そうして出した彼女の答えなのだから、それはもう千夏という人の生き方そのものなのだろう。人は意識的にあるいは無意識に、自分のとる行動を選びとっている。そしてその判断はすべてその人の人生、生き方を築いていく。

「次はなんの職業目指そっかな」

千夏が火を吐くみたいに大きな息を吐き出すと、暗闇で白い煙になる。

「早いね、次への展開が」

「まあね。あたしさ、仕事には二種類あると思うんだ。人に喜ばれる仕事とそうでない仕事。大半が前者だと思うけど、中には借金の取立てなんてこともあるでしょ。あと人のためではあるんだけど、直ぐに相手からの反応がない仕事もあるでしょ、例えば工場で部品を組み立てるとか。あたしは、やっぱり目の前にいる人に何か喜んでもらえるような仕事をしたいんだ」

「それが看護師だったんでしょう」

「うん。すごくわかりやすい仕事だから。それがやりがいっていうやつでしょ。そういう職業、他にもあると思うんだ」

「また看護師目指してもいいんじゃない。結構多いらしいわよ。退学して別の看護学校に入り直した人って、よく聞くわよ」

「そだね」

「でもそうなると、ますますこの三年間が惜しいわね。また一から看護学生やるなんてぞっとするわ。続けなさいよ、やっぱり。キリシタンも生きるためにはイエスの顔踏んだんだから。一番大切なのはやっぱり自分よ」

「ははは。瑠美ってば……」

力なく笑うと、千夏は夜空を見上げた。

「あたしたちって自由だよね。別に誰を養うっていうわけでもないし、今すぐ働かなくても生活できなくなるわけじゃない。もちろんそれは親のおかげなんだけど。でもだから、今しか言えないことがあるんじゃないかと思うよ」

働き始めて磨《す》り減っていけば、おそらく自分も今のままではいられないと思うと千夏は言った。それは実習の中で見てきた看護師たちの後ろ姿から学んだ。恐ろしく忙しい日常の中で、理想を持って働き続けることは本当に難しい。

「だから今言うのね」

「そう。一年後だったら、あたしすぐさま修正液使っちゃうと思うもん」

不器用だけれど、人より遅れて進むだろうけれど、千夏はきっときちんとした人生を歩むんだろうと、瑠美は彼女の横顔を見て確信した。

「ここまで来てくれて、ありがとう。嬉しかった」

瑠美に会えば気持ちが揺れるから会いたくないと思いつつ、心の中では会いに来てくれないかと願っていたのだと千夏は言った。瑠美が現れた時、驚かなかった。心待ちにしていた手紙がようやく届いた時のような、安心感があったと千夏は笑う。

「学校やめたら、またスタートに戻る、だね。ゼロからやり直すよ」

「……ゼロじゃないわよ。ゼロじゃないわよ、千夏。この三年間はゼロにはならない……」

あまり長く言葉を続けると、涙が出そうだった。

「ゼロな人があんなにうまく人の身体を拭けるわけないでしょ……。あんなにうまく車椅子を押せるわけないでしょ……髪洗えるわけないでしょ……」

言いながら腹が立って涙が出てくる。でも何に対しての怒りなのか……。教員になのか組織の体制になのか、千夏に対してなのか、自分でもわからなくなってくる。でもこれほど一所懸命にひたむきに頑張ってきた人が、理想を持って夢を叶えようと努力してきた人が、退学という形を選ばざるを得ないということが悔しかった。

「らしくないよ瑠美。泣かないでよ。あたし美容師にでもなるかな。ほらシャンプーは得意になったから」

「無理。センス無いから」

「そだね。まずこの私服でだめだね。ほら看護師だったら白衣に着替えればすむから、あたしみたいなもっさいセンスでも大丈夫だけどさ」

「……センスあるわよ」

「なにさ、今センス無いって言ったくせに」

「正しさのセンスがあるのよ。警察官になったら？　判事とか……もしくは小説家」

「なにそれ。しかも全部難しそう」

歩き回っているうちに身体が温《ぬく》もってきた。千夏は駐輪場から自転車を引っ張ってくると、駅まで送ると言ってくれた。瑠美を送った後の帰り道は自転車ですっ飛ばすから自分は大丈夫だからと。

「こんなにでかい女を襲う変質者もいないよ」

危ないからいいわよ、と瑠美が断わると千夏はそう言って笑った。退学を引き止めるようなことは何一つ言えなかったくせに、彼女がこのまま学校に来なくなるのだと思うと、焦りと悲しみで胸が詰まった。

「会えなくなるわけじゃないよね。国家試験終わったら、また会ってくれるよね」

車輪が回るカラカラという音に重ねて、千夏が穏やかな声で言った。

「これまでと同じよ。国家試験終わらなくても別にかまわないわよ。国家試験なんて今さら勉強しなくても、明日受けても受かるわよ」

「さっすが学年二番。言うこと違うわ」

「首席でなくて悪かったわね」

「で、学年一位の遠野さんは順調に最終実習終えたの？」

「そうね、きっと今回も九十点以上だと思うわ。そつのない技術と充分な知識と完璧な看護記録で教員も病棟看護師も文句のつけどころがないわよ」

実習の最終日、学生の代表で遠野がナースステーションで挨拶をした。二年間実習させてもらったことへの礼を述べた後、今後また国家試験に合格して看護の場に戻ってくることを誓っていた。そのことを千夏に話すと、彼女は一瞬だけ複雑な表情を見せ、

「そうなんだ。遠野さんの挨拶だったらさぞかし感動的だったろうな」

と素直な口調で呟く。

「瑠美は……遠野さんとは決着ついたの？」

「は？　決着ってなによ」

「ほら、菱川さんのことだよ」

「そんなの初めからついてるわよ、決着。菱川拓海は遠野さんのことが好きなんだから」

「拓海さんから訊いたの？」

「そうよ。好きだって告白して、ふられたの。だからしょうがないでしょ」

「そうなんだ。じゃあ瞬也にも脈ありだね」

軽い口調で千夏は言ったのだが、瑠美はなんと返答すればいいのか迷ったまま、言葉に

詰まった。気まずい沈黙が流れる。

「前にも言ったけれど……瑠美と瞬也が一緒にいるのを側で見るのは本当に辛いけれど、でもあたしはしかたがないと思ってるんだ」

千夏は言ってから恥ずかしくなったのか、瑠美の背中を二度も、力を込めて叩いた。

「いたっ」

「ごめんごめん。ははは……」

「バカ力」

「だからごめんってば」

川沿いの細くて暗い道を、並んで歩いた。自転車のライトが前を照らしていたが、その光は小さくて、目の前を明るくするので精一杯だった。この先、何があるのかわからない、来た道さえもうどんなだったか覚えていない……不安な一本道は、これまで千夏と過ごしてきた時間そのもののように思えた。

「ここまで……ありがとね」

瑠美が言おうとしていた言葉を、千夏が先に言ってしまった。

「瑠美がいなかったらたぶんあたし頑張れなかったよ。勉強も辛かった。実技練習も辛かった。人間関係も辛かった。ほんと辛いことばかりで、毎日泣きそうだったよ」

「あとちょっとだったのに」

「うん。でももし瑠美があたしの立場だったら、同じようにしてたと思うよ。納得できないことには屈さない。それが瑠美だよ。だからあたしも真似してみた」

「私が悪かったみたいね」

「ははっ。そうかも……でもほんとありがとね」

駅が近づくにつれて店の明かりが増え、人の行き来も多くなった。瑠美はもう何度もこの道を千夏と一緒に歩いたような錯覚に陥りながら、駅の明かりを見つめていた。

「今日は帰るけど、またすぐ会うわよ」

自転車のハンドルを握ったまま棒立ちになった、千夏の泣き顔に向かって瑠美は言った。自分の声も掠れていることに気づく。

「ばかね、自分で決めたことでしょ。泣かないでよ」

「瑠美こそ、なんで泣いてるの？　やめてよ、お別れじゃないんだよ。また会うんだから」

でもやはり、同級生として、同志として会うのはこれで最後だった。一緒に走り続けてきたレールはもう二手に分かれてしまい、この先重なることはないのかもしれないということを、二人は知っている。佐伯を見送った時は、二人、同じ所で手を振っていたのに。

「正式な手続きは冬休み中だと言われてるから、それまで学校に行くことはないんだ。だから瑠美、頑張ってね。応援してる」

「そう……。応援、いらないわよ。何度も言ってるでしょ、私にとったら国試なんて……」

「酔っ払ってでも通るんだよね」

「そうよ」

まだ何か話したそうにしている千夏を振り切って、瑠美は切符を買い改札を通った。口元に微笑を浮かべたまま、千夏はVサインを作って立っている。悔しくて悲しくて、瑠美は叫びたかった。「あんたのやっていることはばかげている」と、怒鳴ってやりたかった。「つまらない理想で現実を棒にふるな」となだめたかった。でも叫ぶことも、怒鳴ることもなだめることもしないで、瑠美は地下に続く階段を降りた。

「がんばってねっ」

と千夏が小さく叫んだので振り返ると、まだVサインのままで笑っていた。

千夏が学校をやめるという噂は、いつしか学年中に広がっていた。最終実習を終えて、暇ができた学生たちは、自分たちの幸福感と千夏の退学というギャップを格好のネタにして話していた。普段は声もかけてこない同級生が、瑠美のところにやってきて退学の理由を聞き出そうとし、そのたびに瑠美は不機嫌な顔で舌打ちを返した。

「ちょっと」

自分の席で頬杖をついたまま目を閉じていると、遠野に腕を掴まれ引っ張られた。急に立ち上がるような姿勢になった瑠美は、腕を掴んだ遠野の顔をきつく睨んだ。

「痛いんだけど」

「ちょっと来なさい」

遠野は容赦ない口調で言うと、瑠美を廊下の端に追い込むように連れていった。

「山田千夏の退学の理由、小耳に挟んだんだけど、看護記録の訂正拒んだからって本当？」

どういうルートで話が漏れるのかわからないが、学生たちはあらゆる情報をどこかから得ている。おそらく病棟の看護師が軽くだれかに話をし、その話が独特のルートを巡り、学生の耳に届くのだろう。

「そうよ」

もうみんな知っていることなのだろうと思い、瑠美はあっさり頷く。

「どんな内容を訂正させられたの」

いつも涼しい顔をしている遠野が怒りで顔を強張らせていることが、瑠美には不思議だった。訂正の内容を遠野に話すと、

「事実なの、その話」

と鋭い声で遠野が呟いた。

始業のチャイムが鳴り、遠野はそれきり何も言わないで教室に入っていく。歩き去る彼女の後ろ姿を見ていると、細い背中が怒りに満ちていることがわかった。遠野と千夏はそれほど親しかっただろうかと瑠美は思い、あるいは彼女が一番言葉を交わしていたのは千夏だったかもしれないことに気づく。

冬休みまでのこの期間は、国家試験に向けての勉強時間にあてられる。教員たちは合格率百パーセントを目指しているので、不合格になりそうな学生には徹底的に指導し、自力で合格するだろう者には自習を促す。

教室に入ってきた教員は、模試の成績の悪かった学生の名前を連ね、教壇の前に並ぶように言った。それ以外の者は自習しているようにと。

「すいません、ちょっといいですか」

自習組が図書室に移動しようと席を立つ物音が響く中、透き通った声が教室に響いた。遠野が長い手を挙げ、教員をまっすぐに見つめている。

「遠野さん？　なに」

教員が当惑の目で遠野を見返した。

「山田千夏さんの件で聞きたいことがあります」

切羽詰まった物言いが遠野らしくなく、教員の目に視線を固定して話す様に迫力があった。

「彼女が退学するという話を耳にしました。実習放棄とみなされたことが原因だと。本当ですか」

席を立って教室を出ていこうとしていた何人かが、遠野の声に吸い寄せられるみたいに席に戻っていく。教員は思いもしなかった対峙に、明らかに動揺をみせている。

「実習放棄とみなされた理由は、看護記録の改ざんを拒否したからだと聞きました。それはどういうことですか。改ざんはしていいことなんですか」

「改ざん……というわけではないでしょ、それは。不適切な箇所があったから変えなさいと指導しただけです。学生が指導を受け入れないということは、それはもう学習を放棄するということになりますからね……だから……」

「内容も知っています。山田さんは患者に呼吸停止という事実があったから、そう記録したのです。それが不適切だったとは思えません。私も同じ小児病棟で実習をしていたんです。山田さんが受け持っていた患者は、最後は心不全で亡くなっていますが、亡くなる直前は何度も呼吸停止を繰り返していました。山田さんの記録は、重要なものだと思います。患者が亡くなる数日前に呼吸停止のサインを出していたのを、山田さんは見逃さなかったんです。看護者として正しい観察力だと思いますが。正しいことを記録した山田さんは、記録を書き変える必要がないと思ったんです。それがなぜ実習放棄につながるんですか」

挑むように、遠野は問いかける。クラス中が息を詰めてこの成り行きを見守っている。

瑠美もまた、遠野と教員の顔を交互に見つめていた。

「ここで……話すことではないわ。他の生徒の迷惑になるでしょう」

「迷惑……?」

「みんな国家試験を目前にして、大変な時期です。こうして話をしていると学習時間を奪うことになるでしょう」

「みんなの前だから、言ってるんです。これから看護師として医療の現場に立とうとしている人たちの前で、私は問いかけているんです。患者のためってなんですか? あなたち教員はいつも言いますよね、患者様の立場に立ってって。でも本当に患者の立場に立てていますか。うわっつらだけで、サービス業として患者を尊重しているだけではないんですか。もちろん医療が慈善事業でないことはわかります。でも、経営を考えるのは経営者の役目です。訴訟を起こされないようにするのは顧問弁護士の役目です。看護師の役目は患者に一番近いところで、患者の心身の状態を観察し、看ていくことではないんですか。患者を守ることが一番で、組織を守ることが一番にあってはいけないと考えるのは、間違いでしょうか」

「あなただけにこんなふうに切りつけてごめんなさい」と遠野は強い口調の最後に付け加えた。教員は、学生である遠野に「あなた」と呼ばれたことに反応したのか片方の頬をわずかに動かし、

「あとで教員室に来なさい」

と低い声で絞り出すように言うと、遠野の問いかけにはいっさい答えずに教室を出ていった。緊迫した教室が、教員が出て行ったことで一瞬緩みを取り戻したが、遠野が荷物をまとめ始めたことでまた静かになった。

「遠野さん」

瑠美が声を出すと、クラス中の視線が集まる。

「どこ……行くの」

「教員室よ。あとでって言われてもねぇ。今行くわよ。どうせ暇なんだから」

張り詰めていたさっきまでの声とは違い、悠長な物言いで、遠野は言った。表情はむしろ穏やかだった。

「私も一緒に行くわ」

瑠美が言うと、遠野は、

「いいのよ、私ひとりで。あなたはそこにいなさい。学生としてではなく、ひとりの大人として教員たちと話してくるんだから」

と静かに微笑んだ。その顔があまりに優しく美しかったので、瑠美は言葉を失い立ち尽くす。

「ああ……それと前に言ったこと。あれ嘘よ」

「前に言ったこと？」

「あなたの携帯の電話番号。本当はきちんと憶えてたのよ。もし私が助けを乞うようなことがあるとしたら、あなたかしらって」

遠野はさらににこやかな笑顔を作ると、

「お先」

と手をひらひらと振って教室を出ていった。長い脚で気だるそうに歩く彼女の後ろ姿を、みんなが見送っていた。

第十八章　遠ざかる足音

　遠野もまた、学校を退学したと聞いたのは、それからしばらくしてからのことだった。教員とやりあった日から学校に来なかったので気になっていたのだが、冬休みまでのこの時期は自習期間になっていて自宅学習も許可されていたので、そうしているものだとばかり思っていた。遠野の退学を伝えてきたのは、拓海だった。

「どうした？　何があったか教えてくれないか」

　他に訊き出す相手がいなかったのだろう、拓海はきまりが悪そうに瑠美の前に現れた。自分が遠野の話をすれば瑠美が傷つくだろうことを承知で、拓海は瑠美の家までやって来た。特にサディスティックな性質でもない拓海だから、ただ純粋に遠野のことを知りたくて瑠美にすがってきたのだろう。それでもやはり、瑠美の心は痛む。

「退学……したの、遠野さん」

「そうなんだ。突然メールがきたんだ。久しぶりに連絡がきたから何事かと思ったら、そんなことが書いてあった。学校もやめて引越しもして、どこか新しい場所に行くことになったと。そんなことといきなり……あり得るか？」

落ち着いた口調で話そうと努めているが、拓海の動揺は言葉の端々に感じ取れた。私が何を言っても何をやってもいつも余裕で受け止めていたこの人を、遠野はたった数行のメールで乱れさせせる。

瑠美はこれまでの出来事を、初めから拓海に聞かせてやった。千夏のことを話すと、何か言おうとして口を開いたが、先の話を急ぎ、また黙って耳を傾けた。瑠美が遠野の話をするたびに拓海の心が痛み揺れるのが手に取るようにわかり、それが辛かった。

「あの子もやめたんだ……千夏だっけ」

拓海が惜しむように言った。

「まだ正式に手続きしたわけではないから……。でも千夏の意志が翻ることはないと思うわ。そういう子だから」

「残念だね、本当に。いい看護師さんになったのに」

「そうね。本当に」

優しくて純粋で一生懸命な人間には向かない職業なのかもね、と瑠美が呟くと、

「俺は好きだけどな、看護師さん」

と拓海は微笑む。

「藤香はきっと、言いたいこと言って満足したのかもしれないな」

しばらく考え込むように黙った後、拓海は言った。

「全部言えたんじゃないかな、これまでずっと胸の中に溜めていたこと。それで……もういいって思ったのかもしれない。そういう人だから」

遠野は、あの調子で教員室でもとめどなく批判を続けただろう。彼女自身も免許に執着がなく、学校側も危険分子はやめさせたいという思いから、自然と退学という道筋ができたのかもしれない。

「それでどうするの？　遠野さんは」

「……どうだろう」

「あなたのところに来る……」

「なんてことはないね」

拓海は途方にくれるといった笑い方をした。

「むしろ、きみのところに来るかもしれないと思ってたんだ」

「私の？」

「いつもすごく気にしていたから、きみのことを。きみには看護師になってほしいと思ってる。言葉には出さないけれど、そういうのわかるだろ？　おれは彼女のことが好きだから、わかるんだ」

申し訳なさそうに言うと、拓海は小さく溜め息をつく。

「でもきみにも音沙汰がないんだから、本当にどこかへ行ってしまったんだろうな」

「よくそんな簡単に言えるわね」

「簡単じゃない。でもしかたがないだろう。待ってみるさ、何年でも。長く会わなくなって、彼女の声も顔も記憶から薄れてきて、他に気になる人が現れても、彼女が戻ってきたらまたすぐに今の気持ちに戻るような気がするんだ」

「無理よ。十年も二十年も会えなかったらどうするのよ。だって十年後は遠野さんだって三十五よ。二十年後は四十五なのよ。太ってブヨブヨになってるかも。いくら遠野さんだって、いつまでも神秘的な美人ではいないわよ」

瑠美は思い切り意地悪な言い方で、拓海を睨みつけた。睨みつけながら、自分もまた何年経っても、彼が年を取って二重顎になって薄くなった髪で再び現れても、やっぱり好きだろうと思った。それくらい好きになってしまう出会いというのが、人生には一度くらいはあるのだろう。たとえそれが片方だけの想いであっても。

「もし連絡あったら、教えるわ」

拓海との会話を打ち切るように、瑠美は言った。これ以上一緒にいても自分が辛く痛むだけだということを、知っていた。

「ああ。悪かったな、家にまで押しかけてきて」

「じゃあ」

「おお、じゃあな。国家試験、通れよ」

最後はいつもの拓海らしく自信に満ちた太い声で言い、快活に笑って拓海は去って行った。瑠美のマンションの前の急な坂を、ゆっくりとした足取りで下っていく。俯き加減に歩く大きな背が、少しずつ小さくなり遠ざかっていくのを、瑠美はもう二度と出合うことのない風景を記憶に刻み込むような気持ちで、ずっと見ていた。

第十九章　何色にも染まる白

色とりどりの袴姿が華やぐ中、瑠美はひとりまっ白なワンピースで座っていた。今日で本当にもう最後かと思うと、頭の中が緊張と三年におよぶ疲労でぼうっとした。

二週間後に国家試験の合格発表を控えた三月の半ば、瑠美は卒業式を迎えた。

講堂に集まった卒業生は二クラス合わせて六十二名、入学した人数の六割になっていたが、やめていった人たちすべては、瑠美は記憶していない。ただこの場に自分の近くにいた佐伯や遠野、そして千夏の姿がないことが寂しく悔しかった。

卒業していく学生たちの年齢はさまざまである。社会人や大学を経て入学してきた人たちは袴姿ではなくスーツを着ていた。高校を出て入学してきた同級生たちはひとり残らず袴姿だったが、その中で瑠美はひとりだけワンピースだった。母親は、最初で最後の巣立ちの式なのだから袴を着なさいと言ったのだが、瑠美がワンピースを選んだ。

「木崎さん、頑張ってね」

隣の席に座ったクラスメイトが、声をかけてくる。美しく化粧された顔は、頬がピンク色だった。

「ありがとう」

瑠美は微笑む。遠野が退学し、結局首席で卒業することになった瑠美は、卒業生を代表して答辞を読むことになっていた。

きょうの朝一番に、千夏からメールがきた。

長い文面に、きょうの日を迎えられたことの賞賛と祝いの言葉が並べられていた。自分もその場にいたかった、ということはいっさい言わない。ただただ、瑠美の頑張りを喜んでいる文章の最後には絵文字のピースが三つも並んでいた。

ピアノの音色が流れる中、卒業生ひとりひとりの名前が呼ばれ、壇上で卒業証書が授与される。この紙切れを頂くために、みんな頑張ってきたのだった。

「卒業生代表の言葉、木崎瑠美さん」

担任が名前を呼ぶ。瑠美は立ち上がり、練習した通り、背筋を伸ばし、ゆっくりとした足取りで壇上に向かって歩いていく。

歩くたびにスカートの裾が揺れている。白い布がひらり、ひらりと視界に入ってくる。

瑠美はずらりと並ぶ教員の顔を見つめ、この人たちは志し半ばで消えるようにやめていった学生の顔など覚えていないのだろう、とふと思った。

「私たちはこの三年間、学生という立場で医療の現場に立ち合い、その清さも濁りも、この目で見てきました。医療の現場は壮絶です。人の生き死にの場ですから、もちろんきれいごとではすみません。その中で、自分がどういう仕事をするかということは、看護師としてというよりも人として、という問いかけになってくると思います。同じように看護師を目指していた友人に言われたことがあります。白衣は白い色をしているが、その白は潔白の白さではないと。どんな色にでもなり得る白なのだと。その友人は不幸な事故で一ヶ月前に亡くなってしまいました。彼女の言葉を私は忘れることなく、社会に出ていこうと思います。今日卒業する六十二名の学生たちが、この先、何色の白衣をまとっているかは、それぞれの生き方にかかっているのです」

答辞の最後を、瑠美はそう締めくくった。教員と打ち合わせをしていた内容に、勝手に付け加えた。教員は自分に答辞を読ませたことを後悔しているだろうと思ったが、教員席の方は見ずに、瑠美は壇上から下り自分の席に戻った。

保護者席から拍手が起こり、その後、気がついたように同級生たちが手を叩く。瑠美は脈打つ心臓を手で押さえながら、呼吸を整えた。

クラスメイトたちはみな、名残惜しそうに学校で写真を撮っていたが、仲の良い友達もいない瑠美は、さっさと学校を後にした。振り返ることもない。玄関を出た時から、看護学校はもう過去のものになる。

「おめでとう」

玄関を出ると、拓海が立っていた。瑠美は無言で彼の顔を見つめた後、

「ありがとう」

と呟く。以前よりずっと痩せた拓海は、何年も歳をとったふうに見えた。

「ひとりかよ」

「そうよ」

「帰るの？」

「ええ。ひとつだけ寄り道してからね。それにしてもやつれたわね。みたところ玉手箱を開けた後の浦島太郎のようよ」

無精ひげを生やした拓海が、唇だけで笑う。

遠野が車の事故で死んだということを知らせてきたのは、拓海だった。拓海も新聞の小さな記事で知っただけで、詳しいことは何ひとつ把握していなかった。瑠美なら何か知っているかと電話をかけてきたのだが、教えてやれることは何もなかった。

ただ、遠野は事故の前日に、瑠美にメールを送ってきた。遠野からメールがくるなんて初めてのことで、

「白は何色にも変わる。あなたはこのまま真っ白でいなさいよ」

とあった。たしか国家試験を目前にしていた時だったから、瑠美は彼女なりの励ましだ

と思っていた。彼女から励まされたことに驚いたが、それよりも真っ白だといわれたことに困惑した。

「写真、撮ってやろうか」

ズボンの後ろのポケットから小さなカメラを出すと、拓海が言った。いつもの自信に漲るような雰囲気は萎み、声も小さい。

遠野は一人で死んだわけではなかった。男と一緒だった。

瑠美が後から調べた記事には、同乗の男性は四十代半ばの医師で、ふたりは雪の降る高速道路を走っていたと書いてあった。運転していたのは遠野で、事故と心中の両方の線で捜査しているという記事は、瑠美の心も乱した。

「そこ立てよ」

「いらないわよ」

「立てって。後悔するぞ。記念の写真を一枚も撮ってなかったって」

拓海は辛そうに笑った。

「じゃああの方と並ぶわ」

あまりに拓海がしつこく言うので、瑠美は玄関のわきにあるナイチンゲールの銅像を指差す。

「よし。白衣の天使様と並ぶか」

拓海が頷く。瑠美は黙ってカメラのレンズを見つめた。

そんな瑠美の様子に、拓海は「いつにも増して仏頂面だな」と呟いた後、ファインダーをのぞきながら「背中に何かついている」と言った。

「背中？」

瑠美が慌てて背に手をやると、

「羽根がついてる。白い羽根が見える」

と拓海は笑い、瑠美が思わず笑い返した瞬間にシャッターが押された。

「よかったな、卒業できて」

「まあね。嘘みたいだけど、これで肩の荷が下りたわ」

「看護師、やるんだろ、春から」

「まあ。とりあえず。で、合わなかったらやめるわ」

「金ためて大学受け直すのか」

拓海が冗談めかして言った。

「あなたは……元気なの？」

「まあ……。嘘。元気、ではないな。でもどうしようもないだろ、元気だしていくしかないさ」

四月から研修医としてスタートするから立ち止まってはいられない、と拓海は言った。

晴れた空に、東京タワーの朱色が今日も美しかった。

「じゃあ行くわ。私、寄る所があるから」

タワーの朱色と空と拓海の顔を卒業式の記憶として数秒間目に焼き付けた後、瑠美は言った。

「ああ……」

拓海は何かを話したそうだったけれど、急ぐ瑠美の様子を見て頷く。急ぐ用事なんて何もなかったけれど、このまま彼の遠野を強く想う気持ちに触れていると苦しくなりそうなので、早く離れたいと思った。

「来てくれてありがとう。じゃあね」

「おお。またな。今度は職場で会おう」

最後はいつもの張りのある声で言うと、拓海は笑顔で片手をあげた。

瑠美は拓海と別れると病棟に向かい、八木友香の病室を見舞った。ユニホームを着ていないので、看護師たちはだれもかつて実習にきていた学生だとは気づかず、丁寧に応対してくれた。友香は退院したと聞かされた。病気が回復したのか、それとも違うのかはわからなかったが、

「私服で退院されたのですか。スカートを穿いて？」

と瑠美が訊くと、看護師が不思議そうな顔をしながらも、

「そうですよ。嬉しそうに、家族と退院されましたよ」

と教えてくれた。

瑠美は、彼女の退院が幸せなものであって、今も、これからもずっと元気に笑っていてほしいと願い、病院を出た。

地下鉄の駅に向かって、瑠美はゆっくりと歩いた。謝恩会も欠席すると決めていたので、急ぐ用事は何もなかった。はしゃぐ同級生たちの姿が向こうに見えたけれど、瑠美は誰に声をかけるわけでも、かけられるわけでもなかった。

「終わった……」

ひとり、呟いてみる。それでもやはり、じんわりと嬉しさがこみあげてきて、それが涙になった。今日初めて、瑠美は心を動かされ、泣いた。

鞄の中で携帯電話が小刻みに震えていたので手に取ると、千夏からメールがきていた。

「おめでとう。これからが始まりだねっ」

クラッカーが弾け、中から色とりどりのテープが飛び出す絵文字が、つけてあった。

地下鉄に続く階段を下りる前に、もう一度だけ空を見あげ、東京タワーを眺めた。春の空気が柔らかく、朱色の鉄塔をくるんでいる。

解説——不器用な生き方、意志の力

重里徹也《しげさとてつや》
(毎日新聞論説委員)

この『いつまでも白い羽根』は、藤岡陽子というユニークな作家のデビュー作だ。この書き手の美質が、いっぱいに詰まった長篇小説になっている。

看護学校が舞台になっている。そこで看護師をめざしている女性たちの日々が描かれていく。何人かの登場人物たちの人生の岐路がつづられ、そのたびに作者の問いかけや主張がひしひしと伝わってくる。

まず、特徴的なのはヒロインの肖像だろう。高校を卒業したばかりの瑠美《るみ》は、自分の意志を持ち、世の中のあり方を批評的に考え続ける女性だ。世の中に流される人が多い中では、反時代的な姿勢といってもいいかもしれない。

彼女は大学受験に失敗するという挫折を経て、専門学校である看護学校に入学する。入学した時から、いつ辞めようかと悩んでいる。青春において、挫折が次へ進む大きなきっかけになることはよくあることだ。挫折したことは、その後の生き方次第で、挽回もできるし、災い転じて福となすこともできるかもしれない。

でもそんなことは時間を経ていえることで、当事者としては、目の前の道がふさがれたような思いをかみしめることだろう。

瑠美は不器用な生き方しかできない人だ。こういう人は往々にして手痛い挫折をする。でも、その不器用さにはある種の肯定的側面（美しさといってもいい）があって、それは藤岡陽子の思いでもあるのだろう。よく考えてみると、不器用だということは、彼女が藤岡の物語の主人公になりえる理由でもあるのだ。

彼女は「ほんとうのこと」をしゃべってしまう。歯に衣着《きぬ》せずに、相手にとって辛辣《しんらつ》なことも、かまわずに言う。取り繕《つくろ》ったり、世辞を弄したりはしない。少しとっつきにくい人なのではないか。言葉も行動もクールな女性なのだ。

瑠美は学校を辞めず、看護師になることをめざすことになる。作品の読了後に、なぜ、彼女は学校を辞めなかったのかと考えると、作者は周到な仕掛けを施していることに気づく。そう、親友の存在なのだ。

およそ、人生において、友人とはとても大切なものだ。これは何十年か生きてみれば、誰だって実感としてわかることだろう。瑠美が看護学校で巡り合った親友とはどういう人なのか。ここで読者は、もう一人の個性的な女性、千夏《ちなつ》について考えることになる。

千夏の父親は自衛官。母親は小学校二年の時に亡くし、妹との三人暮らしだ。体が大きくて、人がいい。優しくて、いろいろなことに気配りをする心も持っている。きちんと自己相対化ができ、まっすぐな性格の善意の女性だ。
千夏がいかに自分のことをわかっているか。自身を冷静に他人のような目で眺めて語る言葉が雄弁に物語っている。少し、引用してみよう。

「あたし不器用なんだ」

「父親がね。あたしは農耕牛のようにでかいし、器量も良くないし、要領も悪いし、男受けはしないだろうって。結婚なんて夢見るなって。ひとりで生きていけるようにしとけって」

このような自己認識を持っている人が、優しくないわけがないだろう。人がいいためにだまされやすい一方、公平に他人の正体を見据える目も持っている。彼女には、ヒロインの瑠美はどう見えているのか。

「物怖《ものお》じしないというか、マイペースというか、あたしから見れば羨ましいとこあるよ」

「みんな必死でだれかと繋《つな》がろうとうごめいてる中、慌ててない感じっていうか」

「瑠美となら繋がるとか群れるとかじゃない友達になれるような気がして。本物の友達っていうか……。ってあたし大げさかな」

瑠美と千夏。二人が親友になったのは、世の友達関係や恋愛関係がすべてそうであるように、必然的なことだ。二人とも不器用で、二人とも「常識よりも大切なもの」を抱いている。小説の中の瑠美の言葉を借りれば、「正しさのセンス」を持っているのだ。

この小説は二人の青春を描きながら、その生き方自体が投げかける問いをテーマにしている。一体、人間は何のために生きているのか。人間は何を根拠に人生を送っていけばいいのか。物語を読み進んでいけば、そんな問いかけが繰り返し作者によってなされていることに気づくだろう。それは、恋愛とは何か、働くのは何のためなのか、正しいことと間違っていることはどこで判断すればいいのか、といった具体的な問いの形をとり、読者に人生の意味について考えさせる。

作者の藤岡陽子とはどういう人なのか。本人から聞いた話をもとに、その概略を記しておこう。私は二〇一二年九月に新聞記事のためのインタビューをし、十月に公開のトークショーの聞き役になった。いずれも東京都内でのことだ。

生まれたのは一九七一年七月二十一日。蟹座のO型だという。いわゆる団塊ジュニアの世代になる。若い時にバブル経済とその崩壊を体験したことになる。京都市西京区で生まれて育ったことは、藤岡に多くのものをもたらしているだろう。たとえば、彼女の小説が土地と人間との関係に敏感なことも、その一つかもしれない。

同志社高校から同志社大学文学部へ進学。自由な校風の中で、自主性を重んじる教育を受けたと話す。子供の頃から本を読むのが好きだった。高校時代に宮本輝《みやもとてる》の小説に出会い、熱心に読んだ。特にひかれたのは『青が散る』。大学では国文学を専攻した。夏目漱石《なつめそうせき》などを盛んに読んだが、卒論には横光利一《よこみつりいち》の小説『上海』を選んだ。

大学卒業後の進路について、童話作家になりたいという夢を持っていた。しかし、周囲から就職するように勧められ、報知新聞社に入社した。文章を書く仕事をしたい一心だったという。

スポーツ記者として働き始めたが、どうもしっくりこない。はしょっていうと、自分が書きたい言葉は新聞記事のような文章ではないと痛感したらしい。新聞記事とはニュース価値（新聞社内の判断や読者のニーズで決まる）に応じて、客観的に書かないといけない。それが不自由で、自分の意に沿わないと思ったのだろう。

それで、アフリカ東部の国、タンザニアの首都にあるダルエスサラーム大学に一年間、留学する。かなり、思い切った選択だ。安定した職場を去って、それまで縁のなかった土地でスワヒリ語の勉強をするのだから。

帰国後、法律事務所の事務職員、スイミングスクールのコーチ、塾講師などの仕事を経て、結婚を機に上京。慈恵看護専門学校に通い、看護師の資格を得た。二〇〇七年に京都に帰り、子育てをし、看護師として働きながら、小説を書き始めた。『小説宝石』の新人賞に応募して、賞を逃したものの編集者の目にとまり、この『いつまでも白い羽根』でデビューすることになった。

何ともジグザグな軌跡だ。この間に、藤岡がさまざまな壁にぶつかり、考え抜き、人生を選んできたことは容易に想像できる。「どこに行っても人間を見ようという気持ちはありました。世の中のことを知り、世の中のことを書きたいと思ってきました」と話していた。

タンザニアという異文化の土地でしばしば病気をしたこと、法律事務所で目にしたいろいろな人間模様、看護学校の厳しさ。それらはすべて、この小説の養分になっているのではないだろうか。

特に病院というのは、生と死が凝縮された場所だ。看護師の仕事は、重くてつらいものだろうし、献身的な努力を求められもするのだろう。人間関係も、一人一人の心の底が暴かれるような激しさがあるのではないか。一方で、患者にとってはありがたく、尊い仕事でもある。看護学校や病院は、人と人の結び付きや悪意の露出、友情や恋愛の深化など、無数の物語の生まれる場所でもあるのだ。

最後に、この小説の楽しみの一つとして、描かれる土地の魅力を挙げておきたい。登場人物たちが住んでいるのは、東京都内、埼玉県和光市、横浜市青葉区などだ。いくつかの土地について、その特質がよく描き出されている。それが登場人物たちの姿と響き合ったり、物語の重要なポイントをつくったりしている。

私にとって特に印象的だったのは、東京タワーと羽田空港だった。いずれも象徴的に登場するのだが、この二つには共通点がある。塔は天に向けてまっすぐに伸びているし、空港は数えきれない数の飛行機が空へ飛び立っていく場所だ。

ヒロインの瑠美がこの二つのものにひかれるのは、彼女の志向をよく示している。つまり、いつまでも、遠くへ、永遠の彼方へ、はるかな理想をめざしていくイメージなのだ。もちろん、彼女の隣にはきっと千夏のモアイ像のような姿もあるはずだ。

二〇〇九年六月　光文社刊

光文社文庫

いつまでも白《しろ》い羽根《はね》
著者 藤《ふじ》岡《おか》陽《よう》子《こ》

2013年2月20日 初版1刷発行
2024年12月20日 10刷発行

発行者 三宅貴久
印刷 堀内印刷
製本 ナショナル製本

発行所 株式会社 光文社
〒112-8011 東京都文京区音羽1-16-6
電話 (03)5395-8149 編集部
8116 書籍販売部
8125 制作部

落丁本・乱丁本は制作部にご連絡くだされば、お取替えいたします。
ISBN978-4-334-76532-3 Printed in Japan

組版 萩原印刷